인간등대

인간등대

이월성 소설집

도화

목 차

작가의 말

보도블록 틈새로 풀들이 빼꼼히 고개를 내밀고 있다. 아기 손톱만한 틈을 비집고 앙증맞게 꽃도 피었다. 긴 겨울을 이겨내고 연한 풀이 강인하게 생명을 싹틔웠다. 저만치 매화꽃이 만개했다. 나무 아래에 서서 꽃을 올려다본다. 팝콘 같은 꽃들 사이로 새까만 열매가 눈에 띈다. 자세히 보니 작년에 열렸던 열매가 쪼그라들어 씨앗만 남아 떨어지지 않고 매달려 있다. 나뭇가지에 사계절이 달렸고 생과 사가 공존한다. 나뭇가지에서 위대한 자연을 만났다.

글을 쓰면서 사물에게 말을 건다. 천천히 살피고 달리 보면 놀라운 대답이 돌아온다. 이웃인 소설 속 인물의 시선으로 보면 세상을 향해 가졌던 관념이나 고집을 가만히 내려놓게 된다. 같아 보이는 사물과 시간이 다양한 인물들에게 어떻게 작동하는지도 흥미롭다. 그러고 보면 누구의 삶이든 의미 있고 귀하다. 이런 깨달음의 기쁨도 소설 쓰기로부터 다가왔다. 기쁨보다 긴 시간을 고뇌해야 하지만 그 과정을 통해 타인에 대한 이해심과 감사의 마음이 날로 커지는 것을 보면 소설 쓰기는 즐겁고 흥분되는 일임에 틀림이 없다. 이 일이 꿈이었기에 더욱 그렇다.

육아를 하면서 잘할 수 있는 일을 찾다가 무릎을 쳤다. 글쓰기 선생님. 아이들과 함께 좋은 책을 마음껏 읽고 생각을 나눈 후, 글로 표현하는 일은 책을 좋아했던 나에게 어울리는 일이었다. 큰딸을 첫 제자로 삼아 시작한 일은 유치원생이었던 제자들이 청년으로 성장하는 동안 이어졌다. 아이들과 책 이야기를 나누다 밖이 궁금해지면 달려 나가 봄 동산에 핀 제비꽃과 개미들의 행렬을 들여다보았다. 뜨거운 여름날 잎이 무성한 나무의 둥치를 껴안고 나무와 대화를 했다. 가을이면 바스락대는 낙엽을 밟고, 겨울에는 하얀 눈밭을 걷기도 했다. 박물관과 전시회를 돌아보고 신나게 신당동 떡볶이집으로 달려가곤 했었다. 모든 것이 글감이었다. 아이들의 와자지껄한 웃음소리에 파묻혀 시간을 잊고 살았다. 그런데 한 아이가 던진 질문에 고민이 시작되었다.

"선생님은 꿈이 뭐예요?"

내가 자주 아이들에게 던진 질문이었다. 학업 스트레스나 사춘기로 흔들리는 아이들에게 이것만큼 자신을 들여다보기 좋은 질문도 없었다. 눈앞의 혼돈을 헤쳐 나가는데 꿈은 확실한 길잡이였다. 나 역시 아이들로부터 그런 질문을 받곤 했지만 그날은 달랐다. '너는 아이들에게 꿈을 찾으라고 하면서 너는 찾았니?' 머릿속에 맴도는 말에 시원한 대답을 할 수 없었던 나는 일을 정리했다.

아이들에게 던진 질문에 당당해지려면 적어도 꿈을 찾기 위한 노력은 해봐야 했다. 어린 시절 꿈이었던 소설 쓰기. 항상 마음 한편에 묵직하게 차 있던 소설 쓰기를 시작했다. 사막을 숲으로 만든 여자처럼 하얀 화면에 글을 심는다. 뿌리 내리고 싹을 틔워 꽃을 피우는 꿈을 글로 키운다.

창작이란 설레기도 하지만 어깨가 무거워지는 일이다. 아직 작가의 몸이 덜 만들어져서인지 글을 끌어안고 우왕좌왕하기도 하고 의식의 흐름이 옳은 것인지 깊은 의심에 빠질 때도 있다. 그럴 때마다 내가 왜 소설을 쓰고 싶었는지 생각해 본다. 소설에 대한 갈망은 소설 속 인물과의 만남에 있었다. 소소하고 평범한 이웃이지만 본인에게는 너무나 특별한, 존엄한 가치를 지닌 사람들이었다. 그들이 쏘아 올린 작은 공의 무게가 나에게 전해지고 또 다른 독자에게로 전해지고 또 전해지고… 위로를 받은 영혼은 행복해지고… 감정은 널리 퍼지고… 감동은 사막에 한 그루의 나무가 되고… 사막이 숲으로 변하고… 그래서 숨쉬기가 편해진 세상은 선하게 변화되고…. 이 매력을 어찌 잊을 수 있단 말인가.

〈인간등대〉에 실린 작품들은 꿈을 향해 뚜벅뚜벅 걸으며 쓴 글이다. 단단하게 영글지 못한 것 같아 못내 아쉬움도 있다. 소설이 글쓴이의 손을 떠나는 순간 읽는 사람의 몫이 된다는 사실이 위로가 된다. 유약하게 태어난 인물들이지만 다양한 독자를 만나 탄탄하고 멋진 삶을 살 것이라 꿈꿔본다. 예전에 읽었던 〈개구리 왕자 그 뒷이야기〉가 생각난다. 공주의 뽀뽀를 받고 사람으로 돌아온 왕자는 사람으로 사는 것이 행복하지 않다는 것을 깨닫는다. 결국 왕자와 공주는 개구리가 되어 행복하게 폴짝폴짝 뛰어 숲으로 들어갔다. 삶은 모른다. 정답이 없다. 그래서 뒷이야기 같은 현재가 있어 다행이다.

〈인간등대〉를 세상에 내놓기까지 많은 도움을 받았다. 꿈 찾기에 나설 수 있도록 자극을 준 제자들에게 고맙다. 내가 그들을 가르쳤다고 생각했는데 이제 보니 그들이 나를 키워주었다. 세상 이곳저곳에서 살아가고 있을 너희들을 항상 응원하고 사랑한다. 열정적으로 가르침을 주신 김지연 선생님과 창작의 즐거운 고뇌를 함께 나눈 남소회 문우들에게도 감사의 마음을 전한다. 넘치는 사랑으로 인생의 자양분이 되어 주신 어머니와 시어머님. 흔들림 없는 지지로 내 삶의 원동력이 되어 주시는 하늘에 계신 아버지와 시아버님께 고개 숙여 감사를 드린다. 묵묵히 스터디카페까지 노트북 가방을 들어다 주는 남편에게도 고마움을 전한다. 나의 두 딸아, 세상에 태어나 가장 잘한 일은 너희를 낳은 일이다. 너희가 있어 오늘의 내가 있다. 사랑한다.

뚜벅뚜벅 걸어서 만날 여러 인물이 있다는 사실이 가슴을 뛰게 한다. 개개인의 소시민적인 지친 삶이라도 그것은 역사의 한 점을 찍는 일이며 그 삶이 모여 시대를 만들고 세상을 변화시킨다. 그들과의 만남이 설렌다.

2020년 봄. 밤하늘의 달과 별을 바라보며.

이월성

엄마의 집

"오! 온아, 정신이 드니? 괜찮아?"

흥분된 목소리가 눈보다 먼저 열린 내 귀에 들렸다. 힘겹게 눈꺼풀을 들어 올리자 하얗게 분칠을 한 엄마의 얼굴이 들어온다. 나도 모르게 양미간이 찌푸려졌다. 몸을 비틀어 시선을 피하려 했지만 몸이 꿈쩍도 않는다. 몸이 천근만근 돌덩이에 눌린 것도 같고 굵은 밧줄에 묶인 것도 같다.

수술을 받고 병실로 옮겨진 내게 간호사는 마취가 풀리면 아플 테니까 참을 수 없으면 진통제 버튼을 누르라고 했다. 과도한 진통제는 속을 메스껍게 만들어 구토를 유발한다는 주의도 잊지 않았다. 그러고 보니 어제 세 번이나 반복해서 들었던 말이었다.

내가 있는 병실은 '집중치료실'이라는 이름을 하나 더 달고 있었다. 수술을 앞두거나 마친 환자들이 잠시 머무는 곳. 다른 병실의 사람들이 아픔을 공유하며 금방 친해지는 반면 이곳은 서로에게 관심을 보일 여유가 없었다. 수술이라는 문고리를 잡고 있는 사람들의 복잡한 속내가 얼굴에 묻어났다. 나는 어제 하루 병실에서 벌어지는 광경을 이방인처럼 바라봤다.

간호사는 앵무새처럼 똑같은 말을 반복했고 환자들의 회복단계는 비슷했다. 가스가 나오기 전까지 금식입니다. 장기가 제자리를 잡을 때까지 힘이 들어도 움직여 주세요. 한 직업에서 사용되는 단어가 이처럼 몇 마디 밖에 안 된다니. 가만히 내가 주로 하는 말을 떠올려 봤다. 손님, 감사합니다. 무엇을 드릴까요? 피식 입에서 바람 빠지는 소리가 났다. 그런데 수술을 마치고 난 후, 듣는 간호사의 말은 엄청난 힘을 지니고 있었다. 삶에 대한 애착이 없다고 생각했었는데 본능은 내 의지와 상관없이 귀를 활짝 열고 눈을 뜨게 했다.

"수술 부위 좀 보여줘요!"

엄마는 겨우 참았다는 듯 강한 어조로 간호사를 채근했다. 간호사는 조심스럽게 복부를 뒤덮고 있는 거즈를 떼어냈다. 나는 턱을 당겨 눈을 아래로 깔고 수술 부위를 보려 했지만 테이프가 붙어있던 자리가 당겨져 통증이 밀려왔다. 엄마의 눈동자가 심하게 흔들렸다. 캑액 캑 캑. 엄마는 가래가 목구멍을 막고 있는지 속을 다 게워낼듯 캑캑거리며 휘이휘이 손을 저어 갑 티슈 통에서 휴지를 뭉

텅 뽑아내 힘차게 가래를 뱉어냈다. 내 배 위에 올려진 간호사의 손에 힘이 가해졌다. 나도 모르게 입에서 신음이 터져 나왔다. 고통도 잠시, 아직 마취가 덜 풀렸는지 눈꺼풀이 내려앉는다.

*

나는 대학병원 응급실로 실려 들어왔다. 몇 주 전부터 아랫배가 살살 아팠는데 갑자기 통증이 해일처럼 일어 정신을 삼켜버렸다. 겨우 정신을 차린 후 여러 검사를 통해 내 자궁 안에 17센티미터 크기의 혹이 있다는 사실을 알게 되었다. 당장 수술이 필요했지만 수술 환자가 밀려 하루를 대기 상태로 있어야만 했다. 어쩐지 가느다란 팔다리에 비해 뱃살이 장난 아니었다. 마치 임부의 배처럼. 불규칙한 식습관으로 장기능이 약화되었다고만 생각했는데 공 하나를 배에 넣고 살았다니.

오전 회진 때, 주치의는 젊은 수련의들을 이끌고 병실로 찾아와 엄마의 의견을 물었다. CT상으로 17센티미터나 되는 자궁 안 물혹을 제거하려면 복부를 세로로 절개하는 것이 좋지만 아직 20대 초반인 환자를 위해 흉터가 작게 남도록 가로로 절개 하고 싶다고 했다. 그러나 개복을 했는데 물혹의 크기가 예상 밖으로 크다면 다시 세로로 절개를 해야 해, 더 큰 흉터가 남을 수 있다며 고민스러운 표정을 지었다. 엄마는 의사의 말을 하나라도 놓칠까 눈도 깜빡이지 않고 몰입해서 들었다. 엄마는 단호하게 말했다. 물혹을 완벽하게 제거하고 흉터는 무조건 작아야 한다고. 질문의 요지를 벗어난 대답에 내 얼굴이 화끈 달아올랐다. 의사 콧잔등에도 두어 개의 주름이 지어졌다. 젠장, 젊은 남자들에게 빙 둘러 싸여 내 자궁 안에 있는 혹 얘기를 해야 하나. 실험용 개구리가 된 기분이었다. 그 개구리는 이미 죽은 개구리지만.

그럼, 그렇지. 나는 아랫입술을 지그시 깨물었다. 의사가 나가고 난 후, 엄마의 모성애는 병실을 흔들며 코고는 소리로 바뀌었다. 보호자용 보조침대에 언제 가져 왔는지 모를 폭신한 꽃누비 이불을 반으로 접어 한쪽은 깔고, 그 위에 반듯이 눕더니 한쪽 자락을 끌어다 몸을 덮었다.

"네 걱정으로 한숨도 못 잤어."

엄마는 코를 드르렁거리며 꿀잠을 잤음에도 불구하고 머릿속에 지난밤은 불면의 밤으로 기억된 듯했다. 물론 여러 가지 검사를 받는 나를 따라 다니느라 힘들었겠지만 말이다. 나는 엄마의 코를 꽉 쥐어 소리를 틀어막고 싶었지만 이내 포기했다. 이런들 어떻고 저런들 어떻겠는가. 이내 나는 엄마의 코고는 소리에서 자유로워졌다. 태평스러운 엄마의 코고는 소리에 터진 실소로 병실 안은 안정감 없이 흔들렸다. 그런 병실 안으로 창을 통해 환하고 따사로운 햇빛이 쏟아져 들어왔다.

맞은편 침상이 분주해졌다. 새 환자가 들어올 모양이다. 병상을 미리 살피러 온 환자의 아버지인 것 같았다. 깨끗하고, 안전하게,

등이 배기지 않도록 편안하게…. 나는 반듯이 누워 천장을 바라보며 굵직한 중저음의 남자 목소리를 따라 그의 움직임을 그려봤다. 그때 달게 자고 난 엄마가 몸을 반쯤 일으켜 개운한 얼굴로 나를 올려다봤다.

"좀 어때?"

그리고 생뚱맞게 말했다.

"창밖을 좀 보렴. 벚꽃이 피려고 하네."

수술을 앞둔 딸이 걱정스럽기는 한지 의심스러울 만큼 나른한 목소리로 엄마는 창밖의 벚나무에 마음을 빼앗긴 듯했다. 나도 고개를 돌려 창밖을 바라봤다. 창가에 바짝 붙어 서있는 벚나무 가지 끝에 매달린 작은 벚꽃봉오리들이 벌어지려 꼼지락거리는 듯했다. 매년 피는 저 꽃이 뭐라고…. 시큰둥한 내 마음으로 엄마의 담담한 목소리가 들려왔다.

"어떤 여편네가 생각나네."

엄마는 자신의 인생을 바꿔 놓은 여자를 떠올리고 있는 모양이었다. 전혀 인과관계가 없을 뿐만 아니라 앞으로 마주칠 확률이 0퍼센트에 가깝지만 선택의 기로에 설 때면 기억의 저편에서 또렷이 살아나는 여자를 말이다. 나는 엄마가 그 얘기만 하면 짜증이 났다. 자신도 모르는 사이 남에게 끼칠 영향에 대해 생각하면 어깨가 움츠려 들었다. 그 영향이 고통이나 불행한 길로 접어들게 할지도 모른다는 생각이 들면 더욱 그랬다. 그 여자 얘기를 듣고 싶지 않았지만 엄마는 행복한 과거를 추억하듯 나지막이 읊조렸다. 그날 그 벤치에 앉아 있듯이.

벚꽃이 바람을 타고 꽃눈처럼 내리는 날, 난 호숫가 벤치에 앉아 있었지. 잔잔한 물결에 비친 벚꽃나무는 하늘하늘 춤을 추고 있었어. 그 벚나무는 땅과 물이 만난 점을 기준으로 하늘을 향해 지상에도, 호수에도 서 있었어. 절대 공존할 수 없는 두 공간에 동시에 존재했지. 눈물 나는 날이었지. 너 아니? 너무 아름다우면 눈물이 난다는 사실을. 그때 한 여자가 내가 앉은 벤치에 와 앉았어. 다른 벤치도 있었지만 햇살이 뜨거워진 날씨 때문에 큰 벚나무가 그늘을 만들어주는 그곳이 맘에 들었을 거야. 앉자마자 통화를 시작한 여자를 피해 일어나려다 나는 그 여자의 첫마디에 엉덩이를 붙들리고 말았어.

"내 머릿속은 쓰레기야."

슬쩍 곁눈질로 그 여자를 쳐다봤어. 갈색으로 물든 풍성한 머릿결 위에 촘촘히 알이 박힌 머리핀이 반짝였지. 젊게 보이려고 아무리 꾸며도 목주름과 방사선으로 번져나간 눈가의 주름은 족히 오십을 훌쩍 넘겨 보였어. 그 여자는 친구인 듯한 상대방에게 쉴 새 없이 떠들어댔어. 갑갑함을 풀기 위해 연기학원에서 발성연습을 한다고 했어. 자신도 몰랐는데 자신의 목소리가 엄청 커 놀랐대. 그런데 한 시간 동안 소리를 지르고 난 후 그 시간만큼 울었대. 강사는 별일 아니라는 듯 어깨를 툭툭 두드리고 나가더라는 거야. 자신과 같은 사람이 한둘이겠냐고 자신을 일반화시키더라. 그러더니 갑자기 옷에 대한 이야기를 늘어놓기 시작하는 거야. 날씨가 변덕을 부리는 날은 버버리 트렌치코트를 입어줘야 한다나. 자기는 묵직한 브랜드보다 세련되면서도 젊게 보이는 올앤선드리가 좋다고. 또 유럽으로 두 달째 여행 중인 친구를 죽을 듯이 부러워하더라. 그러다가 목소리 톤을 한층 더 높여 자기 딸을 데리고 제주도 서귀포에 내려가 운전연습을 시키겠다고 말했어. 바닷바람을 맞으며 해안도로를 달리게 하면 금방 실력이 늘 거라는 둥, 그러다 착 가라앉는 목소리로 말하지 뭐야. 항우울증 약을 복용한 지 10년이 넘었다고… 정말 엿듣는 내 머릿속도 쓰레기통이 되는 기분이었어. 절절하게 대화를 나누던 여자가 갑자기 매니큐어가 벗겨진 손톱에 시선이 닿았는지 네일아트를 받아야겠다며 전화를 뚝 끊고 내 앞을 스쳐지나갔어. 한편의 모노드라마를 본 기분이었지.

산다는 게 뭐지? 물질의 풍요를 누려도 항우울증 약에 의존해 살아야 하고, 자신이 누구인지 모른 채 끊임없는 욕망과 싸워야 한다면 적어도 살고 싶은 대로 살겠다는 강렬한 욕구가 치솟아 올랐지. 20년 후, 그 여자와 비슷한 나이가 된 나를 상상하자 음식점에서 나오는 대형 쓰레기통을 머리에 이고 사는 모습이 그려지지 뭐야. 그 상상은 현실을 벗어나는데서 오는 두려움을 작게 만들었을 뿐만 아니라 무일푼으로 집을 나오면서도 너를 잡은 손에 힘이 들어가더라. 넌 그때 여섯 살이었지.

17년 전 언저리를 맴돌고 있는 엄마의 몽롱한 눈빛에 맞서 내 눈에 서늘한 기운이 서렸다. 그리고 소리가 되지 못한 채 꿀꺽 삼켜진 언어들이 내 속에서 아우성을 쳤다.

'엄마, 엄마는 자신의 삶을 스스로 선택했지만 나는 뭐야? 나는 뭐냐고!'

나는 엄마의 손에 이끌려 집을 나온 후, 불안감을 등에 지고 살았다. 돈을 벌러 나간 엄마가 돌아오지 않을까 두려웠고 한 번도 나를 찾지 않는 아빠로 인해 부모의 이별이 내 탓은 아닌가, 마음 한구석에서 의구심이 자라났다. 그 의심이 확신으로 자랄수록 말이 없고 소심한 아이로 변해 갔다. 물론 엄마의 저돌적인 성향은 이마저도 허용치 않았고 의도하진 않았지만 나는 단단하게 여물어갔다. 갑자기 배가 아프다. 두 손으로 배를 꾸욱 눌러본다. 손의 압력에 의해 아픔이 사라지는 듯 했지만 곧이어 배가 뒤틀린다. 아프다. 나는 꽉 다문 입안에서 소리를 씹어 삼켰다.

'이 상황에서 그 봄날을 떠올리는 이유는 뭐야? 벚꽃 날리는 그날이 엄마의 화려한 삶의 출발점이라는 것이 뭐가 중요해. 난 아파 죽겠다고. 제발 그 입 좀 다물어.'

"김순미 씨, 식사입니다."

식판을 나눠주는 조리사의 목소리가 병실 안으로 거침없이 밀려왔다. 옆 칸의 환자에게 식사가 나온 모양이다. 갑자기 엄마가 견고하게 두 공간을 막고 있던 커튼을 벌컥 열어젖히고 식판을 내려다봤다. 수술 후 겨우 몸을 추스르고 밥상 앞에 앉은 환자와 보호자의 놀란 모습이 그들의 단발음에 묻어 눈에 그려졌다. 맛이 없어 보이네. 툭 던지는 엄마의 무심한 말은 예의가 아니었다. 그 짧은 순간에 메뉴를 파악했는지 엄마는 반찬 종류를 읊었다. 멀건 흰죽과 무국, 미나리 무침, 달걀찜, 가자미 튀김. 소금기가 빠진 반찬은 구미를 당기지 못했는지 곧이어 다섯 개의 침상이 공유하고 있는 천장을 향해 엄마는 외쳤다. 보호자 밥은 어때요? 아무 대답이 없었다. 공기를 뚫고 돌아오지 않는 대답에 숨은 적의와 무시가 느껴졌다. 나는 슬며시 엄마의 얼굴을 힐끔 쳐다봤다. 입 꼬리를 삐죽대던 엄마는 전혀 동요 없이 스스로 답을 찾아냈다. 병원 밥이 거기서 거기지. 뭘 바래. 그리고 가래가 목젖에 들러붙어 있는지 온힘을 다해 가래를 캑캑거리며 뱉었다. 허연 죽을 겨우 떠넘기고 있을 옆 침상의 환자가 떠올랐다. 등허리로 진땀이 치솟는 동시에 막지 못한 말이 입 밖으로 튀어나왔다.

"더러워. 정말 더러워."

엄마는 내 말을 들었는지 말았는지 천연덕스럽게 자신도 밥을 먹고 오겠다고 했다. 긴장 탓에 굶었더니 배가 고프다며 나잇살이 더해져 두툼해진 복부를 손바닥으로 쓸었다. 금식을 하고 있는 내 앞에서 목이 마르다며 두유를 벌컥대던 엄마의 모습이 떠올랐다. 엄마는 옷매무새를 가다듬고 새빨간 루즈를 입술에 덧칠한 후 아랫입술과 윗입술을 맞부딪쳤다. 나는 두 눈을 꾹 감았다. 더러워.

배가 아프다. 나는 눈을 번쩍 떴다. 얼핏 잠이 들었었는지 복부에 찌릿한 통증이 몰려와 숨이 턱 막혔다. 내일 수술만 받는다면 이 고통에서 벗어난다. 빨리 시간이 흘렀으면 좋겠다. 호흡을 가다듬으며 몸을 들썩였다. 엄마의 음성이 들려온다. 엄마는 통화 중이었다. 엄마는 무슨 생각으로 딸의 병을 널리널리 알리고 있는 걸까.

"우리 온이가 수술을 하게 됐어. 내가 생리통이 심하잖아. 나를 닮아 생리통이 심한 줄 알았지. 그렇게 큰 물혹이 있을 줄 알았겠어. 결혼도 안 한 애가 산부인과에 간다는 것이 꺼림직해서 아파도 참으라고 했지. 그런데 갑자기 전화가 온 거야. 응급실이라고. 관계를 갖지 않았다고 하니까 복부로 초음파를 보네. 이럴 줄 알았으면 진작 오는 건데."

엄마는 간간이 웃음을 섞어 넣으면서 여러 사람에게 은근슬쩍 이런 말을 들려주었다. 자신의 딸이 정조관념이 무너진 세상에서 처녀라는 사실을 꼭 밝히고 싶은 이유는 뭘까? 나는 엄마의 통화 소리가 지겨워 주사바늘이 꽂힌 줄도 잊고 핸드폰을 든 엄마의 팔꿈치를 잡아챘다. 엄마는 하얗게 눈을 흘겼다.

난소에 문제가 있다는 소리를 응급실에서 들었을 때, 나는 별 느낌이 없었다. 매달 찾아오는 미묘한 통증에서 벗어난다면 난소 하나쯤이야 떼어내도 괜찮다고 생각했다. 자궁이 제 기능을 발휘할 기회를 결코 허용치 않겠다고 다짐한 후였기에 두렵거나 불안하지 않았다. 내 몸 하나도 추스르기 버거운 현실에서 생명을 만든다는 것은 스스로 고통을 짊어지는 동시에 또 한 생명을 고통으로 몰아넣는 일이기에.

나를 향해 다가오는 남자들을 과감하게 걷어낸 것도 엄마의 덕이었다. 대학교 1학년 때 대타로 떠밀려 나간 첫 미팅에서 만난 남자아이가 조금 좋아지려 할 때쯤 그 아이의 질문에 말이 막힌 순간부터 남자는 내 인생에서 사절이었다. 특별한 질문은 아니었다.

"집이 어디야?"

대답할 집이 없었다. 그 질문이 지극히 일상적인 것임을 알면서도 막막해져 답을 찾지 못했다. 빈껍데기 집. 무책임한 집을 만들지 않겠다고, 그런 집으로 가는 길을 차단하기 위해 남자를 멀리했었다. 그런데 멀리할 필요도 없게 내 몸속의 집에 커다란 물혹이 차지하고 있었다니. 물혹은 호르몬 작용으로 생겼다 없어지기도 한다고 했다. 여러 개의 물혹을 갖고도 아무 문제없이 사는 사람이 많다고도 했다. 하지만 내 물혹은 생명세포를 키우는 집을 잠식하며 무럭무럭 자라고 있었던 것이다. 보이는 집도 허술했고 내 몸속의 집도 엉망이었다. 내 몸이 내 처지를 대변하는 것 같아 실소만 새어 나왔다.

*

마취가 덜 풀렸는지 정신이 오락가락 했다. 몽롱한 상태에서 기억하고 싶지 않은 과거가 꿈인 듯 스쳐지나갔다. 진통제의 효과인지 통증이 사라지자 주위의 사물들이 드러났다. 엄마가 말이 없다. 화난 사람처럼 굳게 입을 다물고 초점 없는 눈빛이 이불을 덮은 내 복부에 머물러 있었다. 나도 엄마를 부를 기력이 없었다. 수술 결과가 궁금했지만 묻지 않았다. 사실 깨어났다는 것은 살아난 것이고 그것이면 족했다.

오후 회진시간에 담당의는 무척 힘든 수술이었다고 말했다. 배를 열고 본 자궁 안은 CT로 본 상황보다 더 당황스러웠다고 했다. 단지 물혹일거라 생각했던 것은 한쪽 난소를 다 뒤집어 싸고 있어 빵빵한 공처럼 보였고, 나머지 한쪽 난소는 반대로 쪼그라들어 있었다고 했다. 끈적거리는 점막을 제거하고 난소를 되살리려 노력했으나 제 기능을 회복할지는 지켜봐야 한다고 했다. 아직 어린 나이라 자궁을 그대로 두었지만 기능이 살아나기는커녕 고통을 유발한다면 건강을 위해 언제든지 재수술로 들어내야 한다는 말이었다. 좀 더 지켜보자는 말이라도 할 수 있어 다행이라는 표정으로 의사와 그를 따르는 무리들이 사라지자 엄마는 굳게 다물었던 입을 열고 폭풍처럼 말을 쏟아냈다.

"아니, 세상이 어느 때인데, 뱃속 하나 제대로 못 들여다본단 말이야? 내 딸을 석녀로 만들겠다는 거야. 뭐야!"

엄마의 노기 띤 분노의 목소리가 커질수록 병실안 사람들은 숨소리를 죽였고 내 얼굴은 달아올랐다.

"엄마, 그만해, 제발! 내 문제를 가지고 왜 엄마가 난리야! 내 몸이라고. 내 몸!"

"뭐라고!"

"요즘 시대가 어느 땐데, 자식타령이야. 무자식이 상팔자라며. 책임 못 질 애만 만드는 건 죄야. 죄 지을 근본을 없앤 건 좋은 일이지. 엄마, 엄마에겐 내가 짐이잖아!"

"나쁜 년! 그렇게 말하면 좋냐. 불쌍해서 어째, 이 일을…."

"뭐가 불쌍해. 진짜 불쌍한 건, 태어나서 버림받는 거야. 여자가 존재 자체로 대우 받지 못하고 애 낳는 기계로 가치를 인정받는 시대는 지났어. 내 걱정 말고, 엄마나 잘 살아."

엄마는 벌어진 입을 다물지 못하고 멍하니 나를 바라봤다. 나는 엄마를 향해 뿜어낸 내 독기에 화들짝 놀랐다. 그러나 순간적으로 지어진 미소를 숨기려 손으로 입을 가렸다. 이제 자유다. 연애에 관심이 없지만 미래는 모르는 일이다. 엄마의 피를 받았다면 내 안에도 남자를 부르는 인자가 숨어 있을지도. 지금까지 억누르고 꽁꽁 싸매 놓았던 기질이 발휘될지도 모른다. 그런데 이제 그로 인해 생길 위험이 사라졌다.

엄마의 눈에서 불꽃이 튀었다. 잠시 나를 노려보던 엄마는 창가로 걸어갔다. 창밖을 향해 선 엄마의 등이 떨렸다. 나는 눈을 감았다.

엄마의 남자들. 나에게 생명을 준 엄마의 첫 남자는 가장 기억이 희미한 존재다. 어렴풋한 기억 속에는 엄마 얼굴만이 등장한다. 가장 강렬한 아빠의 기억은 벚꽃이 피었던 봄날이었다. 집에 자주 들어오지 않던 아빠를 찾아 도시락을 싸들고 엄마와 아빠 회사 근처에 갔던 날이었다. 아빠는 연락도 없이 찾아온 나에게 솜사탕을 쥐어주며 엄마를 따라 집에 가라고 했다. 아빠가 사라진 뒤에도 한참을 호숫가 벤치에 앉아 있던 엄마가 내 손을 아프게 끌어잡고 말했었다. 온아, 가자.

엄마의 두 번째 남자는 힘이 좋고 민첩했었다. 가진 것 없이 집을 나온 엄마는 달라졌다. 이미 삶의 주인이 되겠다고 다짐한 엄마에게 무서울 건 없었다. 엄마는 보험 일에 뛰어들었다. 특별한 기술이 없어도 할 수 있지만 누구나 할 수 없는 일이 보험 일이었다. 대중을 자신의 고객으로 만들기 위해 엄마는 다양한 장소에서 다양한 사람들을 만났다. 엄만, 가보지 않은 곳도, 먹어 보지 못한 음식도 없었다고 했다. 하지만 엄마는 기억에 남는 장소도, 음식 맛도 제대로 말하지 못했다. 마주앉은 사람에게 영업을 해야 하는 밥상은 항상 모래알을 씹는 기분이었을 것이다. 그러다 엄마는 자신의 본분을 잊어버리고 음식 맛에 흠뻑 빠지고 말았다. 그곳에서 뽀얀 국물 속에 담긴 닭다리를 열심히 뜯으며 잃었던 입맛도 찾고 두 번째 남자도 얻었다. 그는 정상이 그리 높지 않아 정복의 기쁨을 맘껏 누리게 해주는 산 입구에서 등산객을 상대로 닭백숙집을 하던 남자였다. 엄만 보험 일을 접고 닭백숙집 카운터에 자리를 잡았다. 보험일로 몸에 밴 고객 유치 능력은 평범한 닭백숙집을 유명 맛집으로 성장시켰다.

엄만 음식을 홍보하기 위해 옻닭의 효용을 알리는 TV방송을 용케 찾아내 홀에 있는 TV로 반복해서 틀어주었다. 바쁜 시간이 지나고 잠시 쉬던 엄마가 내게 뜬금없이 말했다.

"온아, 나는 네가 옻나무 같은 사람이 되었으면 좋겠다."

"옻?"

내 눈에 비친 화면에는 나무기둥에 가로로 숫자 표시를 하듯 쭉 쭉 그어져 껍질이 떨어져 나가 속살을 내보인 나무들이 줄지어 서 있었다. 살아있는 옻나무에 일부러 상처를 내면, 그 나무는 스스로를 치유하기 위해 진액을 내보낸다. 그럼 사람들은 그것을 채취해 한약 재료로도 쓰고 도기에도 칠해 천 년을 가는 예술품을 만들기도 한다는 것이었다.

"결국 아무리 상처를 줘도 스스로 치유하며 살아내라는 뜻이네. 엄마는 참, 자식을 편하게 키우네."

엄마는 스스로 깨달은 '옻나무 같은 사람'이라는 말에 흠뻑 취해 테이블을 훔치는 손길에 흥이 났다. 내 눈에는 껍질이 벗겨져 나가 진득한 검은 피를 흘리고 있는 나무가 다가왔다. 나는 질끈 눈을 감았다.

시간이 흐르자 엄마의 삶에 변화가 찾아왔다. 첫 남자에게는 없었던 두 번째 남자의 무기인 자상함은 집착으로 바뀌었고 좋았던 이유가 거슬림으로 변했다. 엄마는 그 남자와 조금만 더 살았다면 호숫가에서 만난 여자와 판박이가 될 수도 있었다며 헤어짐을 정당화시켰다.

엄만 평정심을 되찾았는지 아직 잠잘 시간이 멀었는데 꽃누비 이불을 곱게 보조침대에 깔고 반듯하게 누웠다. 그때 혈압과 체온을 재러온 간호사가 커튼을 제켰다. 보호자분, 환자분이 몸을 움직일 수 있도록 도와주세요. 몸을 반쯤 일으킨 엄마는 간호사를 건너다보았다. 내가 아무리 말해도 안 듣잖아. 힘들어도 움직여야지? 엄마의 물음에 간호사는 링거액이 흘러들어가고 있는 주사바늘 부위를 살피며 작지만 또렷하게 말했다. 빨리 회복되려면 움직여야지. 엄마의 짧은 어투에 간호사의 어투도 짧아져 되돌아왔다. 내 얼굴이 또다시 달아올랐다.

엄마는 그런 식이었다. 자기 편한 대로 행동하고 말하고 주위를 살피지 않았다. 누구는 한 번도 이성을 만나지 못하고 인생을 마감하기도 한다는데 엄마는 남자를 쉽게도 만났다. 두 번째 남자와 헤어지고 다시는 남자 근처에도 가지 않겠다던 다짐은 번갯불에 콩 볶아 먹듯 바뀌었다. 이혼으로 생긴 재산분할금으로 작은 카페를 차린 엄마는 큰 욕심 없이 손님들에게 차를 대접하며 조용히 살겠다고 했다. 굳은 각오는 그림을 그리고 도자기를 빚는 예술가에게 흠뻑 빠지면서 깨지고 말았다. 그 남자는 두 번째 남자에게서 들어보지 못한 언어로, 알지 못한 세계를 알려 주었던 것이다. 캐리어 하나를 끌고 집으로 들어온 세 번째 남자로 인해 내 자리는 점점 줄어들었다.
엄마는 나와 남자를 부양하기 위해 카페에 머무는 시간이 길어졌고 남자는 창작의 고뇌를 겪으며 집안에 머물러 있는 시간이 길어졌다. 더욱이 예술적 영감과 영혼의 자유로움을 위해 거추장스러운 껍질을 걷어낸다며 아주 기본적인 속옷만을 걸치고 집안을 활보했다.

남자가 집에 들어오고 난 뒤 얼마 후, 아무 생각 없이 벌컥 연 집안에서 남자는 내 속옷을 들고 냄새를 맡고 있었다. 나는 신발을 신은 채 달려들어 꽃무늬 팬티를 홱 낚아챘다. 남자는 무슨 짓이냐는 듯 인상을 쓰며 옷이 말라 개는 중이라고 말했다. 금세 얼굴빛을 바꿔 가족끼리 어떠냐며 씩 웃기까지 했다. 그날 이후로 집안의 모습이 내가 봐서는 안 될 상황일 수도 있다는 생각에 극도로 예민해져 갔다. 방 밖을 나가는 것도 조심스러웠다. 살짝 문을 열고 남자가 거실에 없는 것을 확인한 후 내 방에서 나왔다. 점점 집안에서 내 방에 갇히는 꼴이 되었다. 집에 들어 갈 때도 초인종을 눌러 집안의 사람에게 신호를 보냈다. 나를 보호하기 위한 최소한의 방책이었다.

그렇게 몸을 사려도 남자와 나는 자주 부딪쳤다. 그는 공간이 넓어도 굳이 나와 몸을 부딪치며 지나갔다. 부딪치는 순간 그는 나를 와락 감싸 안았다. 마치 나를 보호하겠다는 듯. 그러나 그의 눈빛은 뱀의 혀를 닮았다. 조금씩 날름날름 대다, 확 뻗어 내 몸을 감아 입안으로 삼킬 것만 같았다. 엄마와 함께 있는 식탁에서도 찐득거리고 질퍽한 눈빛을 내게 보냈다. 물을 달라는 그에게 물컵을 건네자 덥석 그의 손이 내 손을 감싸 쥐었다. 순간 나는 물컵을 놓고 손을 뺐다. 물컵은 김치그릇으로 떨어졌고 붉은 김칫국물은 사방으로 파편처럼 튕겨져 나갔다. 다른 반찬그릇으로 들어간 붉은 국물은 본연의 맛을 헝클어 놓았다. 엄마는 조심성 없는 나를 탓했다. 남자는 그럴 수도 있지 라며 내 등을 토닥이고 어깨를 감싸 안았다. 내 몸은 뻣뻣하게 굳어졌다. 엄만 사랑스러운 풍경이라는 듯 흡족한 미소를 지었다. 엄마의 행복을 위해 난 불쾌하고 위협적인 상황을 견디려 애썼다. 이를 악물고. 하지만 꽁꽁 싸맸던 나의 고름은 터지고 말았다.

"나, 독립하고 싶어."

"무슨 독립? 안전한 집을 놔두고 어딜 간다는 거야"

"집이 안전하다고! 엄마, 뉴스도 안 봐. 계부가 아이를 겁탈했다는 뉴스 말야. 난 한 번도 집이 안전하다고 생각해 본적이 없어."

번쩍 섬광이 비쳤다. 엄마의 손이 스치고 지나간 자리가 얼얼했다. 엄마의 얼굴도 불에 댄 듯 활활 타올랐다. 화끈거리는 볼에 손을 대자 빨간 피가 묻어났다. 엄마의 반지가 내 뺨을 긁으면서 상처를 냈다. 새살을 돋게 한다는 반창고를 여러 날 붙였지만 흉터는 쉽게 아물지 않았다. 나는 옻이 아니었다.

그 이후로 집은 잠시 눈을 붙이는 졸음쉼터에 불과했다. 주로 학교 도서관을 거점 삼아 많은 시간을 아르바이트에 할애했다. 경제적 원조를 안 받는 것만이 엄마의 영향력에서 벗어나는 길이라는 결론에 도달하자 허투루 시간을 허비하지 않으려 무섭도록 스스로를 채찍질했다.

다양한 아르바이트를 섭렵했지만 쉽게 구할 수 있는 곳이 패스트푸드 점이었다. 업무만 익숙해진다면 이곳은 잡다한 고민거리를 한방에 날려버리는 좋은 곳이었다. 정신없이 손님이 몰려오면 딴 생각이 비집고 들어올 틈이 없었다. 그러나 이곳도 작은 전쟁터였다. 선배들의 텃세는 눈물을 쏙 빼놓았고 모르면 물으라고 가르친 뒤, 물으면 그것도 모르냐고 질책했다. 몇 명 안 되는 아르바이트생 사이에서도 서열과 파워게임이 난무했다. 이익을 내기 위한 사업장이라 실수가 용납되지 않는다는 것을 알면서도 선배의 감정에 따라 평가가 달라진다는 것은 이해하기 힘들었다. 신속하고 정확하게 주문을 받고 주문한 음식을 빠르게 주문대에 올려놓기 위해 인간성보다는 기계적인 인간을 원하는 곳이었다. 이것에 적응하지 못하는 아르바이트생은 떠나고 곧 다른 아르바이트생으로 채워졌다.

　나는 서툴지만 이곳을 즐거운 일터로 만들려고 했다. 엄마에 대한 반감이 커지면 커질수록 엄마와 정반대의 삶을 지향하려 했다. 가급적이면 도덕적이고 반듯하고. 따뜻하게 사물을 대하려 애썼다. 그런데 그런 다짐들이 자꾸 허물어져 갔다. 노인 아르바이트생을 도와 그의 담당인 화장실 청소도 웃으며 했는데 내가 있을 때만 힘든 척을 하며 나에게 미룬다는 사실을 알았을 때 느낀 배신감, 자기가 주문을 잘못해 놓고도 주문한 대로 음식이 나오지 않는다고 우기는 손님. 이럴 때마다 엄마의 자기중심적인 삶이 세상을 편하게 사는 방법이 아닌가 싶었다. 그것을 인정해 가는 내가 불안하고 불편했다. 사실 더 참기 힘든 것은 햄버거와 내가 동일시되는 감정이었다. 내 존재는 사랑이란 손맛과 정성이 빠진 규격화된 레시피에 따라 만든 햄버거가 아닐까 싶었다. 그러나 나에겐 그런 햄버거를 우습게 대하는 것조차 사치였다. 엄마에 대한 저항은 겉으로는 당돌하고 당차보였지만 몸은 피폐해져 갔다.

*

병실에서 맞는 세 번째 밤이다. '집중치료실'은 다른 병실보다 빨리 밤이 찾아왔다. 다른 병실에서 간간히 TV소리와 사람들의 웅성대는 소리가 들려왔지만 이곳에는 TV도 없을 뿐만 아니라 철벽처럼 커튼으로 가린 침상에선 내일에 대한 두려움으로 긴장감과 엄숙함이 감돌았다. 하나둘 개인 전등이 꺼지고 난 후 엄마의 새근대는 숨소리가 들려왔다. 틈틈이 휴식을 취한 덕인지 숨소리가 평화로웠다.

복도에서 새어 들어온 불빛에 병실은 어둡지 않았다. 나는 몸을 뒤척여 침대 아래로 시선을 떨구었다. 나와 많이 닮은 나이든 여자가 누워있었다. 짙은 눈썹과 우뚝한 콧대, 고집스러워 보이는 입매, 저 입술로 내 마음을 후벼 판 말들을 얼마나 쏟아 놓았던가.

엄마의 얼굴이 찡그려진다. 이마에 짙은 주름이 지면서 얼굴 근육이 일그러지고 배를 등 쪽으로 밀어 넣고 허리를 굽힌다. 엄마는 온몸에 힘을 주고 캐캑 몸속 어디에 붙어 있는지 알 수 없는 가래를 토해내기 위해 애를 쓴다. 나는 복부가 당기는 것도 잊은 채 휴지를 찾기 위해 이리저리 몸을 돌렸다. 엄마가 뱉은 가래를 받아낼 휴지가 필요했다. 그러나 가래를 떨어내는 데 실패했는지 몇 번 더 캑캑 대다가 목을 쓸어내리듯 음음 대더니 곧이어 평온한 얼굴로 돌아갔다. 순탄치 않은 삶이 준 염증덩어리가 엄마의 몸속 어딘가에서 계속 끓고 있는 것 같아 내 몸이 서늘해졌다.

얼마 전 엄마가 나를 찾아왔었다. 기말시험을 핑계로 집에 들어가지 않자 엄마는 단판을 짓겠다는 단호한 표정으로 내 앞에 앉았다. 계집애가 어디서 바깥 잠이냐며 눈을 흘긴 후 밥은 잘 챙겨 먹냐고 했다. 나는 잘 먹고 잘 살고 있으니 걱정 말라며 말속에 냉기를 뿜어냈었다. 엄마와 나의 말들은 마주 잡고 당긴 고무줄처럼 팽팽했다. 잡고 있던 고무줄을 먼저 놓은 것은 엄마였다.

"네 그 말 이후로 난 가시방석에서 산다. 넌 내 카르마야."

"누가 그래? 잘 됐네. 카르마는 내려놓는 거야. 내려놓아야 편해져."

"겨우 한다는 소리가… 옻나무처럼 살라고 했더니, 내가 잊고 있었구나. 옻 속에 숨은 독성을….”

"그래, 옻나무처럼 스스로 치유하며 살게. 그런데 알아? 옻나무도 베어져 생칠을 쏟아 치유하는 것보다 베이지 않는 것을 더 좋아한다고. 베지 않으면 독도 안 나와."

나는 눈을 꼭 감았다. 숫자를 하나, 둘, 세었다. 편안하게 빨리 잠드는 법, 천천히 호흡을 들이마시고 잠시 멈췄다 다시 천천히 내뱉는 행동을 집중하여 반복했다. 빨리 잠들고 싶어서.

그래, 벚꽃 피던 날. 엄마의 모습이 떠올랐다. 엄마는 챙 넓은 모자와 검은 선글라스를 썼었다. 엄마 얼굴 위에 핀 보랏빛, 푸른빛을 띤 멍꽃을 가리기 위해. 하얀 종이 위에 물이 똑 떨어지자 숨은 글자가 드러나듯 내가 지워 버린 기억 속에서 아빠가 살아났다. 아빠는 무섭게 으르렁거리는 맹수였고 그가 휩쓸고 지나간 자리에는 부서지고 망가진 잔해만이 남았다. 무엇이 문제였는지 알 수는 없지만 그 상황이 오줌을 설설 쌀 정도의 공포였다는 사실만큼은 분명했다. 그 지옥에서 건져 준 사람은 엄마였다.

꼭 감은 두 눈을 비집고 눈물이 솟아나온다. 양쪽 관자놀이를 타고 흐르는 눈물이 귓속으로 흘러들어갔다. 고막에 물이 닿았는지 대기권 밖으로 튕겨져 나온 것처럼 먹먹해졌다.

그날도 아주 천천히 천천히 걸어서 집에 도착했다. 도심을 벗어난 산 초입에 있는 닭백숙집이 엄마의 집이었다. 학교와 가까운 곳에 집을 얻어 달라고 떼를 썼지만 엄마는 단호히 거절했다. 중학생이 나가 살기는 너무 어리다고. 엄마는 대신에 식당 가장 안쪽에 작은 방을 나의 방으로 만들어주었다. 하지만 아무리 귀를 막아도 손님들의 떠드는 소리는 벽을 뚫고 들려왔다. 심지어 손님끼리 싸우는 일도 종종 있었다. 나는 될 수 있으면 천천히 아주 천천히 귀가를 했다. 정원이라 불리는 마당으로 들어서는 순간, 엄마가 달려

나왔다. 왜 이렇게 늦었냐며 눈을 흘겼지만 낯빛은 홍조를 띠고 있었다. 내 손을 낚아챈 엄마의 손아귀에 힘이 들어가 있었다. 엄마의 손에 이끌려 집에서 제일 크고 좋은 귀빈실로 들어갔다. 그곳에는 상상조차 못한 일이, 있을 수 없는 일이 벌어지고 있었다.

그곳에는 의외의 인물들로 가득했다. 살포시 교태를 부리며 속살을 드러내고 다리를 꼰 닭을 한 마리씩 앞에 놓고 우리 반 아이들이 빙 둘러 앉아 있었다. 학교에서 한 번도 말을 걸어준 적 없는 아이들이 반색을 하며 나를 반겼다. 휘둥그레진 눈으로 거무죽죽하게 죽어가는 낯빛을 한 나에게 엄마는 벚꽃이 날리던 그날처럼 힘차게 말했다.

"해피 버스데이 투 유."

사라지고 싶었다. 먼지처럼 훅 사라지고 싶었다. 엄마는 내 생일 축하파티를 위해 놀라운 이벤트를 준비한 것이었다. 아이들은 거의 존재감 없이, 특이한 아이로 치부되어 섬처럼 지냈던 나의 생일 초대에 흔쾌히 응했다. 호기심 반, 재미 반, 거기다 양념으로 놀리기 위한 소재를 찾았다는 짓궂은 마음으로 닭백숙집으로 달려왔다. 역시 엄마는 아이들의 마음에 딱 맞는 생일상을 차려냈다. 엄마는 아이들에게 옻이 들어간 닭을 한 마리씩 안겨줬다. 치킨이나 피자에 익숙한 입맛에 닭백숙은 난센스였지만 중2가 아니던가. 모든 것에 호기심이 발동하고 겉멋이 잔뜩 든 아이들에게는 옻이 옮을까 독성치유를 위해 먹는 약까지 신나는 놀이였다. 입 안 가득 닭고기를 씹으며 아이들은 즐거워했다.

다음날 죽어도 학교에 가지 않겠다는 나를 엄마는 교실로 밀어 넣었다. 아이들은 와아, 함성을 질렀다. 그런데 나를 대하는 아이들의 분위기가 사뭇 달라져 있었다. 배를 든든하게 채워준 보양식을 먹은 아이들은 뱃속에서 서서히 옻의 효과가 나는지 어른답게 굴었다. 우리 엄마에게 어른대접을 받은 자로서 나를 놀린다는 것은 비겁한 일이라고 생각했는지도 모른다. 물론 더 집요하게 날 놀린 아이도 있었다. 나를 부를 때, 배에 힘을 주고 입을 오므려 '옻'이라고 외쳤다. 옻이라고 부르며 도망치는 아이들을 볼 때마다 주눅 들지 않고 악착같이 따라가 그 아이의 등짝을 후려쳤었다. 그런 용기가 어디에서 나왔을까. 분명한 건 그날 이후부터였다.

30여 명 분의 닭을 밤새 고아낸 엄마가 떠올랐다. 잊고 있었는데, 기억 저편에서 닭다리를 물어뜯는 아이들의 해맑은 웃음소리가 들려온다. 그때 엄마가 말했다. 독이 있어 옻이 가치가 있는 거야. 그 독을 이기면 건강을 찾을 수 있어. 그러고 보니 옻에는 삶과 죽음이 공존하는구나. 그런 일도 있었구나. 그래 그런 일도 있었지.

"온, 그만 자. 오늘부터 본격적으로 몸을 풀어보자."

보조침대가 불편해 잤어도 잔 것 같지 않다며 엄마는 입을 씰룩댔다. 너 아니면 내가 왜 이런 고생을 하냐는 투였다. 저녁 늦게 가스가 나와 아침에는 멀건 흰죽이 나왔다. 제자리를 잡은 장기를 시험해 보기 위해서 무언가는 먹어야 했다. 역시 엄마의 말 대로 맛이 없었다. 그러나 먹어야 한다. 그래야 엄마의 도움에서 벗어날 수 있다. 나는 꿀꺽 멀건 죽을 삼켰다.

엄마의 부축을 받으며 나는 천천히 복도를 걸었다. 링거를 주렁주렁 매단 폴대를 잡아 주고 걸어주는 누군가가 필요했다. 엄마가 잠깐 자리를 비운 사이, 몸을 움직이다 푸른 물길 같은 정맥에 꽂힌 바늘로 붉은 피가 역류되어 관을 타고 거꾸로 흘렀다. 얼른 손의 위치를 링거보다 낮게, 관이 꼬이지 않게 펴주자 피가 다시 몸속으로 빨려 들어갔다. 나는 팔을 들었다 놨다 반복하며 가만히 피가 밖으로 나왔다 들어가는 것을 지켜봤다. 평상시 보이지 않지만 틀림없이 내 내부에 존재하며, 그 존재함으로 생명이 유지되는 것. 그때 내 양 팔뚝을 잡으며 엄마가 외쳤다. 얘가 뭐하는 짓이야. 그러다 큰일 나. 팔이 금방 부어오르잖아. 힐난하는 엄마의 말끝에 나는 희미하게 웃었다.

"내가 없으면 안 된다니까."

그때 대여섯 명의 힘찬 발걸음이 멀리서 들렸다. 생명을 좌지우지 할 수 있는 자들만이 뿜어내는 거침없는 걸음이었다. 병실 안이 분주해졌다. 앞 침상의 환자 아버지는 의혹에 찬 눈빛으로 의사를 맞고 있었다. 수술을 마치고 나오는 딸을 위해 손수 각을 잡아가며 침대보를 깔던 남자의 모습이 나의 눈길을 자꾸 잡아끌었었다. 사실 수술이 끝나고 난 후 그 가족이 나누는 소리가 호기심을 더 자극시켰는지도 모른다.

"아니, 10센티미터의 혹이 없어졌다는 게 뭐야? 금방 있었던 혹이 사라졌다는 거야?"

그들은 알 수 없다는 듯 고개를 갸웃거리며 담당의를 기다리고 있었다. 혼란에 빠진 듯한 보호자들과는 달리 의사는 명료하고 단호하게 말했다. 한 치의 의심도 삐져나오지 못하도록 단단하게 못을 박았다.

"CT상에는 10센티미터의 물혹이 보였고, 그 물혹이 배를 아프게 하는 원인이라고 생각했는데 복부를 절개해 보니 물혹이 없었습니다. 아무리 찾아도 없어서 수술을 빨리 마쳤습니다."

살짝 미소를 머금은 의사는 난소내막증으로 배가 아팠던 것이 분명하다며 염증치료에 힘쓰겠다고 했다.

"정말, 다행입니다. 혹이 없어서."

캑캑 엄마가 캑캑거리며 가래를 끌어 모았다. 퉤!

갑작스런 엄마의 가래침 뱉는 소리에 의사와 그를 따르는 수련의들은 일시에 몸을 움찔댔다. 짧은 침묵이 흐른 뒤, 곧 평정심을 되찾은 그들은 병실을 빠져 나갔다. 병실 안은 정적이 감돌았다. 뭐가 다행이라는 거지. 혹이 없다는 사실이. 그럼 생살을 찢었는데도 다행인건가. 모호했다. 현상이란 것이 본 것이 다가 아니고, 숨겨진 이면이 있고, 지금 틀린 것이 과거에는 옳았던 것이었고 지금 옳은 것이 미래에도 옳은 것으로 남을까. 얼른 엄마를 쳐다봤다. 그렇다면 엄마의 삶을 내가 잘못되었다고 비난할 수 있을까. 나는 엄마를 완벽하게 알지 못한다. 엄마는 나와 눈빛이 마주치자 고개를 주억거렸다. 적어도 17센티미터의 물혹을 떼어내 배를 가른 효과가 명확한 우리는 의문을 품을 필요가 없기 때문이었다. 그런데 의혹이 없다고 좋은 일일까? 나는 혼란스러워서 머리채를 흔들었다.

엄마는 오렌지를 깠다. 향긋한 오렌지 향이 병실에 가득 찼다. 앞 침상의 가족들이 아직 황당함에서 깨어나기도 전에 엄마는 자신의 자리로 돌아와 있었다. 즙이 뚝뚝 떨어지는 오렌지 한쪽을 떼어 나의 입으로 디밀었다. 나는 인상을 쓰면서 엄마의 손을 내쳤다.

"기집애. 인정머리 없기는. 국물만 빨아먹어봐. 국물만."

쩝쩝거리는 엄마가 보기 싫어 등을 휙 돌려 창밖으로 시선을 던졌다. 갑자기 몸을 틀었는지 배가 당기고 혹 통증이 몰려왔다. 창밖의 벚꽃은 어제보다 좀 더 만개해 있었다. 매순간 시간의 흐름을 인식할 수는 없어도 시간은 세상을 변화시켜왔고 그 세상의 일부인 나 자신도 변화되어 왔다. 나는 눈을 가늘게 떠 어제보다 더 벌어진 벚꽃을 응시했다.

순간 나를 지탱해 온 힘이 엄마에 대한 저항과 오기였다는 사실을 깨달았다. 화분의 꽃처럼 엄마는 나를 키웠지만 원할 때 물을 준 것은 아니었다. 목이 말라 온 에너지를 발동해 자가 발전을 하며 살도록 내버려 두었다. 그런데 역설적이게도 엄마는 항상 내 곁에 있어주었다. 내가 원하는 모습은 아니었지만. 졸업식이나 입학식, 학교 총회, 또 아파 누워 있는 이 순간에도. 그리고 보면 엄마의 무의식 중심에는 내가 있는 것은 아닐까. 엄마는 자신과 맞닥뜨리는 어떤 상황 속에서도 주저앉거나 피하지 않았다. 가장 자기다운 모습으로 선택하고 받아들이며 치열하게 살아왔다. 그리고 그 길이 아니라고 판단되면 주저 없이 다른 길로 접어들었다. 엄마의 집은 자유로웠다. 그에 비하면 나는 나의 집을 꿈조차 꾸지 못했다. 아직도 오렌지 향이 병실 안을 향긋하게 떠다니고 있었다.

핸드폰을 들여다보던 엄마가 내 시선을 느꼈는지 두 눈을 동그랗게 뜨고 물었다. 왜? 화장실? 엄마는 벌떡 일어나 화장실 갈 채비를 챙겼다. 내 몸에 꽂힌 바늘이 움직이지 않도록, 진통제와 항생제와 수액 링거가 안전하게 문턱을 넘을 수 있도록 폴대를 꽉 붙들었다. 엄마와 나는 나란히 붙은 화장실 옆 칸으로 들어갔다. 우리는 서로의 소변줄기 소리를 들으며 시원하게 소변을 눴다. 온몸을 훑고 제 할 일을 다한 후 밖으로 배출된 소변을 위해 변기버튼을 꾹 눌렀다. 동시에 시원한 물줄기가 쏟아져 내렸다.

엄마는 얼른 병실에서 칫솔을 가져왔다. 우리는 화장실 세면대에 나란히 서서 커다란 전면 거울에 비친 모습을 바라보며 이를 닦았다. 엄마의 입가에 허연 거품이 뭉게뭉게 부풀어 올랐다. 내 입가에도 하얀 거품이 일었다. 엄마의 칫솔질이 멈췄다. 얼굴이 찡그려진다. 갑자기 가래가 끓어오르는지 숨을 멈춘다. 나도 너무 격한 칫솔질을 한 탓인지 물혹이 사라진 자리가 불에 대인 듯 화끈거렸다. 주사바늘이 꽂힌 왼손이 복부를 감싸 안았다. 칫솔질을 멈춘 엄마의 시선이 나와 거울 속에서 부딪쳤다. 동시에 엄마와 나는 거품을 튕기며 웃음을 터뜨렸다.

인간등대

동묘 역에 내리자 차갑고 알싸한 바다 내음이 났다. 북적거리는 사람들 틈에서 비릿한 냄새도 올라온다. 진호는 코를 벌름거리며 냄새의 진원지를 찾았다. 대낮부터 거나하게 취한 사람들이 뿜어내는 말간 소주와 시큼한 막걸리 냄새였다. 다른 때 같으면 속이 울렁거려 그곳을 벗어나려 애썼겠지만 그는 달뜬 얼굴로 성큼성큼 계단을 올라갔다.

　진호는 동묘 역 4번 출구 앞에서 군 제대 후 7년 만의 만남을 앞두고 있었다. 얼마 전 핸드폰을 교체하려고 연락처를 훑어보다 눈길이 멈췄다. 한참을 망설이던 그는 알음알음 아는 사람들의 SNS를 타고 들어가 희찬의 페이스북을 보게 되었다. 프로필 속 '낚싯바늘에 걸린 물고기'를 보는 순간 망설임 없이 메시지를 보냈다.

'김희찬 수병님, 접니다. 박진호.' 메시지를 받은 희찬에게서 바로 연락이 왔다.

마른장마가 계속되는 휴일의 동묘는 상인과 고객, 관광객이 뒤엉켜 더운 김을 훅훅 뿜어내고 있었다. 진호는 어느 방향에서 희찬이 나타날지 몰라 이리저리 시선을 던졌다. 그때 평온을 깨는 파열음이 귓전을 때렸다.

"야, 이 새끼야. 너 잘 걸렸다. 너 오늘 죽었어."

도로변을 따라 늘어선 가판대 앞에서 사람들이 웅성거렸다. 구겨진 옅은 바다색 셔츠를 입은 남자가 상인의 억센 손아귀에 어깨죽지를 잡힌 채 망연히 서 있었다. 남자의 등이 동그랗게 젖어있었고 가판대 위에는 수명이 다한 것 같은 카메라와 핸드폰, 전기면도기 등이 얼핏 보였다.

"귀신같이 좋은 물건만 훔쳐 간다니까, 뭐 할 짓이 없어 이런 노점 물건을 탐내냐. 넌 자존심도 없냐. 이 새끼야."

분노로 벌겋게 익은 상인의 얼굴은 금방이라도 터져 버릴 것 같았고 오도 가도 못하고 엉거주춤 선 남자의 핏기 가신 얼굴은 하얗게 녹아내릴 것만 같았다. 멍하니 그 모습을 바라보던 진호는 남자의 얼굴이 익숙하다고 생각했다. 상인이 남자의 멱살을 잡았다. 진호는 그 얼굴이 누구인지 알아차렸다. 상인의 주먹이 허공을 가르는 순간 상인과 남자의 주변에 보이지 않는 경계선을 뚫고 진호가 움직였다. 남자는 분명 희찬이었다.

"수병님, 무슨 일이십니까?"

멀끔한 진호의 등장에 상인이 잡았던 멱살을 놓았다. 욕을 할 것처럼 벌렸던 입도 닫았다. 진호를 알아본 희찬의 두 눈이 커졌다.

"넌 또 뭐야. 이 도둑놈 새끼랑 한패야."

"도둑놈이라니요. 말이 심하시네요. 어디 증거가 있습니까?"

"증거? 야 이 자식아, 내가 증거다 증거. 내 눈이 증거야!"

상인이 핏대를 세우며 말했다.

"아니요. 그런 법이 어디에 있습니까. 증거도 없으면서 함부로 사람을 의심하면 명예훼손입니다. 제가 아까부터 봤는데 수병님은 그런 행동을 하지 않았습니다."

진호의 단호한 말에 상인이 주춤거리며 뒤로 물러났다. 그는 멈추지 않고 계속 말했다.

"서로 오해가 있으신 것 같은데 보는 눈도 많고 이쯤에서 그만하시죠. 다 무더운 날씨가 문제지요. 더위가 사람을 잡습니다. 잡아."

어느새 부드러워진 진호의 말에 구경꾼들의 시선이 시들해져 흩어졌다. 상인은 아직도 분이 안 풀렸는지 음식점 전단지를 말아 쥐고 가판대 위를 탁탁 털어댔다.

"야, 내가 별꼴을 다 보여준다."

희찬이 조금은 민망한 얼굴로 웃었다.

"뭐 살다보면 어이없는 오해도 받고 그럴 수도 있는 거죠."

진호는 손사래 치며 말했다. 풋내 나는 청년에서 7년의 세월을 얼굴에 담은 두 남자는 서로를 잠시 바라보다 격하게 끌어안았다.

시장통을 벗어난 두 남자는 동대문을 향해 걸었다. 인도, 태국, 칠레 등 외국 음식점들이 그들의 눈에 연달아 띄었다. 동대문, 청계천으로 이어진 동네는 뒷길로 조금만 접어들어도 가내수공업장이 많은 듯했고 코끝을 톡 쏘는 향신료 냄새가 무리지은 외국인 노동자들의 발끝을 따라다녔다. 그들의 입꼬리가 일제히 높이 올라가 있었다.

동대문은 사통팔달로 뻗은 도로 위에 외딴 섬처럼 우뚝 서 있었다. 두 남자는 비탈길을 올라가 성벽 가장 높은 곳 돌참에 걸터앉았다. 확 트인 동대문광장이 그들의 눈앞에 펼쳐졌다. 동대문은 양쪽 팔을 쫙 벌리면 왼쪽은 남산으로, 오른쪽은 낙산으로 이어졌다. 미확인비행물체를 닮은 동대문디자인플라자와 두타, 밀리오레 등 현대식 건물들이 우뚝우뚝 서 있었다. 발아래 세상은 일사분란하게 움직였다. 동대문 앞에서 차들이 멈추면 사람들이 건너가고 사람들이 멈춰 서면 차들이 질주했다. 공원에는 성곽과 들꽃을 배경으로 사람들이 사진을 찍고 있었다. 카메라 렌즈를 향한 얼굴은 누가 무엇을 하지 않아도 예뻤다.

오후 4시를 넘긴 시간이었지만 태양은 맹렬히 불탔고 공기는 뜨거웠다. 백팩을 연 진호가 생수병을 꺼내 희찬에게 내밀었다. 목이 말랐던 희찬이지만 선뜻 받아들지 못했다. 머뭇대다 생수병을 높이 쳐들어 물을 입안으로 쏟아 부었다. 진호가 흡족한 듯 웃으며 물병을 받아 병 입구에 입을 대고 벌컥벌컥 마셨다. 희찬의 눈이 커졌다.

자대배치를 받고 적응을 다 하기도 전에 희찬은 어리둥절한 상태에서 후임병을 받았다. 그가 진호였다. 삐쩍 마르긴 했지만 하얀 피부와 우뚝한 콧날, 귀공자다운 외모를 가진 그는 똑같은 군복을 입었어도 도드라져 보였다. 희찬은 진호를 보면서 냉동고에서 금방 꺼낸 얼린 맥주잔을 떠올렸다. 살짝 얼음이 낀 투명한 유리잔을. 반면 희찬은 거무틱틱한 피부에 시끌벅적한 소리를 몰고 다녔다. 실눈은 웃으면 아예 사라졌고 주먹코 위 미간에는 작은 웃음에도 늙은 주름이 생겼다. 선임들은 희찬에게 없어 보이니 실없이 웃지 말라고 했다. 진호에게는 하지 않는 말이었다.

진호는 타인과 몸이 닿는 것을 극도로 피했다. 습관처럼 뭐든지 털어댔다. 책장을 넘기면서도 털고 볼펜을 쥔 손도 호호 불어댔다. 반면 행동은 어설프고 실수투성이였다. 군복도 제대로 개지 못하고 사물함도 뒤죽박죽이었다. 잠도 깊이 들지 못해 뒤척이거나 헛소리를 하면서 벌떡벌떡 깨곤 했다. 그리고 낮에는 꾸벅꾸벅 졸았다. 영락없는 고문관이었고 영창감이었다. 정신과 몸이 따로 노는 놈 같았다. 그러나 진호가 실수를 하거나 몸을 털어대면 벌을 받는 것은 희찬이었다. 후임병 관리를 제대로 하지 못한다는 것이 이유였다. 벌은 주는 사람의 마음이었고 이유는 붙이기 나름이었다. 바다 위에서 수행하는 임무라 항상 긴장해 있어야 했는데 거기에 진호가 사고를 칠까 노심초사해야하니 희찬은 이래저래 밤낮으로 시달려 죽을 맛이었다. 제대로 적응을 못하면 의가사제대를 하지 싶기도 했지만 자신 때문에 곤욕을 치르는 희찬을 멀뚱히 바라보기만 하는 진호에게는 그럴 생각이 전혀 없어보였다. 불공평한 세상이었다.

"로스쿨 들어갔겠네. 아니지 법조인이 됐겠지?"

"아닙니다. 백수입니다."

"놀고 있다고?"

여상히 흘리듯 한 말에 희찬이 놀라, 광장으로 향했던 시선을 돌려 진호를 바라봤다.

"네, 무위도식하고 있습니다. 100세 시대에 몇 해 쉰다고 무슨 일이 있겠습니까."

"너야 없겠지. 목구멍이 포도청인 나는 사달이 난다. 사달이…."

"저는 제 인생의 황금기를 보내고 소요하고 있는 중입니다."

"황금기를 보냈다고. 언제?"

"저는 군대가 황금기였습니다."

"그래 그래, 너는 잘난 놈이니까. 어느 때든 황금기라 말해도 이상하지 않을 거야! 박진호, 제대한 지가 언제인데, 말 놔. 동갑끼리…."

"아닙니다. 한 번 선임은 영원한 선임입니다."

두 남자는 동대문광장에서 시선을 거둬 힐끗 서로를 쳐다봤다.

"김희찬 수병님의 프로필을 보는 순간 세월이 거꾸로 흘러 그날이 생각났습니다. 제가 낚싯바늘에 낚였던 날이…."

그 말이 떨어지기 무섭게 희찬은 어깨를 들썩이며 웃어댔다. 진호도 따라 웃음을 터뜨렸다.

태생부터 어그러져 있던 두 사람의 껄끄러운 관계가 변한 것은 '그날'부터였다. 그날은 언뜻 보기에 평소와 다름이 없었다. 두 사람은 바다 한가운데 떠있는 빠지선이라 불리는 해상검문소에서 작은 보트를 타고 서해안을 정찰했다. 북쪽에서 떠내려 오는 물체가 의심되면 긴급출동을 해 샅샅이 살폈다. 또 긴급하게 빠지선과 육지를 오고가는 병사를 이송하는 수상택시 역할도 했다. 어제와 같았고 내일도 똑같을 하루였다. 희찬은 못마땅한 표정으로 진호의 행동을 감시했고, 두 사람 사이에는 어떤 정겨운 언어도 지나가지 않았다. 다만 다른 날과 달랐던 것은 그 갈치였다.

저녁 식사 때 노릇노릇 구워진 두툼한 갈치, 가장 큰 한 토막을 들고 물어뜯던 희찬은 갈치 살을 흐트러뜨리며 깨그작거리는 진호가 못마땅했다. 진호를 보고 있으면 자신의 입맛도 사라질 것만 같았다. 그래서 갈치살점을 뚝 떼어 진호의 밥 위에 얹어 주었던 것은 순전히 자신을 위한 것이었다. 진호의 미간이 찌푸려졌고 희찬은 눈을 부라렸다. 진호가 마지못해 갈치를 입안으로 밀어 넣었다. 한두 번 씹다 갑자기 컥하며 입을 부여잡더니 엉거주춤 일어서 어쩔 줄 몰라 했다. 눈도 희번득거렸다. 뱉어낸 음식물에는 피가 묻어나 있었다. 진호의 눈앞이 깜깜해졌다. 고통이 입안에서부터 빠르게 전신을 향해 퍼져나갔다. 살아야겠다는 생각이 그보다 빠르게 지나갔다. 동시에 희찬의 머릿속에는 어떤 예감이 한밤중의 뱃고동 소리처럼 울려 퍼졌다. 이놈이 죽으면 내가 먼저 저승사자를 만난다. 이놈을 살려야 내가 살 수 있다. 자신이 갈치를 주지 않았던가. 먹이를 낚아채는 갈매기보다 빠르게 진호의 입을 벌렸다. 입안 볼에 은빛 선이 박혀있었다. 희찬은 생선냄새가 풍기는 손가락을 집어넣었다. 잠시 뒤 손바닥 위에 정체를 드러낸 것은 피와 침으로 범벅이 된 부러진 낚싯바늘이었다. 눈물이 그렁그렁해진 진호의 등을 아무렇지 않게 툭툭 치면서 희찬은 몰래 놀란 가슴을 쓸어내렸다. 살았다. 누가 먼저 한 생각인지 모르지만 두 사람은 그렇게 생각했다. 그리고 그날부터 그들은 조금 가까워졌다.

동대문광장을 내려다보는 그들 앞으로 들꽃 위를 날아다니던 잠자리가 날아왔다. 진호가 팔을 뻗어 잠자리를 손가락 끝으로 유혹했다. 손끝에 앉으려던 잠자리가 둥글게 원을 그리며 멀리 날아갔다.

"고추잠자리네. 배 선실 외벽에 빨갛게 세로 줄무늬가 났던 것 기억나?"

"생각나지요. 예술이었지요."

"그래, 내가 그때 너한테 그런 특별 임무를 줄 수 있었던 것도 다 그날 덕분이지. 그 갈치가 없었으면 나는 너랑 친해질 생각도 안 했을 거야."

희찬이 고개를 흔들며 말했다. 진호는 아무 대답 없이 두 눈으로 잠자리 떼를 좇았다.

그는 어느새 군함의 갑판 위로 돌아가 있었다. 갑판청소를 하려
고 일찍 일어난 두 수병은 선실 외벽에 빨간 줄이 쭉쭉 그어진 것
을 보고 기함을 했다. 어제 저녁만 해도 멀쩡했던 벽에 누가 밤새
낙서를 했단 말인가. 그것도 붉은색으로…. 놀라 달려가 보니 입
이 딱 벌어졌다. 고추잠자리가 줄지어 붙어있었다. 얼마나 많은
고추잠자리였던지 징그러우면서도 일렬로 줄지어 붙어있는 모습
이 귀여웠다. 그들이 어떻게 이 배에 들어왔는지 의아했는데 아마
지난밤 정박해 있던 배에 들어와 잠을 자다 배가 출항하면서 함께
바다로 나온 모양이었다. 수만 개의 눈을 가진 고추잠자리의 눈이
놀라 커졌을 걸 생각하니 절로 웃음이 터졌다. 그러다가 진호를 불
렀다.

"박진호, 군의 임무는 고추잠자리 떼의 안전한 귀향일세. 실수
없이 미션을 수행하도록!"

정색하고 희찬이 진호에게 명령했다. 진호가 경례를 올려붙이
며 외쳤다.

"충성!"

진호가 지켜주지 않더라도 잠자리 떼는 미동 없이 벽에 꼭 붙어
배와 함께 항구로 돌아왔다. 자신들의 힘으로는 돌아갈 여력이 없
으니까 체면 불고하고 배에 의지할 수밖에. 진호는 임무를 완수했
고 희찬은 푸른 바다와 붉은 고추잠자리 떼가 만든 장관을 추억 속

에 저장했다.

고추잠자리가 불러일으킨 과거의 기억들에서 진호는 갈매기를 떠올렸다.

"수병님, 갈매기 미각 테스트 기억나십니까?"

"갈매기! 암, 기억나지."

주위를 둘러보아도 망망대해뿐인 빠지선에서 2주 동안 생활을 하다 보면 무료할 때가 있었다. 그때 찾아오는 손님이 갈매기 떼였다. 신기하게도 잔밥을 바다에 버리려고 하면 어디서 날아왔는지 순식간에 몰려와 잔밥을 먹어 치웠다. 갈매기들은 실컷 잔밥을 먹은 후, 배 위를 맴돌며 갑판 위에 배설을 해 놓기 일쑤였다. 갈매기의 배설물에는 그날 먹은 수병들의 식단이 고스란히 드러났고 그럴 때마다 '뿌린 대로 거두리라'는 문장이 '먹은 대로 나오리라'는 말로 튀어나왔다. 진호와 함께 배설물을 청소하던 희찬의 눈이 반짝 빛났다.

"박진호, 갈매기 미각 테스트를 해보자."

"그걸 어떻게 합니까? 갈매기를 어떻게 잡습니까?"

"간단하다. 이따 건새우와 고추냉이만 챙기면 된다."

의아해 하는 진호에게 눈을 찡긋거리던 희찬은 어찌 구했는지 잔밥을 바다에 던질 때, 한 박자 늦게 고추냉이를 바른 건새우를 하늘 높이 던졌다. 어디까지나 장난 반 호기심 반으로 아무 생각 없이 한 행동이었다. 날렵하게 날아온 갈매기 한 마리가 덥석 건새우를 물었다. 그리고 하늘로 날아오르나 싶더니 쏜살같이 부리를 바다에 내리꽂으며 물속으로 풍덩 고꾸라졌다. 잠시 후 몸을 털면서 창공으로 날아오르는 갈매기를 보고 희찬과 진호는 비밀을 알아낸 자의 의미심장한 눈빛을 교환했다.

수병들에게 낚시는 금지사항이었다. 하지만 선임들로부터 전설처럼 내려오는 비장의 낚시법이 있었다. 새벽에 랜턴으로 바다를 비추면 새끼오징어들이 몰려들었다. 뜰채로 건져 올리면 새끼오징어들이 팔딱거렸다. 또 먹다 남은 삼겹살 한 점을 숨겨 놓았다가 어망에 넣고 바다에 던져 놓으면 삼겹살 냄새를 맡고 어망 안으로 꽃게와 새우가 들어왔다. 이것을 라면에 넣고 끓이면 특급 신선 해물라면탕이 완성 되었다. 정말 죽여주는 맛이었다. 가끔 기름에 꽃게를 튀기면 과자보다 더 바삭거리고 맛이 좋았다. 음식에 관심이 없던 진호조차 게눈 감추듯 먹어치웠다. 그 고소한 맛이 되살아났는지 입맛을 다시던 진호가 말했다.

"전 아직도 가끔 '해군, 사랑해요.' 하고 두 팔로 커다랗게 하트를 만들어 주시던 '바다호' 선장님이 생각나요."

"나도. 그분을 만나면 힘이 났는데….."

바다 한가운데서 만난 고깃배 선장은 병사들을 향해 수고한다고, 고맙다고 하트를 날려주었었다. 해 지는 붉은 노을 속에서 산타클로스 같은 웃음을 지으며 커다란 손짓과 목소리로 바다를 울리며 외쳐주곤 했었다. 희찬은 한 번도 본 적 없는 아버지를 떠올렸고 나이가 많이 든 후 자신도 그분을 닮았으면 좋겠다고 생각했었다. 훗날 선장이 풍랑 치는 바다에서 아들을 잃고 혼자 고기잡이를 하는 남자라는 사실을 안 후, 며칠을 먹먹하게 지냈다.

*

입가에 미소를 머금고 바다를 떠올렸던 두 남자는 더 이상 서로
에게 할 말이 없었다. 이제 그들의 앞에 있는 것은 바다가 아니었
다. 바람과 도시의 소음, 그 사이에 있는 침묵뿐이었다. 진호가 희
찬을 슬쩍 쳐다보았다.

희찬은 진호의 시선을 알았지만 내색하지 않고 그저 광장을 내
려다보았다. 그는 왜 진호의 연락에 선뜻 만나고자 했는지 자신을
이해할 수 없었다. 군대에서 알았던 후임병을 사회에서 다시 만나
그 시절을 추억하기에는 바다는 너무 멀리 있었다.

30여 명이 넘는 아이들 틈에서 제 밥을 빼앗기지 않으려 두 팔
로 밥그릇을 감싸던 가장 오래된 기억과 도화지에 그린 그림을 잘
그렸다고 머리를 쓰다듬어 주었던 누군가의 손길이 바다보다 가
까이 있었다. 손재주가 좋아 보기만 해도 뚝딱 만들어내 예술적 재
능을 인정받았지만 꿈은 포기할 수밖에 없었다. 포기가 아니라 잠
시 미뤄둔 거라 생각했다. 만 열여덟이 되어 오백만 원을 들고 보
육원에서 독립했을 때, 그에게 주어진 것은 반지하의 월세방이 전
부였다. 처음부터 누군가의 살뜰한 챙김을 받지 못했기에 비교의
대상도 없었고 감정의 변화도 낙차가 크지 않았다. 상처를 덜 받
기 위해 '좋게 좋게 생각해야 한다'는 것과 '그럴 수도 있지'를 주문

처럼 되뇌였다. 그래서 세상은 견딜 만했다. 수중에 가진 돈이 떨어져 잠잘 곳을 걱정해야 할 때 향한 군대도 생각해보면 나쁘지 않았다. 자신을 찾지 않던 서류상 부모의 흔적으로 군대에 입대할 수 있었던 것만으로도 감사했다. 흔들리는 배의 갑판에 서서 끝이 보이지 않는 바다를 바라보며 그렇게 생각했었다.

제대 후 희찬은 운이 좋게 대형 마트에 일자리를 얻었다. 처음에는 물건을 진열하고 배달하는 일을 하다 양념 불고기 파는 일로 옮겨 탔다. 하얀 모자와 가운을 입은 자신의 모습이 더 전문적으로 보여 조금 위쪽으로 올라간 기분이었다. 희찬은 맛깔스러운 목소리로 주부들을 불러 모았고 그의 모습을 눈여겨본 점장이 본격적으로 정육코너를 맡아 일해 보라고 했다. 털을 벗겨낸 알몸 형체 그대로 들어온 살덩이를 부위별로 나누고 보기 좋게 썰어 구미가 당기게 진열한 후, 고객을 불러 모으는 일이었다. 태어나서부터 항상 혼자였던 그에게 잘한다는 칭찬은 그를 흥분시켰다. 신이 났다. 노동의 강도보다 현저히 빈약한 월급을 받았지만 마감 때 텅 빈 진열장을 보면 능력을 인정받은 것 같아 뿌듯했다. 운이 좋으면 팔리지 않은 유통기한이 임박한 고기를 얻어 집에 가져갈 수도 있었다. 이 정도면 나쁘지 않았다. 그렇게만 생각하고 살았다.

그날도 여느 날처럼 능청스러운 말로 손님들을 불러 모았다. 짙은 라벤더 향을 풍기는 젊은 여자가 길고 가는 검지를 까딱이며 최상급 한우를 가리켰다. 여자에게 포장한 고기를 전해줄 때 그녀의 팔뚝에 걸친 윤이 나는 가죽가방이 눈에 들어왔다. 라벤더 향이 사라진 후에도 희찬은 손님들에게 고기를 선전하는데 열을 올렸다. 그때 여자의 앙칼진 소리가 등짝을 내리쳤다.

"야, 너 미쳤니? 이게 얼마인지 알아. 가방 다 버렸잖아! 이거 어쩔래!"

카트에 담긴 고기덩어리에서 뻘건 피가 흘러나와 옆에 놓았던 가죽가방을 물들여 놓았다. 핏물이 묻은 가죽가방을 흔들며 여자는 파랗게 질려 있었다. 미안하다고 연신 머리를 숙였지만 어쩔 거냐고 막무가내로 소리를 질러댔다. 희찬은 화가 치밀었다. 어찌자신의 잘못인가. 카트 안에 가방을 함께 넣은 여자의 잘못이지. 큰 소리에 놀란 사람들이 그들을 쳐다보았다. 희찬은 얼룩덜룩해진 가죽가방을 노려보았다. 그런 그의 눈을 내리누른 것은 점장이었다.

"아이고 손님 죄송합니다. 너 이 자식 빨리 사과드리지 못해."

점장의 손이 희찬의 머리를 눌렀고, 고개는 힘없이 바닥으로 떨어졌다. 그의 눈에 하얀 바닥 타일이 들어왔다. 그것은 배에 부딪혀 사라지는 파도의 하얀 거품과도 같았다.

그리고 다시 고개를 들었을 때 그의 앞에는 바다가 있었다. 하늘을 뒤집어 놓은 것 같은 망망대해에 떠있는 빠지선에 서 있었다. 갈매기 한 마리가 바닷속에서 솟구쳐 하늘로 날아올랐다. 잔밥을 처리하는 갈매기도 먹지 않는 그것. 그것이 희찬이었다.

머리는 숙였지만 희찬의 치켜뜬 눈은 시퍼런 칼날처럼 번뜩였고 그의 눈에 가죽가방이 들어왔다. 죽은 동물의 껍질보다 못한 자신의 처지가 몸을 떨게 했다. 그 후 며칠째 자신보다 더 대접받았던 여자의 가죽가방이 머리에서 떠나지 않자 우습게도 가죽가방을 제압해 보고 싶다는 생각을 했다. 그래야만 바닥에 떨어진 자존감을 되찾을 수 있을 것만 같았다.

그는 쉬는 날 가죽가게가 즐비한 동묘 역으로 나갔다. 소, 양, 돼지, 여우, 악어 등 다양한 동물들의 가죽이 산처럼 쌓여 있었다. 마치 사후의 동물왕국을 옮겨놓은 듯했다. 잡티 하나 없는 매끈한 가죽에서부터 흠집이 여기저기 난 가죽까지 가죽의 질도 가지각색이었다. 가죽을 보면 그 동물의 삶이 어땠는지 짐작이 되었다. 흠집이 많이 난 것은 그만큼 힘든 삶을 살았다는 증거였다. 아니면 죽음을 맞이한 상황을 얘기하는 것인지도 몰랐다. 흠집은 죽음에 대한 저항의 흔적일 수도 있었다. 이리저리 가죽을 손바닥으로 훑으며 먼지처럼 사라진 가죽의 주인을 생각했다. 피 흘린 환부가 상처로 남기까지의 고통이 다가왔다. 전투태세로 찾아온 거리에서 희찬의 발걸음은 한 곳에 오랫동안 멈춰 있었다. 무엇을 찾느냐는 주인의 말에 선뜻 대답을 못하다 "그냥 가방을 한 번 만들어 보고 싶어서요"라고 하자 연습 삼아 해보라고 구석에 처박아 놓았던 가죽을 꺼내 주었다. 헐값에 선심 쓰듯 내 준 그것은 여기저기 흠집투성이었다.

희찬은 먼지를 뒤집어쓴 가죽을 천천히 만져봤다. 감촉이 따뜻했다. 구수한 냄새도 났다. 울퉁불퉁 튀어나오고 구멍이 난 곳을 쓰다듬었다. 순간 죽어서도 살았던 삶의 흔적을 고스란히 지닌 그것들이 자신의 모습과 겹쳐졌다. 울컥 붉어진 눈시울을 문지르며 흠집을 잘 가공해 다른 가치를 부여해 주고 싶었다.

바늘을 샀다. 굵은 바늘이었지만 가죽을 뚫기에는 역부족이었다. 자꾸 부러져 송곳으로 구멍을 뚫었다. 손에 물집이 터져 진물이 나왔다. 움켜쥔 송곳에 피가 묻어났다. 손가락에 굳은살이 박힐 때쯤 작은 가방 하나를 만들어냈다. 한 번 만들고 나자 자신감도 붙고 더 전문적으로 배우고 싶은 갈망이 생겼다. 인터넷을 뒤져 가죽기술을 익혔다. 낮에는 고기를 팔고 밤에는 동물의 가죽에 생명을 불어넣어 주었다. 몸은 고달팠지만 자신이 준 생명으로 다시 태어난 작품이 느는 건 가슴이 벅찬 일이었다. 까짓것 하루에 한 끼를 먹으면 어떤가. 과감하게 일을 그만 둔 후 가죽공예에만 몰두했다. 동전지갑, 열쇠고리 등 작은 소품도 만들었다. 반지하 창문으로 새어든 햇빛에 갈색 가죽표면이 고상하고 우아하게 빛나자 갑자기 물건들이 세상으로 내보내 달라고 아우성을 치는 것 같았다. 이미 통장 잔고는 바닥을 보였다.

희찬은 자신의 SNS에 사진을 찍어 올렸다. 주변인들은 탄성을 질렀다. 그런 재주가 있었냐고. 그래 어려서부터 넌 그림을 잘 그렸어. 소질이 있었다니까. 그러다 보육원에서 함께 자란 형의 전화를 받았다. 그는 몇 작품을 견본으로 만들어 주면 판로를 개척해 주겠다고 했다. 작품이 좋아 해외에서도 통할 거라며 길을 뚫기 위해서는 자금이 필요하다고 했다. 그다음은 누구나 추측하는 대로

였다. 마트 근무 때 아들처럼 챙겨주던 계약직 동료들의 돈을 끌어모아 자신이 만든 작품과 함께 형에게 넘겼고 호언장담하던 그는 돈을 받자마자 연락을 끊었다. 희찬은 말을 잃었다. 한동안 반지하방에서 누워만 있었다. 몇 달의 시간이 지났을까 친구의 메시지를 받았다.

네 것과 똑 닮은 작품이 전시되어 있는 것을 보았어. 혹시 너….

부들부들 떨면서 전시장으로 달려갔다. 분노보다는 먹지 못해 힘이 없어 휘청거렸는지도 모른다. 전시장 앞에는 화려한 화환들이 줄줄이 놓여 있었고 입구 위에 달린 현수막에는 '가죽공예로 다시 태어난 생명체들의 신비'라는 글자와 함께 유명 작가의 이름이 턱하니 버티고 있었다. 그는 전시장으로 들어가 천천히 작품을 살펴보았다. 그때 열쇠고리용으로 만든 '낚싯바늘에 걸린 물고기'가 은은한 조명을 받고 붉은 융단 위에 놓여 있었다.

그는 고래고래 소리를 질렀다. 이건 내 물고기야! 봐, 낚싯바늘이 부러져 있잖아!

*

과거와 현재를 오가던 희찬과 진호는 텅 빈 눈빛으로 동대문광장을 내려다보았다. 차량과 사람들의 무리가 정해진 규칙에 따라 흘러가고 있었다. 그때 균열이 깨지면서 사람들이 멈추었다. 방향을 잃은 사람들이 한곳으로 모여들었다. 번쩍번쩍 경보등을 밝히고 응급차가 달려왔다. 멀리 보이는 상황에 희찬과 진호는 긴장되어 몸을 웅크렸다. 응급차에서 구급대원들이 내렸고 둘러싼 사람들을 헤집으며 누군가를 들것에 실었다.

진호는 보았다. 하늘에서 시커먼 물체가 휙 땅으로 떨어졌고 바닥에 쾅음을 내며 부딪쳤다. 오래전의 일이었지만 어제처럼 생생했다. 붉은색은 푸른색보다 선명했다. 경비원이 달려오고 구급차와 경찰차의 사이렌 소리가 잠들었던 사람들을 깨웠다. 조명이 비춘 무대처럼 물체가 떨어진 그곳은 사람들로 웅성댔다. 진호는 비실비실 뒷걸음쳐 아파트 단지를 빙 둘러 집으로 들어갔다. 그날 저녁 진호는 목소리를 죽여 가며 나누는 부모의 대화를 들었다. 20대 후반 청년이 컴퓨터 오락을 하다 엄마에게 야단을 맞은 후 바람을 쐬러 나가는 것처럼 나가 바로 뛰어내렸다는 것이었다.

"얼빠진 놈이군. 그런 얘기 절대 우리 집안에서는 올리지 마."

며칠 후 그 사람이 동네에서 유명한 수재였고 그들이 아는 사람이라는 사실에 경악했다. 그 사람과 가장 많이 닮은 이가 바로 진호였다. 진호가 닮고 싶었던 인물도 그였다. 항상 그랬었다. 걔를 봐라. 일등을 했다더라. 일류 대학에 들어갔다더라. 로스쿨에 합격했다더라. 더라. 더라….

진호는 군 입대를 지원했다. 그의 아버지는 의지가 없는 놈이라고 야단을 쳤다. 공부에 탄력을 받았을 때 로스쿨까지 입학하고 법조인이 되라고 했다. 그러나 진호의 결심은 단호했다. 아무것도 하지 않고 방안에 처박혀 있었다. 밥도 먹지 않았다. 영양가 높은 음식과 운동 부족으로 퉁퉁했던 몸집도 홀쭉하다 못해 삐쩍 말라 갔다. 결국 부모는 두 손을 들었고 군 입대를 허락했다. 처음으로 진호가 스스로 선택한 일이었다. 부모 역시 혹독하게 훈련을 받으면 멍청해진 머리가 되돌아올 거라고 생각했다.

진호는 머리를 깎으면서 주인이 사라진 문자를 읽었다. 떨리는 입술을 꽉 깨물었다.

"진호야, 바다가 보고 싶다. 답답한 마음과 엉킨 머릿속을 푸른 바다에다 털어내고 싶다. 타인의 삶에 관여하는 것이 좋은 일일까. 사건을 바라보는 내 신념과 정서가 평등하고 공정하고 정의롭다고 할 수 있을까? 머리가 아프다."

"형, 나 내일 발표가 있어서…"

"아니다. 괜한 소리 했다. 나도 한 시간만 머리 식히고 공부해야 한다. 힘내자 우리."

그의 문자를 받고 개똥철학 같은 소리 한다고 투덜댔다. 족집게 시험자료를 언제 준다는 것인지 궁금할 뿐이었다. 그는 진호가 대학 수업을 따라갈 수 있도록 엄마가 붙여준 과외선생이자 선배였다.

환자를 싣고 구급차가 떠난 후, 거리는 평온을 되찾았다. 하지만 두 사람에게 광장은 어느새 바다로 변해 있었고 그들의 귓가에 자지러지듯 울리는 경보음이 들렸다. 긴급출동이다. 긴급출동이 내려지면 그들은 신속하게 슈트를 보트에 던지고 출발하는 보트 안에서 옷을 갈아입었다. 최대한 빨리 사건 현장으로 달려가야 한다. 북쪽에서 흘러온 물체가 보인다는 긴급통신이 왔다. 촌각을 다투며 보트는 내달렸다. 보트에 탄 여섯 명의 대원들 얼굴에 긴장감이 서렸다. 저 멀리 검푸른 바다 위에 흰 물체가 둥둥 떠 있었다. 가까이 가자 사람의 시체가 퉁퉁 불어 물 위에 드러나 있었다. 희찬과 진호는 겁에 질려 구토를 해댔다. 그 후 긴급출동이 떨어지면 오금이 저렸다. 그래도 경고음이 울리면 자동적으로 보트에 몸을 던졌다. 한 치의 망설임도 없이 달려갔다. 어느 때는 북쪽에서 떠내려 온 나무토막이거나 파도에 휩쓸려 간 스티로폼인 경우도 있었다.

긴급출동에서 안타까운 장면을 목격하고 돌아올 때면 수병들은 바다를 지키다 목숨을 잃은 병사들을 생각했다. 그들도 두려움에 떨면서 의무와 사명을 다하려고 달려 나갔을 것이다. 자신과 비슷한 나이의 꿈 많은 청춘이었을 그들, 누구의 자식이자 형제이고 친구이자 연인이며 본인에게는 단 하나의 생명이었을 것이다. 보트가 달려가면 속력과 비례해 물보라가 일면서 튀어오른 물방울이 얼굴을 때렸다. 이런 생각이 문득 들면 바닷물이 입안으로 튀어 들어와도 짠 줄을 몰랐다. 붉은색이 푸른색보다 강렬했다면, 바다는 붉음을 삼켜버릴 만큼 깊었다.

밤에 정찰을 나갈 때 헤드라이트를 켜면 빛이 유리에 반사되어

앞이 안 보였다. 뭔가 바다에 떠오른 것이 포착되면 반드시 눈으로 직접 확인을 해야 했다. 그래서 병사들은 인간등대가 되곤 했다. 뱃머리에 K6기관총을 달아 놓은 기둥이 있었다. 그 기둥에 홋줄로 몸을 칭칭 감아 묶고 한쪽 팔은 기둥을 끌어안았다. 한 손에는 랜턴을 들고 천천히 사방을 비추었다. 넘실대는 바다 위를 인간등대가 되어 불빛을 쏘아대는 것이다. 물결이 잔잔한 날은 그래도 괜찮았다. 바람이 심하게 불거나 파도가 쳐 날씨가 사나울 때는 뱃머리가 바다 표면에 부딪쳐 높게 올라갔다 내려갔다를 반복했다. 몸을 제대로 가눌 수 없을 만큼 바다가 요동을 치면 자칫 파도에 휩쓸려 갈 수도 있었다. 랜턴을 바다에 비추면 검푸른 바다가 공포로 몰려왔다. 금방이라도 파도가 배를 집어삼킬 것만 같았다. 아니 단단하게 묶은 홋줄이 스르르 풀리거나 끊어져 저 검푸른 바닷속으로 빨려 들어갈 것만 같았다.

인간등대는 고참 수병들이 시범을 보인 후 차츰 후임병으로 넘어갔다. 주로 임무는 무슨 일을 시키든 낯빛을 붉히지 않고 덥석덥석 수행하는 희찬에게 주어졌다. 다른 수병들이 벌벌 떨며 회피하고 싶어 하는 일을 그는 즐기는 것만 같았다.

수병들은 희찬이 쏘아대는 불빛을 따라 바다 위를 살폈다. 그러나 진호의 시선은 어느 순간 희찬에게 향했다. 왜 그를 보면서 인간에게 불을 가져다 준 벌로 코카서스 산에서 독수리에게 간을 쪼아 먹히는 프로메테우스가 생각났을까, 두 다리에 힘을 주고 랜턴 빛을 쏘아대는 희찬이 우뚝 솟은 파로스 섬의 등대 같기도 했다.

임무를 마친 희찬에게 수건을 건네며 진호는 입술을 깨물었다. 다른 동료들이 수고했다고 너스레를 떨며 희찬의 어깨를 툭툭 칠 때도 진호는 아무 말이 없었다. 대수롭지 않다는 듯 물기를 털어내는 희찬을 진호는 뚫어지게 바라볼 뿐이었다.

고참들도 미안한 생각이 들었던지 희찬에게 주었던 인간등대 임무를 진호에게 지시했다. 진호는 어안이 벙벙했다. 꿈에도 생각해 보지 못한 일이었다.

달빛이 바다를 포근하게 비춰주는 따뜻한 풍경이었지만 진호의 다리는 부들부들 떨려 한 발자국도 떼기 힘들었다. 겨우 훗줄에 몸을 묶고 랜턴을 켰지만 기둥을 잡은 팔과 손은 경직되어 감각이 없었다. 랜턴을 든 손도 무게를 이기지 못해 이리저리 흔들렸다. 겨우 정신을 가다듬고 랜턴으로 바다 위를 비추었다. 랜턴 불빛을 받은 바다 수면이 반짝였다. 천천히 랜턴을 움직였다. 그 불빛을 따라 잠들었던 바다가 환하게 열렸다. 마치 조명을 받은 무대처럼 보였다. 순간 잊고 있었던 환영이 되살아났다. 가로등 불빛 아래 사람들이 웅성거렸다. 구조가 필요해요. 빨리요. 급해요. 사람들 틈으로 바닥에 누운 선배의 얼굴이 얼핏 보였다. 소스라치게 놀란 진호는 질끈 눈을 감았다.

순간 잔잔했던 바다가 출렁이기 시작했다. 배도 기우뚱댔다. 진호는 얼어붙었다. 공포가 엄습하면서 숨이 막혔다. 찬바람이 휙 불어왔다. 진호의 얼굴이 바람을 피해 돌아갔다. 랜턴을 쥔 손도 힘을 잃었고 불빛도 바다 위를 휘저었다. 몇 초도 못 버티고 진호는 주저앉았다. 그 후 인간등대는 희찬의 차지가 되고 말았다.

그런데 그런 무서운 일을 진호가 자진해서 한다고 했다. 미친 듯이 몰려오는 파도에 모두 겁을 먹고 있을 때였다.

"그 폭풍우가 치던 밤 말이야. 네가 인간등대가 되어 주었던 그 날 밤. 왜 그랬어?"

진호는 몰아치는 비바람을 맞으며 홋줄을 자신의 몸에 칭칭 동여맸다. 한 손으로 기둥을 꽉 끌어안고 한 손으로 랜턴을 움켜잡았다. 랜턴으로 왼쪽부터 천천히 바다 위를 비췄다. 작은 물체라도 놓치지 않겠다는 일념으로 랜턴을 비추었다. 그 불빛을 따라 매의 눈으로 동료들이 바다를 살폈다. 진호의 얼굴과 온몸은 땀과 빗물, 바닷물로 젖어들었다. 기둥을 꽉 끌어안은 팔에 힘이 들어갔다. 광란의 검은 바다에 밝은 빛을 비추자 꿈틀대는 바다가 환하게 드러났다. 그곳에 허연 물체가 언뜻 보였다. 둥둥 떠 있는 물체는 북에서 온 선박이거나 사람일 수도 있었다. 두려움에 턱이 덜덜 떨렸다. 두 다리에 힘을 주고 랜턴을 그 물체에 집중하여 비췄다. 뒤틀린 물결 때문에 초점을 맞추기 힘들었다. 집중해야 한다. 손에 힘을 주고 빛을 정확히 쏘아댔다. 그 순간 무서움이 사라지고 평화로워지면서 두 눈이 또렷해졌다. 빛이 닿는 표면에 무언가가 움직였다. 진호의 눈빛이 살아났다. 누군가가 손을 내밀고 살려달라고 허우적대고 있었다. 진호는 동요하지 않고 인간등대가 되어 빛을 쏘아댔다. 그 빛을 따라 배가 다가갔고 동료들은 힘을 모아 그를 배 위로 끌어올렸다. 인공호흡을 긴박하게 해대는 동료들이 보였다. 진호는 마비가 올 정도로 꽉 끌어안았던 팔이 풀리면서 기절을 하고 말았다. 이틀 후 깨어난 진호를 동료병사들은 자주 방문했고 따뜻한 눈빛으로 등을 토닥여 주었다. 단 한 번의 인간등대였지만 그 여운은 계속 그의 온몸에 남아 있었다.

"그때 네가 지원하지 않았다면 내가 인간등대가 되었겠지. 어깨가 아파서 등대 역할을 제대로 못 했을 거야. 그럼 그 외국인 선원도 구할 수 없었을 거야. 그날 넌 우리 모두를 살렸어."

광장을 바라보던 진호는 한참을 침묵하다 입을 열었다.

"사실 제가 후임이라 힘든 일은 제게 주어지는 것이 당연한데 어찌 된 일인지 저에게는 중요한 일을 맡기지 않았습니다. 물론 바다가 잔잔한 날 조차도 인간등대 역할을 못 한 놈이니 아예 저를 제쳐 놓은 것이지요. 저도 겁이 나 다시는 나서지 못했고요. 그런데 그 일을 한 후 수병님의 얼굴에서 광채를 봤단 말입니다. 바닷물인지 빗물인지 흠뻑 뒤집어쓴 수병님의 얼굴에 환희와 기쁨이 넘치는 걸 봤습니다. 그게 뭘까? 너무 궁금했습니다. 그 환한 광채의 비밀을 알기 위해서는 직접 해보는 수밖에요. 수병님이 어깨를 삐끗하던 날, 기회는 왔지요. 이런 기회가 아니면 전 절대 용기를 낼 수 없다는 것을 알기에 홋줄로 몸을 기둥에 묶었습니다. 하필 비바람이 너무 매섭게 휘몰아쳐 후회가 밀려오긴 했지만 주사위는 던져졌지요."

무사히 군대를 제대한 진호를 보며 부모는 가슴을 쓸어내렸고 그들의 보이지 않는 노력이 발휘되었다고 자위했다. 이제 그들이 그린 도면 위로 진호가 돌아와 앞으로 걸어가기만 하면 되었다. 군대에 입대할 때보다 몸집에 살도 붙고 표정도 밝아졌다. 가족의 환대 속에 미소 짓던 진호가 자기 방으로 들어간 지 채 1분이 지났을까 무언가 무너지는 소리가 집안을 흔들었다. 놀라 방문을 열자 노트들이 방안 가득 흩어져 있었다. 진호는 분을 억누르지 못해 주먹으로 벽을 쳤다. 가족들은 경악했다. 그의 엄마가 소리쳤다.

"이걸 얼마나 어렵게 구한 건데. 그 죽은 애 엄마한테 사정사정해서 구한 거야. 어느 누구한테도 못 준다는 걸 걔가 널 제일 좋아했다고 말하니까 주더라. 그런데 이걸…."

진호는 온몸을 사시나무 떨듯 떨었다. 분을 삭이지 못해 문을 박차고 뛰어나갔다. 방바닥에 펼쳐진 노트에는 선배의 정갈한 글씨가 색색의 포스트지에 적혀 빼곡히 붙어있었다.

진호는 발길이 닿는 대로 돌아다녔다. 사람들이 모이는 곳이면 어디든지 상관없었다. 시골 장터, 놀이동산, 지역축제 등. 재력 있는 부모를 두었기에 몇 년을 무위도식해도 아무 문제가 되지 않았다. 그의 진로를 좌지우지하려던 부모가 그를 가치 없는 놈으로 바라보는 시선만 견딜 수 있다면 말이다. 그래서 그는 스스로 타이틀을 만들었다. 사진작가, 여행가. 창작물이 나오지 않아도 그를 바라보는 시선은 달라졌다. 결과물을 내놓을 생각 없이 따가운 시선을 모면하기 위한 방법이라 치졸하다는 생각과 그의 방황이 부모에 대한 저항이었다면 그러기엔 너무 나이가 들어버렸다는 사실을 그도 어렴풋이 느꼈다. 그때 '부러진 낚싯바늘'이 눈에 들어왔다. 그의 눈동자가 심하게 흔들렸다.

진호의 앞에 다시 바다가 있었다. 물결처럼 움직이는 사람들과 차량의 움직임. 그들이 토해 놓은 소리. 그 소리가 파도 소리처럼 들려왔다. 바람의 강약에 따라 파도 소리도 제각각이다. 인파가 마치 파도처럼 보였다. 어둠이 짙어지자 숨 막히도록 신비스럽고 평온하던 바다에 바람이 거칠어지면서 서서히 바닷물이 높게 일어선다. 점점 빠르게 뭍으로 달려온다. 갑자기 돌변한 바다는 모든 것을 집어삼킬 듯 달려든다. 그때 깜깜한 어둠 속에서 물체의 미세한 움직임을 향해 빛을 비춘다. 그 빛을 따라 생명체가 꿈틀거린다. 생존을 위한 몸부림이 검푸른 파도를 헤치며 빛을 따라 움직인다. 그 빛을 비추는 등대는 사람이다. 이곳이 바로 바다였다.

"무슨 생각을 그렇게 깊이 해."
희찬의 물음에 진호는 놀란 가슴을 진정시키며 짐짓 태연하게 말했다.
"인간등대 있잖습니까? 그 인간등대가 바다를 향해 비추던 랜턴 불빛 말입니다. 수병님, 처음에 홋줄에 몸을 묶고 인간등대가 된다는 것이 엄청 미개하다고 생각했습니다. 사물인터넷과 로봇이 일상을 좌우하는 시대에 불빛 하나 제대로 못 쏜다는 것이 말이 됩니까. 그런데… 사람의 눈과 힘만큼 강렬한 것이 없다는 생각이 들었습니다. 누군가를 살려야 한다는 의식에서 초인적인 집중력으로 젖 먹던 힘까지 쏟아내는 것이 사람이니까요. 어떤 기계보다 더 큰 힘을 발휘할 수 있는 거지요. 머지않아 수병들을 힘들게 하는 이런 일도 사라지겠지요. 지금 생각해보니 인간등대는 오롯이 혼자였을 때 강한 빛을 냅니다. 여기저기서 빛을 쏘아대면 사물을 정확히 볼 수 없습니다. 한곳을 집중적으로 비췄을 때, 그곳이 가장 빛나고 실체를 볼 수 있습니다. 수병님의 '부러진 낚싯바늘'을 보는 순간 잊고 있었던 기억들이 되살아나 몸이 떨렸습니다. 엄청 두렵고 무섭기도 하지만 어떤 일을 하든 인간등대가 되어 느꼈던 희열을 다시 맛보고 싶습니다. 적어도 이젠 등을 돌리고 엉거주춤 남 탓을 하며 살지는 않겠습니다. 긴 우주의 역사를 보면 저 성문을 드나들었던 사람 중의 하나에 불과하겠지만 말입니다. 수병님, 수병님은 어디에 서 계십니까?"

"나? 나는 지금 여기 있지. 이 땅 위에. 아니면 어디 서 있겠어."

"수병님은 특별하십니다. 제가 인정합니다. 거친 바다에서도 한 번도 인간등대를 마다하지 않으셨습니다."

"그렇게 봤다니 영광이네. 그런데 나 사실은 쫄보야. 세상이 얼마나 무서운데…."

말을 흘리며 그는 조금 전 동묘 역 거리의 가판대를 떠올렸다.

낡은 가죽지갑이 고물처럼 놓여 있었다. 손때 묻은 가죽은 한 생명의 흔적이었고 사람의 삶이 더해져 오묘한 빛을 내고 있었다. 몇 사람의 손을 거쳤는지 알 수는 없으나 반질반질해진 가죽지갑이 새로운 주인을 기다리고 있었다. 끈질긴 생명력에 그의 가슴이 뛰었다. 눈을 뗄 수가 없었다. 부러진 낚싯바늘이 반짝였다. 해내야 할 목표가 생겼다는 사실에 전율했다. 칠흑 같은 바다 위, 작은 움직임을 향해 랜턴 빛을 쏘아댔던 손아귀에 힘이 쥐어졌다. 메마른 희찬의 얼굴에 희미한 미소가 번졌다. 그는 진호의 어깨에 팔을 둘렀다. 어디선가 아주 멀리에서 바다냄새가 진호를 끌어안았다.

엘리베이터에 갇힌 사람들

"엄청 복잡하지요? 우리 아이들은 지금 죽음의 5중고에 시달리고 있습니다. 내신, 비교과, 논술, 구술·면접으로 이루어진 수시와 수능이 중심이 된 정시! 머리 터집니다. 대학, 머리 좋습니다. 저마다 우수한 학생을 유치하기 위해 교묘하게 전형을 짜 놓았어요. 무엇 하나 놓칠 수가 없어요. 저는 최고의 입시학원에서 18년 동안 일하고, 자식 셋을 대학에 보냈지만 '예측불허'입니다. '기승전운'입니다. 운! 운이 중요합니다. 30%의 실력과 70%의 운이라고 하지요. 그 운을 불러들이는 덕을 쌓는 것! 앞에 계신 어머니, 덕 많이 쌓으셨습니까? 그래요. 덕을 많이 쌓으신 것이 느껴집니다. 그런데 내가 덕을 많이 쌓아도 옆의 어머니가 더 쌓으면 아무 소용이 없어요. 그래서 운이 내 아이에게 오도록 엄마의 전략이 필요합니다. 전략! 운을 불러들이는 전략! 바늘구멍보다 더 작은 틈을 비

집고 들어가 합격이란 영광을 누릴 그 전략이 어머니 손에 달렸다
는 겁니다. 갑자기 가슴이 답답하고 속이 울렁거리시지요. 그래서
저희가 어머님들을 도와드리겠습니다. 저희 입시상담실을 이용해
전략을 짜십시오. 여기 계신 어머님들은 상담료 10퍼센트 할인해
드리겠습니다. 사람 사는 것, 다 정이지요. 그 정을 대학합격으로
돌려드리겠습니다."

머리숱이 겨우 정수리를 덮은 원장은 자신의 말에 신뢰감을 높
이려는 듯 연신 얼굴 근육에 힘을 주었다. 옆에 앉은 찬호 엄마는
"지난번에는 맡겨만 주면 원하는 대학에 들여보내겠다더니 이
젠 대학합격이 엄마의 전략에 달렸다네요."
라며 어이없다는 듯 입을 삐쭉댔다.
"그래도 다행이잖아. 실력이 모자라도 대학 갈 수 있다잖아. 돈
만 내면…"
안내책자를 가방에 쑤셔 넣으며 말끝을 흐리는 승열 엄마의 눈
에서 섬광처럼 빛이 나타났다 사라졌다.

설명회가 끝나기도 전에 일부 여자들은 좁은 통로를 비집고 밖
으로 나갔다. 나는 우습게도 원장의 불뚝하게 부풀어 오른 배에 시
선을 빼앗기고 있었다. 비장감마저 드는 투로 끝까지 포기해선 안
된다는 말에 힘을 줄수록 팽팽하게 당겨진 하얀 와이셔츠의 단추
가 툭 떨어질까 봐 조마조마했다. 그는 숨을 몰아쉬며 말했다.

"수능시험에서 끝나는 것이 아니라 입시는 대학교 입학식 전까지 이어집니다. 추가 합격에 추추가 합격, 긴장을 늦추지 말고 웃는 그날까지 우린 전략가가 되어 고지에 깃발을 꽂아야 합니다. 자녀가 원하는 대학의 고지는 멀지 않았습니다."

넋을 놓고 쳐다보는 내 팔꿈치를 잡아 끈 것은 현우 엄마였다. 들을 만큼 들었으니 그만 가자는 눈치였다. 이미 승열 엄마와 찬호 엄마는 허리를 구부린 채 슬금슬금 대형 강의실 뒷문으로 향하고 있었다.

강북의 대치동으로 불리는 OO사거리는 항상 용광로처럼 끓어올랐다. 오전에는 입시정보를 교류하려는 엄마들의 모임이 카페와 맛집을 장악했고 이어 학교수업을 끝낸 아이들이 밀물처럼 사방에서 몰려들었다. 빼곡히 줄지어선 건물 속으로 사라졌던 아이들은 밤 열시가 되면 다시 쏟아져 나와 썰물처럼 빠져 나갔다. 혹은 불빛을 막은 공간으로 숨어들어 또 과외를 받기도 했다.

대형 학원들은 틈틈이 설명회를 열었다. 혹시 다른 학원으로 옮겨 탈 아이들을 막기 위해서라도 엄마들의 마음을 잡아 놓을 필요가 있었다. 오늘도 '자녀의 행복을 위해'라는 밴드방에서는 입시설명회를 알리는 벨소리가 쉴 새 없이 울려댔다. 강북에서 최고의 입시성적을 내고 있다는 OO학원은 건물 크기부터 남달랐다. 12층으로 이루어진 학원은 시설 면에서도 깔끔했고 아이들 관리도 철두철미했다.

두 대의 엘리베이터 앞에는 한 무더기의 여자들이 무질서하게 엉켜 서 있었다. 고개를 쳐든 여자들의 시선은 엘리베이터 위치를 알려주는 숫자판의 불빛을 따라 움직였다. 대형 강의실이 있는 꼭대기 층을 향해 엘리베이터는 빠르게 올라왔다. 왼쪽 엘리베이터에 12라는 숫자에 불이 들어오면서 문이 열리자 여자들은 앞다투어 몰려들었다. 우리 일행도 엘리베이터 문 쪽으로 급하게 발을 옮겼다. 그러나 야박하게도 문은 닫히고 말았다. 왼쪽 엘리베이터 앞에서 우왕좌왕하는 사이 오른쪽 엘리베이터 문도 열렸다. 또 우르르 여자들이 몰려 들어갔다. 이번에는 타야 한다. 설명회가 곧 끝나면 엄청난 사람들이 몰려나올 것이다. 몸이 잰 찬호 엄마와 승열 엄마가 먼저 탔다. 나도 잽싸게 몸을 작게 말아 엘리베이터 안으로 진입했다. 이미 내 몸을 들이밀기에 엘리베이터 안은 만원이었다. 문밖에는 현우 엄마가 난감한 표정을 짓고 서 있었다. 그러자 승열 엄마가 긴 팔을 쭉 뻗어 현우 엄마를 낚아채듯 끌어들였다. 순간, 삐삐삐 경고음이 날카롭고 뾰족하게 울어댔다. 엘리베이터 안의 여자들은 자신의 몸을 홀쭉하게 만들면서 거리낌 없이 서로를 밀착했다. 그래도 경고음은 멈추지 않았다. 누군가 야멸차게 "늦게 탄 사람 내려요. 시간 없어요."라고 내뱉었다. 뻘쭘해진 현우 엄마가 움찔거리는 순간 넉살좋게 승열 엄마는 주위를 향해 소리쳤다.

"다 입시생 엄마잖아요. 빨리 집에 가서 아이들 챙겨야죠. 조금 몸을 움직여 봅시다. 벽에서 몸을 조금만 떼 봐요."

여자들은 옴짝달싹 못하는 속에서도 입시생 부모라는 한마디에 모두들 몸을 들썩였다. 엘리베이터 안이 한 덩어리가 되어 흔들렸다. 그러자 신기하게도 문이 닫히고 서서히 움직이기 시작했다.

"이거 자식들 뒷바라지에 다들 헛개비가 된 것 아니에요. 다들 한 덩치씩 하는 것 같던데."

"그러게요. 새끼가 뭔지 밥도 안 먹혀요."

"다이어트 필요 없어요. 입시생 엄마로 살다보면 저절로 다이어트가 된다니까요."

나는 낯모르는 여자의 딱딱한 골반 뼈를 누르고 있는 내 두툼한 뱃살이 느껴졌다. 살찐 엄마는 수험생 부모로서의 자격 미달인가 싶어 엘리베이터를 흔드는 웃음소리에 멋쩍게 동승했다. 모두들 머리가 복잡했지만 훈훈했다. 원장이 비밀 무기라고 알려준 '전략'을 떠올리며.

덜컹. 엘리베이터가 휘청댔다.

신나게 달리던 자동차가 과속방지턱에 걸려 위로 솟아오르다 떨어지듯, 찰나의 흔들림에 이어 턱에 걸린 듯 덜컥 멈춰 버렸다. '어어 이게 무슨 일이지.' 놀란 내 심장이 쪼그라들어 숨이 멎을 것만 같았다. 여기저기서 겁에 질린 외마디 소리가 터져 나왔다.

"어, 왜 이래, 무슨 일이에요? 왜 이래요?"

모두의 시선이 천장 아래 숫자판으로 향했다. 노란 불빛이 8이란 숫자를 선명하게 밝히고 있었다.

"빨리 비상버튼을 눌러요! 어서욧!"

여기저기서 겁에 질린 음성이 뒤엉켰다. 마치 짐승울음 같은 두려움의 소리가 누군가의 입에서 흘러나왔다. 그 소리에 놀라 모두들 숨을 안으로 삼켰다. 팽팽한 긴장감에 쿵쿵 울리는 심장박동 소리만이 서로의 귀를 때렸다.

"가만있어 봐요. 움직일 수가 없어요."

엘리베이터 층수안내판과 가장 가까운 곳에 있던 찬호 엄마가 소리쳤다. 안타깝게도 그녀의 등짝이 숫자버튼을 향하고 있었기에 몸을 돌리려면 옆에 있는 사람을 밀어내야만 했다. 그녀와 밀착해 있던 여자는 온 몸에 힘을 줘 공간을 확보해 찬호 엄마가 몸을 돌릴 수 있도록 도왔다. 그녀의 동작이 물결처럼 전달되어 엘리베이터 안은 신음소리로 끓었다.

"여보세요? 여보세요? 거기 누구 없어요? 엘리베이터가 멈춰 섰어요"

차분하고 다소곳했던 찬호 엄마의 음성이 금방 울음을 터뜨릴 듯 심하게 떨렸다. 극도의 간절함이 묻어나는 소리에도 비상버튼과 연결 된 경비실에서는 아무 소리도 들려오지 않았다.

"다시 말해 봐요. 어서요!"

"다들 조용히 좀 해봐요. 소리가 안 들리잖아요. 제발."

그때 지지직 거리는 기계음이 미세하게 들려왔다. 모두들 숨을 죽였다. 이어 굵고 탁한 남성의 다급한 소리가 들려왔다.

"여보세요. 들리세요? 그 안에 계신 분들 괜찮으세요? 승강기가 고장이 난 것 같습니다. 금방 고치도록 할게요."

낯선 남자의 목소리에 여기저기서 안도의 한숨이 터져 나왔다.

"네, 여긴 다 무사해요. 큰 문제는 아니지요? 빨리 좀 구해주세요!"

"숨이 막혀요. 죽을 것 같아요."

"네, 조금만 참으세요. 공기는 잘 유입되고 있어요. 질식의 염려는 안 하셔도 돼요. 그런데 그 안에는 몇 명이나 타고 있나요?"

"우리가 많이 타긴 했어요. 몇 명인지 잘 모르겠어요."

공포에 떨던 여자들의 입이 제일 먼저 살아났다. 그러게 '삐'소리 날 때 그만 타지, 꾸역꾸역 타더니 이 난리가 났잖아요. 정말 짜증나네, 이미 일어난 일인데 탓하면 뭐해요. 금방 구해 준다니 그만들 해요. 무서우니까 움직이지 말아요. 혹시 흔들리다 떨어지면 어떡해요. 그런 소리 하지 말아욧! 방정맞게! 대상이 정해지지 않은 질문과 대답이 불안하게 오갔다. 그때 한 자 한 자 방점을 찍듯 단호한 음성이 두려움의 소리를 내리 눌렀다.

"정확하게 우리가 몇 명인지 알아봅시다. 돌아가면서 숫자를 불러요. 하나!"

익숙한 음성이었다. 현우 엄마의 서릿발 같은 기에 꺾여 여자들은 자신의 몸에 숫자를 매겨 나갔다.

"둘, 셋, 넷, 넷"

"다시요! 겹치지 않게 천천히!"

"하나, 둘, 셋, 넷… 열아홉, 스물!"

"더 없어요. 스물! 정원이 몇 명이에요?" 겨우 고개를 이리저리 돌려 층을 알리는 안내판 위에 적힌 숫자를 확인했다.

"정원 16명! 열여섯이래요. 열여섯! 아니 그런데 어떻게 문이 닫히고 엘리베이터가 작동됐지. 기가 막혀라. 우리가 고3엄마라서 그래. 고3엄마라. 나라님도 못 막고, 시댁 행사에도 당당하게 빠질 수 있는 고3엄마, 엘리베이터도 우릴 못 막았네, 못 막았어."

각자 자기 연민에 빠졌는지 말소리가 뚝 끊기고 거친 숨소리만 증폭되어 갔다. 그래도 조금만 참으면 안전하게 밖으로 나갈 수 있다는 믿음이 생겨서 인지 한결 두려움이 가신 분위기였다. 잠시 흘렀던 침묵은 한 여자의 도발적인 질문으로 깨어졌다.

"참, 아까 원장님이 말한 전략 믿을 만한 거예요?"

"다년간 입시상황을 통계 내 만든 거라니까 믿을 만하지 않겠어요. 개인 컨설팅업체 보다 낫지 않을까요?"

"아니, 어쩜 개인 컨설팅이 더 나을지도 몰라요. 얼마나 잘 맞추면 입시마담뚜라고 하겠어요. 워낙 금액이 세서 문제지."

"합격만 한다면 할 만 하지 않나요? 1년 재수비용 생각하면 그게 더 쌀지도 모르지요."

"혹시 어디 용한 점집 아시는 분 없나요? 그런 곳 다니는 사람 아닌데 하도 답답해서…"

"괜찮아요. 다들 심정이야 똑같지. 절이나 교회 근처에 얼씬도 하지 않던 사람이 불공드리고 새벽예배 드리고 정화수 떠놓고 100일 기도 드리잖아요. 우리나라는 고3엄마들이 있어 종교가 망할 일이 없다니까요."

"타로 점 잘 치는 분, 아는데, 알려드릴까요?"

"○○동에 잘 보는 집 있어요. 작년에 아는 엄마가 아들 때문에 갔었는데 딱 한 곳을 찍어 주더래요. 자기 아들 실력에 한참 못 미치는 곳이라 장난하냐고 성질내고 나왔는데, 그래도 혹시나 해서 넣었더니 딱 그곳만 붙었대요."

"다 쓸데없어요. 제가 아는 집은 정말 용하다는데서 별일 없으면 틀림없이 붙는다고 장담했는데 다 떨어졌다잖아요."

"에이, 별일이 있었나보네요."

"그래도 어딘지 알려주세요. 저 검은 재킷 입었어요. 이따 그냥 가지 마시고 꼭요!"

여자들은 신기하게도 예전부터 잘 알고 있었던 것 마냥 친밀하게 이야기를 이어나갔다.

"어디 논술 잘 가르치는 데 없나요? 내신도 어정쩡, 스펙도 고만고만하고, 수능점수도 오르락내리락 해서 논술밖에는 길이 없는 것 같은데, 너무 늦었나요?"

"어휴, 모르는 거예요. 작년에 H대 최저등급 없어서 우리 동네 대박 난 아이 있잖아요. 정말 제 실력으로는 도저히 갈 수 없는 곳인데, 그래도 입시철인데 학교 구경이나 하자고 시험 봤다가 철썩 붙었잖아요."

"아니, 이거 뭐? 대학입시가 로또 같다니 말이 돼요!"

"일류대학 나온다고 인생이 보장된 것도 아닌데요. 청년백수가 넘쳐나는 시대에 제가 하고 싶다는 것 시켜야 되는 것 아니에요?"

"맞는 말인데, 아이들이 제가 뭘 하고 싶은지 모른다는 게 문제죠. 그래서 좀 더 나은 대학에 보내려고 하는 거죠. 그래야 잘 살 수 있는 확률이 높으니까."

나는 뜨악했다. 이 공포스러운 순간에도 입시에 대한 정보를 공유하다니. 속이 메스꺼웠다. 점심때 먹은 생선이 뱃속에서 팔딱거리는 듯했다.

입시설명회 전에 우리 네 사람은 점심식사를 함께 했다. 웬일인지 지난번에 이어 승열 엄마가 점심을 샀다. 그녀는 근사한 일식집에서 런치특별 메뉴인 만 오천 원짜리가 아니라 정식을 주문했다. 커다란 접시에 꽃처럼 피어 있는 광어와 우럭을 연신 현우 엄마에게 권하는 모양이 무슨 꿍꿍이가 있는 듯싶었다. 불안한 기색이 역력한 찬호 엄마는 핸드폰에서 눈을 떼지 못했다. 그러고 보니 지난번 보다 얼굴이 더 꺼칠해져 있었다.

승열 엄마는 걱정과 애처로운 표정을 연신 지으며 현우가 받고 있는 개인 과외선생을 소개시켜 달라고 했다. 이제 몇 달 남지 않은 수능의 결승점을 향해 전력질주를 해 보고 싶다며. 그런데 현우 엄마는 달갑지 않은 듯 젓가락만 들고 깨작거렸다.

"승열이 저번 시험 결과 좋았다면서. 아이 장단점을 잘 알고 있는 지금 선생을 그대로 밀고 나가는 것이 좋지 않아요?"

문득 '마음이 공중에 떴는데 족집게 선생을 붙인다고 해결될까?' 라는 생각이 말이 되어 튀어 나오려는 것을, 입 안 가득 연어 샐러드를 밀어 넣어 틀어막았다. 사실 남 걱정할 때가 아니다. 초창기에 자신을 믿으라던 담임선생은 영준이의 학생부를 펼쳐놓고 난감한 표정을 지었다. 이 스펙 갖고는 원하는 대학은 턱도 없다는 듯 머리를 이리저리 갸웃대던 모습이 떠오르자 바다향을 머금었던 입안에 비린내가 확 돌았다.

내 자식 내가 자랑하긴 뭐해도 영준이는 참 진국인 아이다. 학교 선생님들도 예의바르고 매사 적극적이며 교우 관계까지 좋은 아이라고 아낌없이 칭찬해 왔었다. 그런데 그런 아이가 대학을 갈 수 없을지도 모른다니. 그럼 누가 대학을 가는 거지? 모범적인 학생과 대학을 잘 가는 학생이 일치하지 않는다는 사실을 이제야 깨닫다니.

전년도 합격생과 영준이의 스펙을 비교해 보고 나는 절망했다. 아이의 숨겨진 잠재력을 평가한다는 비교과는 다양한 활동을 말하고 있는데 오로지 학교생활만 충실히 한 영준이의 스펙은 보잘것이 없었다. 합격자의 이력에는 몽골봉사활동, 전국토론대회참가 대상, 청소년예술제 준비위원장 등, 쩍 벌어진 입이 다물어지지 않았다. 아이 하나하나를 위한 스토리 만들기에 최적화되어 있는 특목고, 자사고와 일반고는 싸움의 상대가 되지 못했다. 더욱이 일반고에서도 특별반에 뽑히지 않는 이상, 자기가 스스로 스펙을 챙긴다는 것은 승산 없는 싸움에 도전하는 거였다. 특목고의 아이들은 학교, 엄마, 아이가 함께 스펙을 만들고, 뒤에서 할아버지가 실탄을 계속 대준다고 하지 않던가. 현실을 제대로 파악하지 못하고 오로지 사랑만 쏟으면 된다고 믿었던 내가 뒤통수를 맞은 기분이었다. 깊은 자괴감이 들수록 여기저기 돌파구를 찾아 뛰어다녔다. 그 길의 끝이 이 엘리베이터 속인가 싶어 가슴이 먹먹해졌다.

　고개를 쳐들어 천장을 봤다. 바로 아래 굵은 글씨가 눈에 명료하게 들어왔다. 설명회에 참석하기 위해 탔던 엘리베이터 안에서는 벽면을 가득 메운 광고에 시선을 빼앗겼었다. 유명대학에 들어간 자랑스런 아이들의 얼굴과 대학교명이 순위대로 쭉 나열돼 있었다. 학원의 진가를 드러내려던 저급한 의도가 여자들의 몸으로 가려지자 좀 더 고급스러운 회유의 글귀가 눈에 들어왔다. 아이들은 엘리베이터를 타고 내리면서 저 문장을 뇌에 새겼을 것이다.

　・*과거는 바꿀 수 없지만 미래는 바꿀 수 있다.*
　・*네가 지금 편한 이유는 내리막길을 걷고 있기 때문이다.*
　・*오늘 걷지 않으면 내일은 뛰어야 한다.*

　내일이 있을까? 기어도 좋으니 내일이 주어졌으면 좋겠다. 저 딴 것이 무엇이란 말인가! 조금 전까지만 해도 눈에 불을 켜고 입시설명회를 듣던 엄마들이 바람 앞에 등불처럼 깜박였다. 아니, 그 와중에도 입시정보를 얻기 위해 불꽃이 튀었다. 내 시야가 다른 이의 몸으로 차단돼 세 여자들의 표정은 읽을 수 없었지만 익숙한 음성이 툭툭 들려오는 것으로 봐서 그녀들 역시 고급정보를 낚으려는 데 여념이 없는 것만은 분명했다.

세 여자를 만난 것은 2년 전, 1학년 학부모총회 때였다. 본교에 자녀들을 보내주서서 고맙다는 인사와 동시에 교장은 사활을 걸고 아이들을 대학에 보내겠다고 다짐했다. 첫째도 대학합격이요, 둘째도 대학합격이란다. 아이들의 인성이나, 삶의 가치관 정립에 힘을 쏟겠다는 의례적인 말이 나올 거라 덤덤히 듣고 있던 나는 머리를 한 대 얻어맞은 기분이었다. 그랬다. 세상은 변해있었다. 코앞으로 바짝 다가온 입시를 절감하면서 아들의 교실로 향하는 동안 내 발걸음은 허둥댔다.

긴장된 마음으로 책상 위 모퉁이에 붙은 '박영준'이란 이름을 찾아 아들의 자리에 앉았다. 코끝이 찡했다. 내 아들의 체취가 느껴졌다. 책상 속으로 손을 디밀자 두꺼운 책들이 만져졌다. 그 틈에서 한 권을 꺼내 들었다. 노트 표지에 굵은 매직으로 쓰여 진 글귀에 웃음이 풋 터졌다. '30분 더 하면 아내의 얼굴이 달라진다'. 어느새 내 아이가 이렇게 컸단 말인가. 가슴 밑바닥에서 차오르는 감동을 맛보기도 전에 깐깐하게 생긴 여선생은 코끝에 걸린 뿔테 안경을 손끝으로 연신 밀어 올리며 합격은 머리가 아니라 습관이라고 강조했다. 대학합격의 출발점인 1학년 때 엉덩이 오래 붙이는 습관을 들여놓겠단다. 안경알 속 눈빛에서 전운을 감돌게 하는 투지가 엿보여 믿음직스러우면서도 겁이 났다. 아들이 견뎌야할 만만치 않은 시간들이 피부에 와 닿았다.

그 후 한 달에 한 번 반모임이 시작됐다. 목소리 크고 적극적인 승열 엄마가 반대표를 맡았고 전교 1등의 엄마이자 이미 큰아들을 S대에 보낸 현우 엄마는 모임의 중심에 서 있었다. 지방에서 오로지 아들의 일류대학입학을 목표로 올라온 찬호 엄마는 아는 것이 아무 것도 없다며 무엇이든 가르쳐 달라고 달려들었다. 나 역시 영준이를 위해 만사 제쳐 놓고 모임에 참석했다.

시험이나 학교행사를 마친 뒤 아이들의 지친 심신을 토닥이는 마음에서 간식을 넣자는 것이 주된 목적이었다. 하지만 이미 고등학교가 대학을 가기 위한 전초기지로 바뀐 상황에서 모임은 입시 정보교류의 장이었다. 밀림이 되어 버린 학원가에서 제 자식의 성적을 올려줄 보석을 찾기 위해 우린 기꺼이 특공대가 된 것이다. 어떤 학원이 무엇을 잘 가르치고 어떤 선생이 뛰어난지 숨겨진 정보를 은밀하게 나누었다. 모임의 출발은 여러 명으로 시작했지만 대여섯 명으로 좁혀졌다. 아이들의 성적이 자연스럽게 모임의 커트라인을 그어줬다.

하지만 나는 마음 편히 그들과 섞일 수만은 없었다. 남편이 변호사인 현우네, 사업체를 운영하는 승열네, 대기업 부장인 찬호네와는 자식에게 쏟아 붓는 물질의 양이 너무도 달랐다. 결국 그들이 나누는 정보는 그림의 떡인 경우가 많았다. 아무리 좋은 학원이라도 학원비가 우리 살림으로는 도저히 감당해내기 버거웠다. 그래도 없는 내색하지 않고 귀동냥이라도 할 냥으로 모임에 나갔다. 아마 그 사건이 없었다면 난 이상과 현실의 사이에서 방황하더라도 그녀들의 곁을 떠나지 않았을 것이다.

남편은 능력 있고 도덕적인 사람이었다. IMF의 광풍 속에서도 살아남았었다. 그러나 동료가 떠난 자리에서 자신만 안전한 울타리 안에 있다는 사실이 그를 괴롭혔는지 대수롭지 않은 일에 사표를 내던지고 나왔다. 직장은 전쟁터지만 밖은 지옥이라고 했던가. 쉽게 풀릴 것 같던 취업이 계속 어긋나 남편의 방황이 길어지자 나는 생활전선에 뛰어 들 수밖에 없었다. 정직한 노동이 가장 값진 것이라고 스스로를 위로하며 궂은 일을 마다하지 않았다. 식당에서 서빙이나 설거지를 하거나 길거리에서 전단지를 붙이고 나누어 주는 일도 해봤다. 좀 더 전문적인 일을 찾을 수도 있었지만 돈보다 아들을 먼저 챙기다보니 온전한 직업을 갖지 못한 채 다양한 직업을 전전하는 것으로 그쳤다.

그 중 달달한 빵 냄새에 젖는 빵집 아르바이트는 무척 행복한 일터였다. 하지만 마트 안에 있는 빵집은 마트 옆에 있는 유명 프랜차이즈 빵집에 눌려 항상 적자를 면치 못했다. 마감 시간이 가까워도 수북이 쌓여 있는 빵을 볼 때면 슬며시 사장의 눈길을 피하곤 했다. 사장은 속이 쓰리지만 홍보차원에서 빵을 눈치껏 손님들에게 서비스로 주라고 했다.

그런데 이 서비스가 말썽을 일으킬 줄이야. 가끔 마트에 들리곤 하던 현우 엄마가 마감시간에 임박해서 나타났다. 반가운 마음에 큰맘 먹고 아이들이 좋아하는 피자 빵을 카트 안에 넣어주었다. 굳이 그럴 필요 없다며 손사래를 치는 그녀의 표정이 떨떠름해 도리어 내 손이 민망해졌다.

허리를 곧게 펴고 유유히 카트를 밀고 가는 현우 엄마를 유심히 지켜보던 음료수코너 담당자 언니가 잘 아는 사이냐고 물어왔다. 우리 영준이 같은 반 엄마라고, 중학교 때부터 한 번도 전교 1등을 놓친 적이 없는 아이 엄마라고 역시 포스가 남다르지 않냐며 꽤나 친한 척 너스레를 떨었다.

"그래, 공부 잘 하는 것은 그 집안 내력인가 보네. 왜 큰아들도 S대 갔잖아. 하지만 공부만 잘하면 뭐해. 학교 휴학하고 집안에 틀어박혀 있다던데."

믿지 못하겠다는 내 얼굴에 쐐기를 박듯 목소리를 낮춰 은밀하게 속삭였다.

"며칠 전 김 군이 배달 갔다가 기절할 뻔 했다잖아. 초인종을 아무리 눌러도 대답이 없기에 경비실에 갖다 놓으려고 짐을 다시 들려는데 문이 벌컥 열리면서 웬 시커먼 청년이 튀어 나왔다는 거야. 머리는 길어서 어깨를 덮었고 퀴퀴한 냄새가 확 풍기는 것이 정상적으로 보이지 않더라는 거야."

야릇한 웃음을 흘리는 그녀에게 그럴 리가 없다며 도리질을 쳤었다. 그런데 기막힌 일은 그 다음 날에 일어났다. 학교에서 돌아온 영준이가 평상시와는 다르게 뿔이 나있었다.

"엄마, 제발 제 친구엄마들한테 팔다 남은 빵 주지 마세요. 현우 그 새끼가 뭐라는 줄 알아요. 엄마가 준 빵 먹고 배탈 나서 오늘 시험 망쳤다고 아주 쌩난리를 치더라고요. 모의고사라 아이들은 신경도 안 쓰는데, 사내자식이 훌쩍이며 울더라고요. 기가 차서."

"어쩌니? 배탈 났데? 그럴 리가 없는데, 그날 만든 빵이라. 미안해서 어쩌니?"

걱정되는 마음에 조심스럽게 전화를 걸자 전화선을 타고 착 가라앉은 도도한 음성이 들려왔다.

"우리 현우, 그런 빵 안 먹었어요. 신경 쓰지 말아요."

뚜뚜뚜 내가 말할 새도 없이 전화는 끊어졌다.

나는 모임에서 오해가 있으면 풀어야겠다고 별렀다. 그러던 차에 약속이 잡혔고 그날도 아르바이트로 조금 늦었지만 서둘러 모임장소로 향했다. 종업원의 안내로 모임이 있는 룸 근처에 이르렀을 때 '빵, 빵!'이란 말이 먼저 들려왔다. 나도 모르게 걸음이 멈춰졌다. 그건 분명 나를 지칭하는 말이었다.

"빵, 왜 이렇게 늦지, 그럼 빵 없을 때 얘기 하지요 뭐. 빵은 들어도 기분 좋지 않을 거 아니에요."

"그래 그럼 그 선생으로 할까요? 팀으로 200을 맞춰 달래니까 각자 65를 내면 되고 돌아가면서 한 사람이 70을 내면 되겠네요. 그 선생 성질이 지랄 같아서 칼같이 수업료 제때 맞춰 줘야 해요. 강남에서 잘 나가는 데 친구 소개로 어쩔 수 없이 해주는 거라고 생색이 대단하더라고요. 할 수 없지요 뭐. 성적은 확실하게 올린다니까. 비위를 맞추고 머리를 숙여야지. 참, 빵에게는 모른 척해요. 알아도 시킬 수 없잖아. 애 성적이 되나, 형편이 되나."

나는 살이 떨렸다. 지그시 깨문 입술에 피가 맺히는 것도 모른 채 발소리를 죽여 돌아 나왔다. 그 후 이런저런 핑계를 대고 모임에서 빠져 나왔다. 가끔 다른 엄마들의 대화 속에서 그녀들의 아이들 소식을 들었지만 괘씸한 마음에 곱게 들리지 않았다. 변함없이 현우는 전교 1등을 놓치지 않고 쭉쭉 앞으로 내달렸고, 승열이는 강남까지 원정을 다니며 학원순례를 하고 있다고 했다. 찬호 역시 붙박이처럼 책상에 앉아 있다고 했다.

내가 별일 아니라는 듯 아이들 소식을 물을 때마다 영준이는 말하고 싶지 않은 표정을 역력히 내비쳤다. 굳이 아이들 성적이 왜 궁금하냐는 거였다. 어느 날은 다정하던 아이가 돌변해 목소리에 날을 세웠다.

"엄마, 어쨌거나 걔네들이 저보다 더 잘해요. 이제 됐어요?"

"아니, 왜 걔네들보다 못하니? 네가 얼마나 어렸을 때 잘했는데. 너, 영특하다고 영재 아니냐는 소리 많이 들었다. 뭐에 신경을 쏟느라고 집중을 못해. 다른 데 신경 쓰지 말고 집중해서 공부해."

내 잔소리가 길어질수록 아이의 얼굴은 잿빛으로 변하면서 딱딱하게 굳어갔다. 아이의 침묵이 반항으로 느껴지자 나는 내 분에 못 이겨 발악하듯 내질렀다.

"네 아빠처럼 살고 싶어 그래? 남들한테 사람 좋다는 소리만 들으면 뭐해, 약게 굴어. 학교 행사 다 참여하고 친구들 좋다고 다 쫓아다니고 그러다 공부는 언제 하니? 누가 알아 주기나 해."

그 말은 해서는 안 되는 거였다. 평상시와 다른, 아이와의 다툼을 놀란 눈으로 지켜보던 남편의 얼굴에서 핏기가 사라졌다. 그는 소리 없이 밖으로 나가버렸다. 벌겋게 달아오른 영준이는 굳게 닫힌 현관문을 뚫어지게 응시했다. 그날 이후로 난 세 아이의 이름을 입에 올리지 않았다.

한참 입시정보를 쏟아놓던 여자들은 엘리베이터 밖에서 아무 반응이 없자 순간 엄습한 불안감에 입을 꾹 다물었다. 정적은 침 삼키는 소리까지 또렷하게 부각시켰다. 그 소리에 덧씌운 거친 숨소리는 증폭되어 금방이라도 폭발할 듯 들려왔다. 고함보다 침묵이 더 무서울 때가 있다는 것을 그때 알았다. 입시정보로 떠들 때, 정신 나간 여편네들이라고 어이없어 했는데 차라리 그 수다가 간절해졌다. 그때 누군가의 핸드폰 벨소리가 경쾌하게 울렸다. 한 덩어리의 여자들은 너나할 것 없이 압박의 고통을 감수해 통화가 가능하도록 도왔다.

"엄마야, 엄마라고! 학원 쉬는 시간이구나."

애써 저음으로 침착하게 전화를 받는 여자와 달리, 너무나 밀착해 있어 듣지 않으려 해도 투정 섞인 아이의 목소리가 선명하게 들려왔다.

"엄마, 나 머리 아픈 것 같아. 집에 가면 안 돼. 아니야, 그냥 해본 소리야."

"그래, 힘든 것 알아. 네가 좋아하는 치킨, 피자 시켜 놓을게."

"와우, 엄마가 웬일이야? 나를 돼지로 만들 작정이야. 그래도 좋다. 먹을 생각하니까. 엄마 이따 봐."

엘리베이터 안의 여자들은 모두 자신의 아이에게서 온 전화인 듯한 환청에 사로잡혔다. 그녀가 전화를 끊는 순간 집단으로 전염이 된 듯 여기저기서 콧물을 훌쩍였다.

고3으로 올라간 지 얼마 되지 않아 학교에서 돌아온 영준이가 내 눈치를 살폈다. 리더십 전형을 노려보기 위해 학급 회장이 됐다고 했다. 회장엄마로 해야 할 일이 있다는 것을 알기에 기쁘면서도 걱정이 앞섰다. 내 미묘한 감정까지 읽고 미안한 표정을 짓는 아들에게 도리어 더 미안해졌다.

복잡한 심정으로 총회에 참석한 날, 기가 막히게 세 여자를 한 교실에서 다시 만났다. 굳어지는 얼굴근육을 밝게 펴려고 무던히 애를 썼다. 옛날 일은 기억에도 없는 듯 세 여자는 정말 신기한 일이라며 호들갑을 떨었다. 어서 반모임을 시작하라고 채근하면서.

모임을 주최하는 것이 껄끄럽기는 했지만 아이들에게 간식을 넣기 위해서는 십시일반 도움이 필요했다. 목적을 위해 내 감정을 숨기는 것쯤은 이제 대수롭지 않은 일이 되어버렸다. 부모의 도움 없이도 최선을 다해 회장 자리를 차지한 영준이가 자랑스러웠다. 회장 자리를 놓친 아이들의 엄마들로부터 오는 아쉬움의 따가운 시선을 느낄 수 있었다. 담임선생님이 헤어지면서 들려준 말은 기쁘면서도 씁쓸하게 했다.

"영준이는 저를 빛내 줄 아이잖아요. 잘 지도하겠습니다."

그 말은 대학을 갈 가능성이 높다는 말인 동시에 갈 수 없는 아이는 관심 밖으로 밀려 난다는 것을 의미하기도 했다. 교실에서는 이미 분류가 나누어져 있었다.

그렇게 시간이 흘러 5월 초쯤 중간고사가 끝나자 승열 엄마가 한 턱을 내겠다며 엄마들을 불러냈다. 승열이의 성적이 엄청나게 수직상승을 했다는 것이었다. 굳이 나가고 싶은 마음은 없었지만 영준이가 회장직을 잘 완수할 수 있도록 힘을 보태야 했다.

맥주나 한잔하자던 승열 엄마는 한우 집으로 우리를 이끌었다. 한우가 불판에서 지글지글 익어갔다.

"우리 승열이가 기적을 일으켰잖아요. 지금까지 꽉 막혀 있던 머리가 확 뚫렸나봐요. 선생님도 놀라더라니까요. 승열이는 제 아빠 사업 물려받아야 하니까 경영이나 경제학과로 보낼 생각이에요."

세 여자는 적당히 장단을 맞추었다. 흥에 겨워 넙죽넙죽 마시던 술이 과했는지 솔솔 과거이야기를 풀어 놓았다.

"이제 승열 아빠에게 한 소리 할 수 있게 되었어요. 글쎄 지난번에 강남 엄마처럼 해 보라고 책 한 권을 던져 주더라고요. 맨날 골프나 치러 돌아다니지 말고 아카데미맘이 되라고 하더라고요."

"그래 거기에는 뭐라고 쓰여 있던가요?"

"초등학교 때부터 10년 앞을 내다보는 입시전략을 짜라. 고1부터 수시형, 정시형 작전을 짜라, 학원 대기실에서 기다리는 시간은 정보 수집기회로 삼아라. 엄마의 정보루트를 최대한 다양화하라.

호호호."

"무슨 산업스파이 같은데요. 그럼 우린 실패작이네요. 겨우 입시에 눈을 뜬 게 중학교 때였으니, 아니 고등학교 때인가? 그러고 보면 고등학교에도 서열, 대학에도 서열, 사는 동네도 서열, 우리 모두 줄서기 인생이네요. 돼지엄마는커녕 강남엄마 근처도 못 가니, 난 기를 쓰고 여기까지 왔는데, 강북에서도 여기저기 기웃거리는 정도니… 자식에게 뭘 바라겠어요. 다 숨 쉬고 살려면 그 줄에서 자유로워야 되는데…"

"그 줄서기를 비난했던 사람들도 자식을 학교에 보내는 순간, 모든 것을 망각하는 것 같아요. 브레이크가 망가진 열차처럼 맹목적으로 달려 나가는 거죠. 남들만큼 아이에게 쏟아 붓지 않으면 부모 노릇 못하는 것 같고…. 밑바닥까지 싹싹 긁어 투자한 후 성적이 안 나오면 아이를 쥐 잡듯이 잡고…. 악순환의 반복이죠. 자식이 어느 대학 갔느냐로 부모의 자질을 평가한다는 것이 기막히지 않아요?"

"자식 성공시키려면 인간관계도 계획적이야 한다는 무시무시한 말도 있더라고요. 영준 엄마, 듣기 거북하겠지만 맞벌이 엄마와는 함께 움직이지 마라."

그 말에 난 어깨를 으쓱거리며 "에이 난 아르바이트생이잖아요." 어쨌든 끼워 줘서 고맙다는 제스처까지 취했다. 날로 넉살이 늘어가는 내 자신에 놀라고 있었다.

"더 무서운 건 수능에 맞춰 아침에 일어나는 시간, 먹는 것 등

생체시계를 맞추라는 거예요. 수능에서 수석 한 아이는 3개월 동안 점심시간에 김밥만 먹었대잖아요. 시험 당일 날 체하지 않고 잘 소화시킬 수 있게 적응시키려고. 우린 강남엄마 따라 가려면 가랑이 찢어질 거야. 난 못해. 그러니 우리 승열이에게는 바라지 말아야지."

갑자기 너그러워진 승열 엄마가 쌩뚱 맞아 보여 피식 웃음이 흘렀다. 한우등심을 1인분 더 시킨 승열 엄마는 고개를 뒤로 젖히고 술잔을 한 번에 비웠다.

"사실 우리 승열이 머리로는 안 되는 줄 알았어요. 걔 과외비와 학원비로 집 한 채는 너끈히 들어갔거든요. 그런데 항상 반에서 5등 주위를 맴돌아요. 그 성적으로 인서울 힘든 것 아시죠. 그런데 이번에 현우 뒤에 바짝 붙었잖아요. 기특하고 고맙고. 사실 우리 부부 힘들게 살았거든요. 무일푼으로 야채장사하면서 승열이를 데리고 다녔어요. 항상 감기가 떨어질 날이 없었죠. 그러다 고생 끝에 장사 운이 트였는지 밤마다 양파자루에 가득 든 돈 다발을 세다보면 아침이 왔다니까요. 돈은 실컷 쓸 만큼 벌었는데 항상 아쉬움이 남았었어요. 이제야 말이지만 학벌에 대한 콤플렉스가 있었거든요."

"아니 승열 아빠 대학원 나오셨다면서요?"

"네, 최고경영자들이 다니는 대학원요. 이제 우리 승열이가 제 아빠 꿈을 이루어줄 수 있을 것 같아 행복해요."

"정말 축하할 일이지만 사는 데 공부 머리 그렇게 중요하지 않

아. 현우아빠 변호사지만 경제적으로 힘들어요. 변호사도 예전 같지 않다는 것 아시죠. 변호사도 사건을 끌어와야 하니까 장사꾼이죠. 법을 다루는 장사꾼.”

말없이 듣고만 있던 현우 엄마가 나직이 한 마디 던졌다. 그 말이 내겐 남다르게 들렸다.

“언니는 뭐가 걱정이에요. 두 아들이 남편 분을 이어 법조인이 될 거고. 지금처럼 하면 따 놓은 당상 아니에요?

“글쎄, 공부가 다일까?”

“그런 말씀 말아욧! 우린 주말 부부가 되어 찬호에게 다 투자했잖아요. 그게 다가 아니면 우린 어떡해요?”

눈꼬리를 치켜 뜬 찬호 엄마가 발끈했다.

“찬호가 제게 원망이 많아요. 그냥 지방에서 학교를 다녔으면 더 좋았을 거라고. 자기보다 못했던 친구가 지역균형전형으로 선발돼 자신보다 더 좋은 대학을 갈 것 같다고. 괜히 서울로 올라와 마음 나눌 친구하나 못 사귀고 성적은 아무리 노력해도 못 따라가고. 정말 엄마 때문에 다 망한 것 같다고 우는데 몸이 부들부들 떨렸어요. 누가 알았나요. 입시정책이 미친년 널뛰듯이 뛰어대니. 혼돈이에요. 혼돈!”

얌전하던 찬호 엄마의 격렬한 반응에 모두 눈이 커졌다.

“제 아빠, 홀아비처럼 불쌍하게 생활하는데 그것도 모르고. 나는 지 하나 잘 되라고 이쪽 저쪽 뛰어다니느라 정신이 없는데….무슨 돈이 있어 두 집 살림을 했겠어요. 대출에 또 대출, 빈껍데기만 남았다고요."

눈꼬리를 내려뜨린 찬호 엄마는 자신에게 다짐을 하듯 단호하게 말했다.

"우리 찬호, 원하는 대학 못 가면 유학 보낼 거예요. 국내 기러기아빠나, 국제 기러기아빠나 자주 못 보는 건 매 한가지잖아요. 나도 따라가서 뒷바라지 할 거예요."

찬호 엄마의 단호함이 투정 같으면서도 슬퍼보였다. 입술을 굳게 다물고 비틀대며 그녀는 화장실로 걸어갔다. 세 여자는 말없이 앞에 놓인 술잔을 흐린 눈으로 바라보았다. 그때 찬호 엄마의 핸드폰이 자지러지게 울어댔다. 선뜻 핸드폰을 집지 못하다가 혹시 찬호가 엄마를 찾는 게 아닌가싶어 통화버튼을 눌렀다.

"왜 이렇게 전화를 안 받아. 나는 마음 정리했어. 이렇게는 못살아. 너는 너 좋아하는 아들하고 살아. 나는 내 인생 살 테니까. 왜 대답이 없어? 어디야? 그래 좋아. 당신이 바라는 대로 찬호가 모르게 할게. 찬호가 대학을 간 다음에 그때 이야기하자."

나는 황급히 핸드폰을 내려놓았다. 화장실에 갔던 찬호 엄마가 창백한 얼굴로 휘청거리며 다가왔다.

여기저기 훌쩍거리는 소리를 깨고 누군가 외쳤다.

"도대체 왜 이리 꿩 꿔 먹은 소식이야. 도대체 엘리베이터를 고치기나 하는 거야!"

"그러게요. 가만 좀 있어요. 당신이 자꾸 몸을 비트니까 숨을 못

쉬겠잖아요. 당신 팔이 내 목을 누르고 있다고!"

"난들 그러고 싶어서 그래요. 이쪽에서 미니까 그렇지! 저기요, 그 목걸이 좀 어떻게 해봐요. 내 등을 찌르고 있다고요. 도대체 얼마나 향수를 쏟아 부은 거야. 땀 냄새에 화장품 냄새! 질식해 죽겠어!"

"어머, 이 여자가 왜 이래?"

"그만들 해요! 정신들 차립시다!"

신경이 날카로워진 여자들은 한 덩어리가 되어 서로를 할퀴었다. 나는 왼쪽 벽면에 등을 대고 있어 그나마 숨 쉬기가 편했다. 앞사람에 가려 현우 엄마를 끌어안은 승열 엄마의 팔이 언뜻 보였다. 그녀의 구리 빛 팔목에 채워진 번쩍이는 쇠붙이가 눈에 들어왔다.

6월 모의고사가 끝나자 병이 도졌는지 영준이의 안색을 살피며 아이들 성적을 은근슬쩍 캐물었다.

"모르겠는데요. 아이들이 말을 안 해요. 물론 현우가 1등이겠지요. 갠 괴물이야. 괴물!"

"그래, 그럼 승열이는?"

"아하, 승열이요, 승열이 여자애랑 깨졌잖아요. 학원 땡땡이 치고 술 먹고 깽판 쳤다고 하던데. 여자애랑 헤어졌다고 정신 못 차리던데요."

"아니, 승열이 여자 사귀었어? 언제?"

"지난번에 승열이 성적 많이 올랐잖아요. 여자애가 같은 대학

들어가자고 해서 미친 듯이 공부해 성적 오른 거예요. 그런데 여자
애가 마음이 변해 헤어지자고 하니까…"

"어머 제 엄마한테 팔찌도 선물하고 예쁘게 굴던데 언제 여자를
사겼대."

"아, 그거요. 여자 친구에게 변하지 말자고 금반지 사주고 길거
리 가판대에서 황금팔찌 하나 더 샀다고 지가 차고 있던데. 혹시
그거 아니에요?"

"뭐? 지가 차려고 샀던 거 제 엄마 준거야!"

아들에게 사랑의 징표로 황금팔찌를 받고 원더우먼이나 소머
즈가 된 냥 여전사처럼 팔을 휘돌리던 승열 엄마, 그녀의 팔이 엘
리베이터를 안전하게 1층으로 옮겨 놓을 것 같은 환상이 뜬금없이
들었다.

얼마의 시간이 또 흘렀을까. 모두들 공포와 불안에 떨다 지쳤는
지 거친 숨소리만 몰아쉬었다. 그때 스피커에서 기계음 같은 남자
의 목소리가 흘러나왔다.

"조금만 더 참으세요. 전선이 나갔는데 교체하려면 시간이 조
금 더 걸릴 것 같습니다. 원인을 알았으니 안전하게 구조해 드릴게
요. 119도 불렀어요. 만전을 다하고 있습니다."

중구난방으로 이곳저곳에서 말들이 쏟아져 나왔다. 더 기다리
라고. 언제까지! 정신들 차려요. 밑으로 떨어져도 우리가 한 덩어
리로 뭉쳐 있으면 충격을 덜 받을 거예요. 서로를 믿어요. 우린 아

직 할 일이 있잖아요. 이렇게 죽을 듯이 뛰었는데 새끼는 대학에 입학시켜야 하잖아요. 이렇게 허무하게 떠날 수는 없잖아요? 어딜 요? 아, 참 말 되게 못 알아듣네. 성질내지 말아욧. 도대체 이 학원은 학원비로 돈을 끌어 모으더니 엘리베이터 하나 정상적으로 운영을 못 한단 말이에욧! 이렇게 허술한 곳에 아이들을 어떻게 보내겠어요. 당장 학원을 끊어야겠어요. 아, 대학이 뭐라고. 불쌍한 내 새끼. 어, 우리도 뭔가를 남겨야 하나요? 뭐하세요? 가만히 좀 있어요. 그렇게 움직이면 다른 사람들은 어떻게 해요! 전화, 전화를 걸어야겠어요. 어쩜 지금이 마지막 순간일지도 모르잖아요. 아이에게, 남편에게, 부모님에게….

왜들 이래욧! 왜들 이러냐고요. 으흐흑 여자들의 울음소리가 엘리베이터 안을 채웠다.

이젠 아무 생각도 떠오르지 않았다. 지금 이 순간이 마지막이라면. 정말 마지막이라면? 나는 간절히 기도했다. 세상에는 그냥 묻어 두어도 될 말이 있듯 꼭 해야 할 말이 있다는 것을. 영준이에게 말해야 한다. 사랑한다. 그냥 사랑한다고. 아무 단서가 붙지 않은 그냥 사랑한다고. 그런 말을 할 기회가 나에게 있을까? 두려웠다. 겁이 났다. 남편에게도 말해야 한다. 당신이 얼마나 죽을 만큼 애를 쓰며 살아왔는지 안다고. 목숨 같던 자존심을 예전에 가족을 위해 던져 버렸다는 것을. 흐려진 눈앞에 영준이가 슬프게 웃고 있다. 눈물이 볼을 타고 흘러내린다. 소리 없이 흘리는 눈물이 엘리베이터 안을 채운다. 점점 눈물이 차올라 온다. 발등을 적시고 종아리를 넘어 무릎까지 차올랐다. 서서히 허벅지와 배와 가슴과 턱 밑까지 눈물이 찰랑댄다. 울고 또 운다. 불쌍한 내 새끼와 가엾은 나와 안타까운 남편과….

덜컹. 엘리베이터가 흔들렸다.

승강기 케이블과 도르래가 제대로 작동을 하는지 숫자판에 불빛이 옆 칸으로 움직이기 시작했다.

7, 6, 5, 4, 3, 2

모두들 숨을 멈췄다. 자신이 내뿜는 호흡으로 엘리베이터가 멈춰 설까봐. 드디어 1이란 숫자에 불이 들어왔다. 스르륵 아무 일 없었다는 듯 엘리베이터 문이 멀쩡하게 열렸다. 여자들은 아우성 치며 뛰쳐나가 바닥에 허물어지듯 주저앉았다. 엘리베이터 앞에는 긴장된 얼굴로 사람들이 문을 향해 빙 둘러서 있었다. 마치 공항 입국장처럼. 누군가 말했다.

"고생 많으셨습니다. 최대한 빨리 기계를 고치려고 애썼는데 무사히 끝나서 다행입니다. 저도 10분 동안 지옥을 갔다 왔습니다."

주차장에서 차를 빼온 승열 엄마는 무심한 표정을 짓고 있는 현우 엄마에게 계속 족집게 과외 선생을 알려달라고 애걸했고, 찬호 엄마는 핸드폰을 불안한 듯 만지작거렸다. 나는 퇴근길에 맞물려 만원버스를 타고 가야 할 힘겨운 귀가를 떠올리다 데려다 주겠다는 승열 엄마의 호의를 마지못해 듣는 척했다. 세 여자를 태우고 승열 엄마는 시동을 걸었다. 나는 이제 마악 간신히 빠져나온 건물을 올려다봤다. 창문마다 불을 밝힌 건물은 아이들을 집어삼킨 괴물처럼 보였다. 그리고 그 가운데에 쉴 새 없이 오르락내리락 거리는 엘리베이터가 있었다. 탈 사람의 숫자가 정해진 엘리베이터, 순식간에 최상층으로 힘 안 들이고 올라갈 수 있는 엘리베이터, 또 한순간에 추락할 수 있는 숨겨진 얼굴도 보았다. 겨우 엘리베이터를 탈출한 우리는 더 높고 더 많은 엘리베이터가 밀집한 도시 속으로 초점 잃은 눈으로 질주했다.

영자 씨와 영미 씨

둥지로 새들이 돌아왔다.

수학 문제를 풀다 딴청을 부리는 아이들에게 시선을 고정한 채 영미의 신경은 창밖 나뭇가지 위, 새 둥지로 향했다. 책상 밑에서 발장난을 치던 녀석들이 본격적으로 투닥거렸다. 연필로 상대방 문제집에 한 번씩 번갈아 가며 선을 긋기 시작하더니 두 녀석의 얼굴이 시뻘게졌다. 6학년이지만 솜털이 뽀송뽀송한 인수는 화가 치미는지 마구 연필을 휘저으며 정민의 문제집 숫자를 뭉개 버렸다. 코밑이 거뭇한 정민이 어둠 속에 갇혀버린 숫자를 내려다보다 주먹을 불끈 쥐고 내지르려 했다. 영미는 얼른 아이들을 떼어 놓았다.

"문제 풀라고 했지 싸우라고 했니?"

"아니요, 얘가 자꾸 시비를 걸어서 못 풀겠어요. 에이 씨."

억울하다는 듯 인수가 볼멘소리를 내자 정민은 어, 어, 휴, 저저… 라며 씩씩댔다. 무심히 보면 인수가 정민에게 당하고 사는 것 같아도 가만히 지켜보면 덩치만 컸지 말이 어눌한 정민을, 아기 같은 인수가 공기 다루듯 데리고 놀았다.

열이 오른 아이들의 얼굴에 땀이 흘렀다. 툴툴거리며 돌아가는 선풍기조차 지친듯했다. 힐끔힐끔 벽시계를 올려다보던 아이들의 얼굴이 스위치를 켠 형광등 불빛처럼 밝아졌다. 그들이 원하던 숫자에 바늘이 닿은 것이다. 수업을 끝낸다는 말이 무섭게 아이들은 막힌 개수대의 물이 뻥 뚫려 콸콸 내려가듯 밖으로 뛰쳐나갔다. 벌써 싸운 것을 잊었는지 키득거리는 웃음소리가 복도를 울렸다.

영미는 얼른 창가로 갔다. 하루가 다르게 자라는 플라타너스 잎사귀에 새들의 모습이 가려져 잘 보이지 않았지만 아침에 나갔던 어미 새가 풍성한 먹이를 가져왔는지 새들의 지저귐이 활기차게 들렸다. 소리만으로도 둥지 안이 그려졌다.

그녀의 눈길이 바삐 아래로 향했다. 곱고 단아한 노인이 둥지를 올려다보고 있었다. 그녀와 눈이 마주치자 눈가에 주름을 지으며 밝게 웃는다. 그녀가 소리쳤다.

"잠깐만 기다리세요."

그녀는 미리 내려놓은 커피와 빨대 사탕 두 개를 챙겨 서둘러 계단을 내려갔다. 노인은 세상에서 가장 귀한 것을 받은 듯, 한 모금 한 모금 정성스럽게 커피를 마셨다. 그 모습을 영미는 따뜻한 눈길로 바라봤다.

영미가 이곳에 터를 잡은 것은 작년 늦가을쯤이었다. 마흔을 넘긴 여자가 선택할 수 있는 직업은 많지 않았다. 더욱이 그녀는 한 번도 제대로 된 직장을 가져본 적이 없었다. 딸에 대한 자부심이 넘쳤던 그녀의 엄마는 대학을 졸업하고 신부수업을 받다가 '좋은 남자'를 만나 결혼하기를 바랐다. 엄마는 많은 것을 원치 않는다고 했다. 단지 '좋은 남자'면 된다고 했다. 엄마가 생각한 좋은 남자와 그녀의 좋은 남자는 한 점에서 만나지 못했다. 그래서 그녀는 지금 혼자다.

병석에 연이어 누웠던 아버지와 엄마가 세상을 떠나자 그녀는 홀로서기를 해야 했다. 두려웠지만 작은 설렘도 있었다. 조카들을 10여 년 가까이 키워 오지 않았던가. 아이를 직접 낳지는 않았지만 키워 낸 조카들만 8명이었다. 어쩌면 아이를 낳은 동생들보다 더 잘 아이들에 대해 안다고 자신했다. 물론 수학교습소를 내겠다고 작정했을 때 걱정이 없던 것은 아니었다. 그러나 지금처럼 느리게 사는 삶을 지속할 수만 있다면 족하다는 생각이 들자 없던 용기도 생겼다.

부동산중개인을 따라 이곳에 오르면서 참 이상하게 생긴 동네라고 생각했다. 평지에는 새로 지은 고층아파트가 우뚝우뚝 서 있고 그 뒤에 야트막한 산이 버티고 있었다. 단지 야산일거라 생각했는데 홀가분하게 잎을 떨구는 나무들의 호위를 받으며 산길로 접어들어 비탈길을 오르자 신기하게도 숨겨진 보물처럼 저층아파트가 나타났다.

낡은 아파트에 걸린 '축! 재건축'이란 이름표는 햇빛에 바라고 바람결에 펄럭이면서 정말 축하받을 일인지 모호하게 만들었다. 비탈길을 오르면 먼저 공터가 나왔다. 녹이 슨 미끄럼틀과 바람에 위태롭게 흔들리는 그네가 놀이터였음을 확인시켜 주었다. 산에 뿌리를 둔 플라타너스는 키가 무척 컸지만, 공터의 지대가 높아 나뭇가지의 눈높이는 낮아 보였다. 그 밑에 비닐장판을 뒤집어쓴 나무 평상이 덩그러니 놓여 있었다. 또 벽면이 벗겨져 속살을 민망스럽게 드러낸 2층짜리 상가가 눈에 들어왔다. 1층은 작은 슈퍼와 세탁소, 붉은색 간판을 단 황금부동산이 차지하고 있었다. 2층은 피아노, 미술학원이었다는 사실을 떨어져 나간 글자의 흔적으로 알 수 있었다.

이 아파트가 처음 들어설 때는 공기 좋은 산속에 지어져 누구나 살고 싶어 하던 곳이라고 중개인은 떠벌였다. 세월이 흘러 올망졸망하게 그물처럼 얽혀있던 낮은 지역의 집들을 싹 밀고 고층아파트들이 들어서자 이곳은 나무숲에 둘러싸인 새 둥지처럼 갇혀버렸다고 했다.

그녀는 낡은 상가를 보는 순간 암담함이 밀려왔다. 저곳에 들어가면 영영 빠져나올 수 없을 것만 같았다. 어찌 돌려 생각해 보면 이곳이 안성맞춤이기도 했다. 세도 싸고, 권리금도 없고, 더구나 쉽사리 재건축이 안 될 거라는 중개인의 확신에 찬 말에 솔깃해졌다.

영미는 투자비가 많으면 교육비에 대한 욕심이 생기고 그것은 자신을 찾아오는 학생에 대한 예의가 아니라 생각했다. 알량한 자존심은 10평의 작은 공간에 그녀만의 세계를 만들게 했다.

비용을 절약하기 위해 팔을 걷어 부치고 그녀는 스스로 공부방을 꾸몄다. 그러던 어느 날 놀라운 광경이 그녀를 사로잡았다. 창밖의 플라타너스 나뭇가지에 두 마리의 까치가 마른 나뭇가지를 연신 물어다 얼기설기 둥지를 틀고 있었다. 작은 부리로 제 몸보다 긴 나뭇가지를 물어오는 모습이 신기해 그녀는 한참을 넋 놓고 바라보았다. 한 마리가 나뭇가지를 물어오면 다른 한 마리가 설계하듯 이리저리 위치를 바꿔가며 나뭇가지를 쌓고 엮어 둥지를 만들어갔다. 그녀의 공간이 완성되어가는 것처럼 까치들의 둥지도 점점 모양새를 갖춰갔다. 어느 날부터는 솜털처럼 부드러운 털들을 물고 왔다. 아마 내부를 꾸미는 중인 것 같았다. 그녀는 두말없이 현관에 문패를 내걸었다. '둥지공부방'.

정신없이 바쁘게 돌아친 결과 썰렁했던 공간이 공부방 모습을 갖췄고 아파트 게시판마다 붙여 놓은 광고지 덕에 아이들도 한두 명 찾아왔다. 그렇게 시작한 공부방에 아이들의 왁자지껄 떠드는 소리가 자연스러울 때쯤 어느덧 세상은 봄으로 넘실거렸다.

따뜻한 햇살이 창문으로 쏟아져 들어오던 어느 날, 수업할 교재를 살펴보고 있는데 갑자기 푸드덕거리는 소리가 지축을 흔들었다. 놀라서 창밖을 내다보자 평상 앞에서 두 마리의 검은 새가 사납게 싸우고 있었다. 이리저리 푸드덕거리며 서로를 쪼아댔다. 금방 숨이 넘어갈 듯, 찢어질 듯한 울음을 토해냈다. 한 마리가 쫓기듯 자리를 박차고 날아오르자 몸집이 좀 더 큰 놈이 뒤따라 날아올랐다. 잠시 시야에서 사라졌던 새가 땅으로 쏜살같이 내려앉았다. 뒤따라 내린 새는 부리로 상대방 머리를 쪼아댔다. 움츠리며 피하던 작은 새가 휙 돌며 반격을 가했다. 갑작스러운 반격에 놀란 큰 새는 재빨리 푸드덕 날아올라 나뭇가지에 앉았다. 쫓던 새를 놓친 상처 입은 새는 분이 덜 풀렸는지 상대방을 쫓아 같은 나뭇가지로 날아갔다. 새 두 마리의 격렬한 싸움에 심하게 흔들린 나뭇가지가 금방이라도 부러질 것만 같았다. 잎사귀가 우수수 떨어졌다. 다시 푸드덕 날아 땅으로 내려앉은 새들은 서로 으르렁거리며 날개로 땅바닥을 거칠게 쳐댔다. 날개가 너덜너덜해져 보였다. 그녀는 벌어진 입을 다물지 못했다. 들짐승만 으르렁거리는 줄 알았지 날짐승이 이토록 무서운 줄 몰랐다. 그때 위엄 있는 목소리가 날카롭게 새들에게 꽂혔다.

"휘이, 휘이, 그만해라. 그만해. 다친다. 아서!"

몸집이 자그마한 노인이 팔을 휘저으며 새들에게로 달려들었다. 사람의 고함을 들은 새들은 거친 울음을 남기며 푸르르 하늘로 날아올라 시야에서 사라졌다. 그녀는 자신도 모르게 온몸을 떨었다. 저 작고 가냘픈 몸에서 그처럼 우렁찬 소리를 쏟아 내다니. 그런데 노인의 몸짓이 이상하다. 평상에 털썩 주저앉더니 고개가 푹 꺾였다. 새들의 싸움을 말리다 힘이 빠져 그런가 싶었는데 미동이 없다.

그녀는 허겁지겁 계단을 뛰어 내려갔다. 노인의 어깨를 흔들며 얼굴을 살폈다. 반쯤 감긴 눈꺼풀과 기가 빠져나간 듯 핏기가 사라진 얼굴이 다가왔다. 다급히 슈퍼에서 사 온 주스 병을 입에 대주자 간신히 한 모금 넘긴 노인의 얼굴에 서서히 화기가 돌았다.

그녀가 까 준 초콜릿을 힘없이 바라보다 노인은 간신히 입안에 넣고 주름진 입술을 달싹였다. 잠시 후 마른 입술사이에서 가는 소리가 흘러나왔다.

"고마워요. 갑자기 당이 떨어졌나 봐. 이거 본의 아니게 신세를 졌네요."

노인의 떨리는 음성은 긴장했던 그녀의 마음을 녹여주었다. 그후 노인은 하루에 한 번씩 그 평상을 찾았고 수업이 없는 시간을 틈타 그녀도 노인의 옆자리에 앉았다. 그리고 자연스럽게 새 둥지에 두 사람의 시선이 모였다. 하루가 다르게 짙어지는 나뭇잎과 그 사이로 언뜻언뜻 보이는 파란 하늘과 새들의 지저귐을 듣거나 움직임을 좇으며 두 사람은 빨대 사탕을 빨았다. 단맛이 입안을 돌아 배 속을 달달하게 채워주었다.

"할머니는 이 동네 안 사시는 것 같던데, 어디 사세요?"

"음, 이 아래 동네에 산다우. 어찌 알았소. 내가 여기에 살지 않는지?"

"네, 항상 저 비탈길을 올라와 이곳에만 앉아 계시다가 다시 저 길을 내려가시더라고요. 저기가 제 공부방인데 그곳에서 내려다보면 저 길과 이 평상이 잘 보이거든요."

"아하, 그렇군요. 헌데 호칭 좀 정리합시다. 왜 내가 댁의 할머니요? 나 '최영자'라고 해요."

"어머, 죄송해요. 전 김영미예요. 그럼 뭐라 불러드릴까요? 그럼 최영자 여사님이라고 할까요?"

"그건 너무 길고, 그냥 이름을 불러줘요."

그녀는 당혹스럽고 쑥스러웠지만, 그 후 노인을 조심스럽게 '영자 씨'라 부르기 시작했다. 노인 역시 다정스럽게 그녀를 '영미 씨'라 불렀다.

영미는 싸움을 벌였던 새들이 자신이 지켜봐 왔던 까치들이었을까 봐 내심 걱정이 앞섰다. 그 동네에는 많은 새가 살고 있었다. 두 사람은 새들을 놓고 가끔 입씨름을 벌이곤 했다. 영자는 싸움을 벌였던 새들이 까치라고 우겼고, 그녀는 까마귀라고 우겼다.

"영미 씨, 이 동네에는 거의 까치만 있어. 그때 난 분명히 봤거든. 어깨와 배, 허리는 흰색이고 머리에서 등까지는 광택이 나는 검정색이었다니까."

"아니에요. 까치가 그렇게 포악을 떨며 싸울 수는 없는 거예요. 울음소리가 기분 나쁘게 들린 것이 분명 까마귀였다니까요. 저도 눈앞에서 봤잖아요. 영자 씨, 제가 이 동네가 왜 좋은지 아세요? 여긴 기쁜 소식을 전해주는 까치가 많아서 좋아요. 그냥 눈만 뜨면 하루를 희망으로 시작할 수 있잖아요."

"아니, 영미 씨, 왜 까마귀가 나빠. 반포지효反哺之孝 몰라. 늙은 어미에게 먹이를 가져다주는 효심 깊은 까마귀를 폄하하지 말아요."

영자의 격앙된 목소리에 그녀는 멋쩍어졌다.

"네, 그러고 보면 다 사람들이 만든 관념들이지요. 까치나 까마귀는 제 삶을 살 뿐인데 사람이 자신들의 편리에 따라 좋고 나쁨을 가려 길조라고도 하고 흉조라고도 하죠."

영미가 자신의 의견을 누그러뜨리자 영자도 얼굴에 웃음이 번졌다.

"그래. 까치도 까마귓과인 거 알지. 영미 씨!"

"그런데 영자 씨, 그 새들이 왜 싸웠을까요?"

"글쎄….."

두 여인의 끊이지 않는 대화중에도 나뭇잎은 햇빛을 받아 무럭무럭 자랐다. 고맙게도 강렬한 햇빛을 제 몸으로 막아 둥지에 시원한 그늘을 만들어 주었다. 다행히 영미가 지켜본 둥지 속 까치들이 싸움의 주인공은 아닌 듯했다. 까치들은 알콩달콩 잘 지내고 있었다. 어느새 알을 낳고 품어 새끼 까치가 네 마리나 되었다. 둥지는 새끼 까치로 시끌벅적했고 멀리서 지켜보는 영자와 영미는 제 새끼인 냥 마음이 들떴다.

영자는 그 후 소풍을 오듯 반찬통을 들고 왔다. 처음에는 락앤락 통에 담아 오던 것이 어느 날부터 3단 도시락에 갓 지은 밥과 함께 맛깔스런 반찬들이 들어있었다. 달걀옷을 입은 옛날 소시지와 동그랑땡, 마른멸치는 달달하게 볶여 고소한 맛을 냈고, 붉은 고추장에 버무린 오징어채와 새콤달콤 무친 무채는 상큼했다. 집에서 먹는 반찬을 조금 담아 오는 것이라고, 아무것도 아니라는 듯 말했지만, 그녀는 부담스럽다고 손사래를 쳤다.

"그런 소리 말어. 영미 씨는 나의 생명의 은인이야. 생명을 구해 줬는데 이까짓 반찬이 대순가. 맛이 없을까 봐 걱정이지. 맛있게 먹어 주는 것이 내겐 기쁨이야. 영미 씨 고마워."

그녀는 음식이 입안에 오래 머물도록 천천히 씹어 삼켰다. 음식을 먹을 때마다 마음이 따뜻해져 눈가가 붉어졌다.

"영미 씨, 물어봐도 괜찮을까? 왜 지금까지 혼자야?"

"저요. 인연이 없었나 봐요. 딱 두 번 결혼하고 싶은 적이 있었는데…. 제가 제법 공부를 했거든요. 부모님의 자랑스러운 딸이었죠. 고등학교를 다닐 때쯤 집안 형편이 폈어요. 가구 공장에서 기술자로 있던 아버지가 회사 사장의 갑작스러운 죽음으로 공장을 인수하게 되었죠. 경기가 호황기에 접어들자 여기저기서 봄에 쑥이 자라듯 아파트가 쑥쑥 세워졌죠. 그 안을 채울 가구도 날개 돋친 듯 팔려나갔어요. 엄마는 부러울 것이 없었죠. 제 배우자에 대한 욕심이 안 생겼다면 거짓말일 거예요. 그런데 제가 남자들한테 인기가 없게 생겼잖아요. 덩치는 크지 얼굴은 비대칭이지. 지금에 서야 알았어요. 양악수술로 바로잡으면 된다는 것을요. 그땐 상상 도 못 했어요. 알았다 하더라도 겁이 나서 못 했을 거예요. 후후."

"영미 씨, 영미 씨가 어때서. 푸근하고 온화하게 생긴 얼굴이 얼 마나 보기 좋은데."

"고마워요. 영자 씨, 그때 주눅이 조금 들었었나 봐요. 엄마의 눈에 든 맞선 남들은 제게 호감이 없는데 엄마의 꿈은 크기만 했 죠. 그때 저를 여자로 봐 준 남자가 있었어요. 그 남자는 남동생의 친구였어요. 자주 집으로 놀러 오던 그가 누나, 영화 보러 가요. 누 나, 커피 마실래요. 하며 툭툭 말을 건네 왔죠. 그래서 그 애와 시 간을 많이 보냈어요. 즐거웠어요. 조건에 꿰맞춘 만남보다 더 행 복했어요. 저를 있는 그대로 봐준 사람이었잖아요. 있는 그대로를 좋아해 준 사람. 그때 엄마의 눈에 우리의 만남이 심상치 않게 비 치게 되었죠. 엄마는 노발대발했어요. 직장은커녕 겨우 군대만 갔 다 와 졸업조차 하지 않은 애송이를 사위로 받아들이긴 힘이 드셨 겠죠. 더욱이 나이까지 어렸으니, 지금이라면 그게 뭐 대수겠어 요. 장땡이지."

영미의 이야기를 듣던 영자의 잔잔한 눈빛이 애처롭게 흔들렸 다. 영미는 아무 일도 아니란 듯 경쾌하게 말했다.

"영자 씨는 어땠어요? 영자 씨는 지금도 이렇게 고우신데 젊었 을 때는 정말 예쁘셨을 것 같아요."

"나, 나는 그냥 열심히 살았지. 한 남자의 아내로, 세 아이의 어미로…."

"어쩐지 평탄한 삶을 사셨을 것 같은 느낌이 들더라니. 얼굴에서 풍겨요. 잘 사셨을 것 같은 느낌요."

"그래, 나 예전에 학교 선생이었어. 내 첫사랑은 같은 학교 국어 선생이었지. 초임지가 서울 변두리에 있는 중학교였는데 그곳에서 한 남자를 만났지. 항상 옅은 미소와 창백하리만큼 하얀 피부를 가진 남자를. 그는 아이들에게 인기가 많았어. 생긴 것도 샌님 같은데 하는 말도 아이들을 붕 뜨게 만들었지. 경제 성장의 시기라 정신세계를 풍요롭게 해 주는 말보다 물질이 우선되던 시기였어. 하지만 그는 문학을 통해 사랑과 꿈을 노래했지. 물론 돌려 말하면 열심히 노력해서 성공하라는 거였지만 시와 소설로 풀어 놓는 세상사는 직접적인 말보다 더 설득력이 강하고 감미로웠지. 나도 그의 말과 표정에 녹아 불길로 뛰어들었어. 그래 그 남자와 살았어. 행복했냐고. 글쎄, 한 남자와 살았고 세 아이를 잘 키워냈으니 성공적인 삶인가? 한 번도 내 둥지를 벗어난 적이 없었어. 둥지를 벗어날 생각조차 해 보지 못했어. 둥지를 벗어난다는 것은 삶의 끝이라고 생각했지."

영자과 영미는 서로의 눈이 마주치자 푸시시 웃었다.

"또 한 번의 사랑은 어땠어?"

"아, 두 번째 사랑요? 그것도 별거 없어요. 그 남자와 헤어지고 난 후, 몇 년이 흐른 뒤 아마 30대 중반쯤이었을 거예요. 그때 제가 산에 흠뻑 빠져 있었어요. 일주일 내내 조카들에 치이다 주말만큼은 자유로워지고 싶어 산을 오르기 시작했어요. 그곳에서 그를 만났죠. 요즘은 등산이 불륜의 산실이라고 하지만 그때는 순수했어요. 참 그는 등산객이 아니라, 산에서 음식을 팔던 사람이었어요. 놀라셨어요?"

산을 오르면서 그녀는 얽어맸던 감정들을 탈탈 떨어내곤 했다. 한참을 걷다 숨이 가빠오고 다리가 묵직하게 느껴질 때쯤 간이음식점이 나타났다. 판자때기를 얼기설기 덧대어 천막을 친 그곳은 옹색하고 구차스러워 보였지만 없는 것이 없었다. 음료와 주전부리, 심지어 온 산을 고소한 기름 냄새로 진동케 하는 파전까지 팔았다. 이런 곳에서까지 장사해야하냐고 눈살을 찌푸렸지만, 먹음직스럽게 놓인 파전과 하얀 쌀 뜬 물 같은 막걸리가 구미를 당겼다. 그런데 차마 혼자 먹을 용기가 없었다. 어느 순간부터 간이음식점이 가까워질 때쯤이면 가슴이 뛰었다. 틀림없이 오늘은 그 맛을 보리라. 그런데 정신을 차리고 보면 이미 그곳을 지나쳐 와 있었다.

"세상은 재미있어요. 남에겐 별일 아닌 것이 누군가에게는 엄청난 모험이라는 것이요."

막걸리는 그리 멀지 않아 맛볼 수 있었다. 무슨 연유인지 기억은 사라졌지만, 마음이 몹시 상했던 적이 있었다. 감정이란 용기를 필요치 않게 하는 힘이 있었다. 그녀는 삐딱거리는 의자에 앉아 막걸리를 주문했다. 야전잠바를 입은 수염이 덥수룩한 남자가 막걸리를 내왔다. 혼자 왔냐고 묻더니 찌그러진 양은그릇에 한 잔만 따른 후 막걸리병 주둥이를 마개로 막았다. 의아한 눈빛을 보내자 무덤덤한 목소리로, 막걸리는 달달해서 먹을 때는 모르지만 먹고 나면 금방 취한다고 했다. 동행이 없으면 산에서는 위험하니 딱 한 잔만 하란다.

"신기하게도 미처 술이 안 들어갔는데 속이 찌르르하더라고요. 제가 무척 외로웠나 봐요. 외로우면 사소한 것에도 오해를 하죠. 그의 상업적인 말에 애정을 느꼈으니. 그래요. 그다음부터 죽자사자 산을 올랐어요. 엄밀히 말하면 산의 그 남자를 만나러 간 거죠. 배낭에 막걸리와 소주를 가득 채워 힘든 줄도 모르고 산을 올랐어요. 그는 그걸로 장사를 했죠. 한창 바쁜 시간이 지나면 그와 함께 산을 탔어요. 그리고 산을 이야기하고 산을 노래하고 읊었어요. 그는 산 사람이었어요."

그녀는 그와 함께 하는 시간이 꿈결 같았다. 한 이태를 그렇게 살았다. 엄마는 늦바람이 났다고 좋아했다. 그의 존재를 알기 전까지. 가족들은 그의 실체를 알고 난 후 비아냥거렸다. 지금까지 기다려 그런 놈한테 가려고 하느냐고. 혼자 살라고. 혼자 사는 것이 속 편하다고. 왜 그들이 흥분했을까. 사는 것은 그녀가 사는 것인데. 그녀는 각오가 되어있었다. 산속에서 그와 함께 눈 뜨고 그와 함께 잠드는 세상을 꿈꿨다.

"제가 졌어요. 보다시피 이렇게 혼자죠. 오늘 정말 많은 말을 한 것 같아요. 영자 씨는 속마음을 털어놓게 하는 마법을 지녔나 봐요. 쉽게 제 얘기 털어놓지 않는데."

　여름방학이 시작되면서 손아귀에서 모래가 빠져나가듯 아이들이 공부방을 그만두었다. 그녀 역시 방학 때는 실컷 뛰어놀아야 한다는 입장이었기에 줄어든 수입에 대한 부담감을 애써 떨쳐 냈다. 그 대신 영자와 평상에 앉아 새떼들의 움직임을 바라보는 즐거움을 누리리라 마음먹었다. 영자는 태양이 어깨선에 닿을 때면 어김없이 평상에 앉아 주위의 나무들을 둘러보았다. 밤새 무슨 변화를 겪었는지 나뭇가지 하나하나를 눈여겨보았다. 영미와 영자의 일상은 평온하게 흘러갔다. 단지 영미의 두 동생이 한 번 찾아왔다 간 것이 사건이라면 사건일까.

　놀이터의 흙이 바싹 말라 흙먼지가 풀풀 날리도록 내리쬐던 태양이 지쳤는지 몸을 숨기자 먹구름이 몰려오더니 비가 내리기 시작했다. 후덥지근한 장마가 시작될 모양이었다. 이틀이나 계속 추적추적 비가 내렸다. 영미는 축복아파트로 들어오는 비탈길을 계속 내려다보았다. 혹시 영자가 올라오지는 않나 해서. 이런 날은 미끄러워서라도 집을 나서지 않았으리란 생각이 들면서도 눈길은 자꾸 창밖을 향했다.

　영자의 건강이 걱정되었다. 팔순을 바라보는 나이에도 그녀의 허리는 꼿꼿했고 다리에도 힘이 있었다. 하지만 노인네 건강은 아무도 모른다고 했다. 갑자기 빗줄기 떨어지는 소리에 불안감이 밀려왔다.

그때 현관문이 빗소리에 섞여 쇳소리를 내며 울었다. 누군가 문을 두드린다. 문을 열자

"내가 주책이지. 이렇게 비 오는 날 다 찾아오고."

비를 맞은 영자가 멋쩍은 듯 웃고 있었다. 영미는 놀란 눈으로 영자의 손을 잡아 안으로 이끌었다. 비에 젖은 작은 새 한 마리가 그녀에게 날아든 듯했다. 영자의 머리카락을 수건으로 닦아주는 손이 부산스러웠다.

"넘어지면 어쩌려고 이 빗길에 여길 오셨어요?"

타박 섞인 그녀의 말속에 영자를 향한 마음이 묻어났다.

"그냥, 궁금해서."

영자는 창가로 가 창문을 급하게 열어젖혔다. 다시 세차진 빗줄기는 방안으로 들이쳤다. 금세 바닥이 젖었다. 그래도 영자는 빗줄기를 뚫고 나뭇가지를 이리저리 살폈다. 물 먹은 나뭇잎은 싱싱하게 살아나 둥지를 가리고 있었다.

"걱정 마세요. 쟤들이 얼마나 집을 튼튼하게 지었는데요. 안심하세요. 시원하게 목욕도 하고 서로 몸을 비비며 따뜻하게 있을 거예요. 이리 오셔서 몸 좀 녹이세요. 여름이라도 비 오는 날은 감기에 조심하셔야 해요."

흥건해진 바닥을 보면서 영자는 얼른 창문을 닫았다. 그제야 공부방 내부가 눈에 들어왔다. 깨끗하게 지워진 칠판과 한쪽 벽면을 꽉 채운 책장에 가지런하게 책들이 꽂혀있었다. 책상 위엔 금방 연

필깎이를 통과한 듯 뾰족한 심지를 하늘로 치켜세운 연필들이 전투에 나갈 화살처럼 용맹스럽게 담겨 있었다. 그 옆에는 달콤한 향내가 풍기는 사탕 통이 놓여 있었다.

"내 생명의 알약이네."

빙긋이 웃는 영자에게 그녀는 따뜻한 찻잔을 건넸다.

"정말, 사탕은 마법의 알약이에요. 공부하기 싫어서 발버둥 치는 아이도 사탕 한 알이면 기분이 좋아서 집중한다니까요. 저도 힘들 때, 사탕 한 알 입에 넣고 살살 녹여 단물을 삼키면 어디서 생겼는지 힘이 나더라고요. 저 사탕 무지 좋아해요. 제가 1남 4녀 중 장녀라 엄마가 항상 사탕을 한 알 더 주셨거든요. 왜 제가 그랬지요. 어렸을 때 상당히 어려웠었다고. 그 사탕 한 알이 권위이자 힘을 상징했어요. 동생들은 투덜댔지만 큰 언니가 당연히 더 먹어야 한다고 동생들의 뿌루퉁한 입을 막았지요. 그 사탕만큼 더 준 사랑의 무게가 저를 항상 잡아챘던 것 같아요. 무슨 선택을 할 때마다 부모님의 생각이 앞섰지요."

찻잔 속에서 국화꽃이 서서히 필 때를 기다리던 영자는 잔을 들어 국화차를 한 모금 삼켰다. 그리고 단호한 어조로 말했다.

"영미 씨, 그게 말이 돼. 영미 씨는 다 좋은데, 너무 다른 사람을 챙긴다는 거야. 물론 좋지. 타인을 향한 배려심. 그렇지만 희생만 하지 말고 자신의 삶을 살아. 사탕 한 알 때문에 자신보다 가족을 먼저 생각한다고. 그런 바보짓이 어딨어!"

갑작스러운 영자의 격앙된 목소리에 그녀는 흠칫했다. 찻잔을 든 영자의 손이 가늘게 떨렸다.

"아니, 제가 뭘 희생하면서 살았다고 그러세요. 저 그렇게 착하지 않아요. 제가 아버지와 엄마를 모신 건 당연한 것이었어요."

한참 맞선을 보고 다닐 때, 남동생이 사귀던 여자 엄마가 집으로 찾아왔다. 아니, 쳐들어 왔다는 표현이 맞겠다. 서슬 퍼렇게 노기를 띠고 임신한 자신의 딸을 책임지라고 했다. 한바탕 소동이 일어난 후 부모는 무척 미안해하며 어쩔 수 없이 남동생을 먼저 결혼시켜야겠다고 조심스럽게 말했다. 그녀는 당연히 그러라고 했다. 서운한 감정보다 같은 여자 입장에서 배가 불러오는 올케 될 사람이 안 돼 보였다.

한번 물길이 열리자 연이어 여동생들이 남자친구들을 집에 데려왔다. 그땐 이미 맞선 자리도 동생들 차지가 됐다. 그녀는 관심 밖으로 밀려났고 나이 찬 동생들은 줄줄이 결혼해 집을 떠났다. 부모님 곁에는 그녀만 남았다. 그 사이 한껏 정점을 찍었던 아버지의 사업도 브랜드 가구에 밀려 서서히 내리막을 걸었다. 결혼한 동생들은 맞벌이한다고 조카들을 다투어 부모님께 맡겼다. 본의 아니게 그녀는 조카들을 돌보게 되었다.

담담히 그녀의 이야기를 듣던 영자는 정색하며 말했다.

"그래서 행복했어? 가족들 뒷바라지에 청춘을 보내고 혼자 남았는데. 그게 좋아?"

평상시 자애롭던 영자의 날카로운 반격에 난감하다는 듯 그녀의 어깨가 들썩거렸다.

"훌륭하다고 할 순 없지만 그래도 나름 잘 살았다고 생각해요. 힘들었지만 부모님 아낌없이 돌봐드렸고, 제 손으로 여러 명의 조카를 잘 키워 냈잖아요. 남들은 전혀 모르는 사람들에게도 봉사하는데 전 제 가족들을 돌본 거잖아요. 동생들도 무척 고마워하고."

"과연 그럴까? 그들이 고마워한단 말이지?"

"그럼요. 제 생일이면 조카들이 서로 축하해준다고 얼마나 법석을 떠는데요."

"다 쓸데없어. 영미 씨 것이 아니잖아. 그 속에도 고마움이 있을까?"

"제가 괜찮다잖아요. 왜 화를 내세요."

영자는 창가로 다가가 창문을 통해 바깥을 살폈다. 김이 서린 유리를 손등으로 문지르고 가늘게 눈을 떠 창밖으로 시선을 집중했지만 흐르는 빗물로 인해 밖은 잘 보이지 않았다. 한참 동안 둥지가 있는 나뭇가지를 응시하던 영자는 몸을 돌려 영미를 바라봤다. 걱정스러운 눈으로 자신을 지켜보는 영미를 보자 지난 일이 떠올라 가슴이 답답해져 왔다.

영자는 하루가 다르게 다리에 힘이 빠져나가는 걸 느꼈다. 얼마 되지도 않는 비탈길을 두 번이나 쉬면서 올라왔다. 주저앉듯 평상에 엉덩이를 내려놓자 긴 한숨이 저절로 나왔다. 깊은 숨을 몰아쉬고 식은땀을 손등으로 훔쳤을 때 낯선 두 여자의 모습이 눈에 들어 왔다. 세련된 옷차림의 30대로 보이는 두 여자는 평상 끝에 살짝 엉덩이만 걸치고 앉아 무엇이 못마땅한지 얼굴을 찌푸리며 쉴 새 없이 투덜댔다.

"정말, 답답해. 이해가 안 가. 이해가."

"그러게 왜 이런 데까지 와서 궁상을 떨까? 이왕 차리는 거 그럴 싸한 곳에 차리지. 이게 뭐야. 남 보기도 민망하게. 항상 자기만 생 각해. 자기만."

두 여자의 시선이 반원을 그리며 주위를 살폈다.

"언니, 큰언니가 이번에는 결정을 내릴까. 어휴 이게 뭐 질질 끌 일이야. 이번에도 미루면 법적으로 해. 법적으로."

"어차피 큰 집 비워두고 저 상가 골방에서 생활할 거면 집을 팔 아 정리를 해야지. 이번에는 세게 나가자. 여태껏 곰퉁이같이 가 만히 있다가 왜 그런다니?"

"돈 욕심이 나는 거지. 자기가 엄마를 돌봤다는 거지. 누가 하라 고 했나. 지가 해놓고, 유세를 부리다니. 어이가 없어. 우리가 많이 기다려 준거지. 이 정도면."

누가 듣든지 상관없다는 듯 쏟아 놓으며 그녀들의 치켜뜬 눈꼬 리와 사나운 눈빛은 공부방을 향했다.

"언제까지 기다려야 해. 겨우 아이 한 명 앉혀 놓고 있더만."

영자는 가만히 나뭇가지에서 놀고 있는 두 마리의 새들을 바라 보았다. 그녀의 앙다문 입술 안쪽으로 이빨 자국과 꼭 쥔 주먹으로 인해 손바닥에 손톱자국이 패였다.

　문득 그날을 떠올린 영자는 나지막하게 자신의 이야기를 털어
놓았다.

　"내가 말했지. 난 내가 사랑한 사람과 결혼했다고. 처음 그를 보
았을 때, 그는 남의 남자였어. 하얗고 긴 손가락에 분필이 묻어 있
는 모습에 마음이 흔들렸지. 그를 흘깃흘깃 보는 것만으로도 좋았
어. 그가 내게 어떤 행동을 취했던 것도 아니야. 그냥 동료일 뿐이
었지."

　그녀는 한 2년쯤 지났을까 그의 아내가 불의의 사고로 죽었다
는 소식을 듣게 됐다. 하루하루 수척해지는 그가 안타깝고 가여웠
다. 그를 지켜주고 싶다는 열망이 끓어오르자 그녀는 그의 집을 찾
아 나섰다. 어디서 그런 용기가 나왔는지 그녀도 알 수 없었다. 한
동안의 소용돌이가 치고 난 후, 그녀는 세 아이의 엄마가 되어있었
다. 10살, 7살, 5살. 졸망졸망한 아이들은 갑작스럽게 나타난 젊은
여자에게 쉽게 마음을 열지 못했다.

　"난 좋은 엄마가 되어주고 싶었어. 과감하게 직장도 그만두고
집안에 들어앉았지. 한동안 마음고생을 안 했다면 거짓말일 거야.
아이들이 심하게 사춘기를 겪을 때마다 남편은 말이 없어져 갔어.
우습잖아. 남자한테 반해 결혼했는데 내 삶은 아이들과의 전쟁과
휴전을 반복하며 산 것밖에 없는 것 같아. 어쩜 남편도 아이들 눈
치를 보느라 나에게 살갑게 굴지 않았는지도 모르지. 사실 남편이
살갑게 굴어도 내가 멀리했을 거야. 난 잔 다르크 같은 사명감에

불탔는지도 몰라."

"아, 그러셨어요. 전혀 몰랐어요. 영자 씨의 표정이 편안해 보여서…."

"그래, 몇 년간의 긴 싸움 끝에 평화를 얻을 수 있었어. 아이들은 잘 자라주었고. 10여 년 전 남편이 저세상으로 떠나고 난 뒤에도 아이들은 나를 끔찍이 위해 주고 있어. 복 많은 늙은이지."

"영자 씨도 친자식이 아닌 자녀들을 위해 사셨으면서 왜 제게 저를 위해 살라고 하시나요? 그렇게 사신 것을 후회하는 건가요?"

"아니, 후회하지 않아. 그 당시로 돌아간다면 또다시 애 셋 딸린 홀아비를 선택했을지도 몰라. 하지만 영미 씨는 좀 더 다르게 살아봐. 제 실속도 챙기고 영악하게 말이야."

"영자 씨, 어울리지 않아요. 그런 말씀은."

"내가 어떤데? 내가 어떤 사람인데?"

검고 부드러운 눈동자가 갑자기 소용돌이치며 노기를 띤 음성으로 소리를 질렀다. 그리고 얼굴은 포악스럽게 일그러졌다.

영자가 가늘어진 빗줄기를 뚫고 비탈길을 위험스럽게 내려가는 것을 영미는 지켜보아야만 했다. 비탈길 아래까지만이라도 부축해 주겠다는 말을 영자는 단호하게 뿌리쳤다. 영자가 엉거주춤하며 사라진 길로 빗줄기는 다시 거세게 쏟아졌고 며칠이 지나도 그녀는 나타나지 않았다. 영미는 자신이 알던 영자 씨일까 의문이 들 정도로 변했던 그녀의 모습이 자꾸 떠올랐다. 미리 연락처라도 받아둘 걸 하는 후회가 밀려왔다.

지루하게 그쳤다 내리기를 반복하는 빗줄기를 바라보면서 영미는 비가 그치면 당장 아랫마을로 내려가 영자를 찾아볼 생각이었다. 그때 누군가 조심스럽게 현관 벨을 눌렀다. 아이들이 올 시간은 안 됐는데, 누굴까 의아해하며 문을 열자, 풍만한 체구에 진주 목걸이가 눈을 사로잡는 중년의 여성이 서 있었다.

그녀는 영자의 며느리라고 했다. 혹시 그녀에게 무슨 일이 생긴 거냐며 다급하게 묻자 큰일은 아니라며 고개를 저었다. 단지 시어머니가 감기에 걸려 쉽게 일어나지 못해 걱정이라고 했다.

"김 선생님을 만나고 나니 안심이 되네요. 집에만 계시던 어머님이 언젠가부터 매일 외출을 하시고, 반찬까지 챙겨 나가 무척 걱정했거든요. 누군가 생긴 것이 아닌가 싶어서."

"누군가 생기다니요?"

영미의 반문에 그녀는 두둑한 손으로 입을 가렸지만 그 새로 웃음이 삐져나왔다.

"네, 아실지 모르지만, 저희 어머님이 미담의 주인공이시잖아요. 처녀의 몸으로 아이 셋 딸린 남자에게 시집와 자식들을 모두 사회적으로 성공시켰으니 얼마나 대단하세요. 그런데 늘그막에 와서 남자를 사귄다면 세상의 웃음거리가 되지 않겠어요."

영미는 미세한 경련이 이는 얼굴을 얼른 돌렸다. 그녀의 조곤조곤한 목소리가 계속 흘러나왔다.

"어머님이 김 선생을 만나러 간다고 해서 남자인 줄 알았거든요. 제 남편이 얼마나 궁금해 하는지. 무작정 이곳으로 올라와 봤죠. 그런데 슈퍼 주인이 그러더라고요. 어머님의 비밀 친구가 공부방 김 선생이라고, 정말 얼마나 다행인지. 제가 한숨 놓았다니까요."

"왜요? 할머니가 남자친구를 사귀면 안 되나요? 그 연세에 말동무할 수 있는 친구가 있으면 좋지 않을까요?"

"남의 일이라고 쉽게 말하지 마세요. 제 남편이 공직에 있거든요. 그 자리까지 올라간 것도 어머님의 헌신적인 뒷받침이 있었고, 서방님이나 시누도 사회적 명성이 있기에 누구 하나 구설에 오르는 것은 경계해야 할 일이죠. 김 선생은 왠지 남 같지 않아 하는 말인데 조만간 제 남편이 요직에 내정될 거라는 하마평이 나오고 있어요. 어느 때보다도 중요한 시기이지요. 아이고, 내가 별 쓸데없는 말을 다 했네. 한 번 저희 어머님 좀 보러 꼭 와 줘요. 어머님이 무척 기뻐할 것 같은데."

얕게 드리웠던 근심이 싹 사라진 활짝 갠 얼굴로 그녀는 영미의 손을 덥석 잡았다. 영미는 잡힌 손을 빼내며 조만간 찾아가겠다는 말로 서둘러 그녀를 돌려보냈다. 영미는 갑자기 몰려온 피로감에 다리가 휘청거렸다.

영자는 그날 맞은 비로 감기를 심하게 앓고 난 후, 기력이 도통 돌아오지 않고 있었다. 오전에 나갔다 돌아온 며느리는 콧노래를 부르며 영미를 만나보았다고 했다. 아주 인정 있어 보이더라며 조만간 병문안을 올 거라고도 했다.

영자는 한 곳에 초점을 맞추려는 듯, 주름을 깊게 만들며 실눈을 떴다. 그녀의 눈길이 닿은 곳은 뒷산 나무숲이었지만 정녕 그녀가 찾고 있는 것은 그 속에 가려진 상가 2층 영미였다. 영자는 그녀가 듣고 있는 것처럼 나지막하게 말했다.

"영미 씨, 내가 말하지 않은 게 있어. 아니, 나도 잘 몰랐던 얘기야. 작년 내 일흔여덟 번째 생일에 있었던 일이지. 그날은 축하 손님으로 집안이 북적거렸어. 남의 둥지에 들어와 남의 새끼를 키웠지만, 노력이 헛되지 않아 잘 자라준 자식들이 대견스럽고 고마웠지. 그런데 눈길이 계속 가는 얼굴이 있더라고. 그래 아이들의 이모였어. 아이들은 가끔 제 이모를 만나고 있었거든. 나는 모른 척했었어. 그녀가 내게 다가와 주름지고 억세어진 손으로 따뜻하게 내 손을 잡아 주었지. 고맙다고. 이제는 용서하겠다고. 나는 무슨 말인지 이해가 안 갔어. 뭘 용서한다는 거지? 그녀가 떨고 있었어. 그리고 말했어. 언니를 불쌍하게 저세상으로 보내고 언니 자리를 차지한 당신이 참 미웠는데 이젠 용서하겠다고. 조카들을 번듯하게 키워준 거로 저세상에서 언니도 용서할 거라고."

영자는 그 일이 방금 일어난 것처럼 이와 이가 부딪치고 온몸의 세포들이 얼음물을 뒤집어쓴 것처럼 하나하나 일어났다. 한여름인데도 한기가 들었다.

"난 정신이 멍했어. 쇠망치로 한 대 얻어맞은 기분이었어. 내가 그녀의 자리를 빼앗았다고. 그것도 죽음으로 내몰았다고. 난 단지 그녀의 빈자리를 채웠을 뿐인데."

속이 타는지 영자는 혀로 바싹 마른 입술을 축였다.

"우습지. 내 문제를 모든 사람이 아는데 나만 모르고 있었다니. 등잔 밑이 어둡다고 했던가. 그래 남편도 나를 좋아하고 있었대. 나만 마음속으로 그를 그리워했다고 생각했는데. 서로 숨겼지만, 주위 사람들은 알고 있었나 봐. 그의 아내가 그 일을 알고 마음을 삭이려 바람을 쐬러 나갔다가 교통사고로 세상을 떠난 거였다는군."

영자는 파르르 떨리는 두 손을 맞잡았다.

"정말 난 불쌍한 남자와 아이들을 돌보고 싶었을 뿐인데, 아니 그토록 쑤군댔다면 나도 알고 있지 않았을까? 단지 알고 싶지 않아서 귀를 막았던 건 아닐까? 그렇지 않고서야 무슨 용기가 있어 그 남자를 찾아가 아이들 엄마가 되겠다고 했겠어. 그래, 난 그의 사랑을 느끼고 있었던 거야. 애써 무시했을 뿐. 그 이모의 말을 듣고 난 후부터 아이들 얼굴을 똑바로 보지 못하겠더라고. 내가 그들을 사랑으로 품었다고 생각했는데 사실은 가장 소중한 사람을 빼앗아간 사람이라니…."

그녀의 목소리가 달뜨기 시작했다.

"그 후 세상이 우습게 보였어. 내가 삶에서 가장 중요한 일이라 믿고 살았던 것이 거짓 위에 세워진 것이라니, 한동안은 아이들에게 말하고 싶었어. 난 네 아버지를 유혹하지 않았다고. 그를 좋아하긴 했지만 어떤 행동도 취하지 않았다고. 만약 좋아한 감정이 내 의지와 상관없이 드러났다면 그것도 죄냐고."

영자의 음성이 흔들리다 흐느끼기 시작했다.

"이제 그런 말이 무슨 소용이냐고 하겠지만, 나는 억울해서 잠들 수가 없었어. 죽은 남편을 일으켜 세우고 싶었어. 내 진심이 이해받지 못한다는 사실이, 나만 모르는 주홍글씨를 평생 달고 살았다는 사실이 억울하고 원통했어. 그런 생각이 스멀스멀 기어오르면 불같이 얼굴이 달아오르고 심장은 터질 것만 같았어. 그때마다 창문을 벌컥벌컥 열어젖혔지. 그때 새소리가 들렸어, 새 둥지가 눈에 들어오더라고. 둥지를 가까이 보고 싶다는 갈망이 일었지. 뒷길을 따라 올라가면 높은 곳에서 둥지를 더 자세히 볼 수 있겠더라고. 그래서 난 비탈길을 올랐지. 그곳에서 영미 씨를 만났고, 난 행복했어. 내 딸 같은 영미 씨에게서 편안함을 느꼈어. 그런 영미 씨가 아프지 않기를 바라는 것이 주제넘은 간섭일까?"

혼자 있는 시어머니 방에서 이상한 소리가 흘러나오자 며느리는 의아했다. 감기 끝에 총기가 넘치던 시어머니의 머리에 뭔가 일이 생긴 것은 아닌지 걱정이 앞섰지만 그런 골치 아픈 일로 머리를 싸매기 싫다는 생각에 의문을 떨쳐냈다. 흐느낌이 느껴지는 방문을 향해 아무것도 못들은 척 소리쳤다.

"어머님, 점심 드세요. 곰국이 아주 잘 끓여졌어요. 입맛이 없으셔도 한 술 뜨셔야 해요."

찌는 듯한 더위가 한풀 꺾이고 나면 산들산들 바람이 불어올 것이다. 영미는 장마가 끝나고 다시 시작된 불볕더위 속에서 영자를 생각했다.

"영자 씨가 그랬죠. 나를 얼마나 아냐고? 그 물음에 저는 섬뜩했어요. 영자 씨가 아는 나는 어떤 사람일까 싶어서요. 사실 저 그렇게 숙맥 아니에요. 제 잇속을 챙기는 계산적인 사람이에요."

엄마를 납골당에 모시고 와서 동생들과 둘러앉아 서로를 다독이며 어린 시절 얘기를 나누었다. 그때 동생들이 훌쩍이며 말했다. 엄마가 특별한 사랑을 주었다고. 남동생은 아들이라고 사탕을 두 개 더 주셨고, 막내 여동생은 막내라 귀엽다고 한 알을 더 줬고, 둘째와 셋째 여동생은 가운데 끼어 힘들겠다고 사탕을 더 주었다고 했다. 추억이 되어버린 비밀은 모두를 울다 웃게 했다. 엄마의 교묘한 자식 사랑에 속았지만 모두 공평한 사랑을 받았다는 것에 안도하면서. 그러나 그녀는 어색하게 입꼬리를 올렸을 뿐이었다.

그녀의 부모는 참으로 공평했지만, 그 전략에 빠져 평생을 사탕 한 알의 무게만큼 보답하기 위해 애쓰며 살았던 그녀로서는 억울함이 밀려왔다. 아니 그녀에게 준 사랑은 특별했다. 그녀가 받은 사랑은 공개된 것이었고, 나머지 동생들에게 간 사랑은 슬며시 전해진 은밀한 사랑이었다. 살면서 항상 동생들은 말했다. 언니는 항상 자신들보다 대우가 좋았다고. 그건 눈에 보였기에 부정도 할 수 없었다.

인간의 감정이란 종잡을 수 없어 사탕 한 알에 상처를 받기도 한다. 그래서 그녀는 심통이 났나 보다. 동생들이 법에 따라 재산

상속분을 나누자 할 때 그녀는 입을 닫았다. 동생들은 믿는 도끼에 발등을 찍혔다고 얼굴을 붉히고 목에 핏대를 세웠다. 사실 부모님의 병원비로 탕진하고 남아 있는 재산이라고는 덜렁 집 한 채뿐이었다. 동생들은 욕심을 부린다고 몰아세웠지만, 그녀는 집을 지키고 싶었다. 동생들에게는 집이 돈이었지만 그곳은 그녀의 둥지였고 살아온 흔적이 새겨진 공간이었다. 하필 그 집이 요지에 있어 집값이 많이 나간다는 게 문제였다. 그녀는 그것을 원망했다. 집이 변두리에 있어 값이 형편없었다면 훨씬 좋았을 텐데라고 말이다.

그녀는 목이 몹시 탔다. 냉장고 문을 열자 영자의 반찬통이 가지런히 놓여 있었다. 냉수를 벌컥벌컥 마신 후, 영자가 앉아있던 평상을 내려다보았다. 슈퍼에서 키우는 누렁이가 그늘진 평상 위에 누워 길게 낮잠을 즐기고 있었다.

"영자 씨, 고백할 게 있어요. 기억나세요. 두 번째 남자. 사실 그 남자와 헤어진 건 가족들 때문이 아니었어요. 제가 한달음에 그를 버리고 도망친 거예요."

밤새 폭풍우가 몰아치던 날이었다. 밤을 뜬눈으로 새우고 날이 밝기도 전에 산으로 향했다. 그런데 간이건물이 있어야 할 곳에 아무것도 없었다. 천막도 탁자도 모두 폭풍우에 떠내려가고 아무것도 남아 있지 않았다. 그가 초췌한 모습으로 산 밑을 내려다보고 있었다. 올라가는 그녀를 바라보는 줄 알았다. 그런데 그는 모든 것을 앗아간 산을 넋 놓고 바라보고 있었다.

"그때 그에게 전 위로가 안 된다는 것을 알았어요. 아니 그가 저를 끌어안고 위로의 대상으로 삼을까 덜컥 겁이 났어요. 그래서 비겁하게 슬금슬금 산을 내려왔어요. 도저히 그런 상황을 제가 감당할 용기가 없었던 거예요. 그리고 보면 지금 제 모습은 저의 결정에 따라 여기까지 온 것이지요. 누구의 탓이 아니에요. 다른 삶을 원했다면 전 다른 모습으로 어딘가에 있겠지요."

폭염이 지나고 나자 선선한 바람이 불어온다. 영미는 칸막이로 막은 좁은 공간에서 변변치 않은 조리 기구를 이용해 음식을 만들기 시작했다. 갖은 야채에다 도토리묵을 채 썰어 무치고 싱싱한 쪽파에다 해산물을 듬뿍 넣어 파전도 부쳤다. 고소한 냄새가 공부방을 가득 채웠다. 열어 놓은 창문으로 까치들의 울음소리가 들려온다. 날갯짓 소리도 힘차게 들린다.

갑자기 까치의 울음이 거칠어졌다. 까악 까악 미친 듯이 울어댄다. 놀란 영미는 창가로 달려갔다. 공중에서 두 마리의 까치가 푸드덕 거리며 정신없이 날아다닌다. 위급한 일이 생겼나보다. 평상 근처에서 영자가 엉거주춤 무언가를 내려다보고 있다. 새끼 까치가 땅에 떨어져 있었다. 그녀가 두 손을 날개처럼 아래위로 흔들며 외쳤다.

"아가, 일어나. 어서 일어나거라! 어서."

죽은 듯 누워있던 새끼 까치가 푸르르 몸을 털며 짧은 다리로 일어섰다. 뒤뚱대던 새끼 까치는 통통통 뛰듯이 몇 걸음을 떼었다. 작은 날개를 펴고 몇 번을 제 몸통에 쳐댔다. 그리고 힘차게 하늘을 향해 날아올랐다. 공중에서 울어대던 까치들이 날아오른 새끼 까치 주위를 맴돌았다. 푸른 창공에 까치들이 나른다. 영자와 영미는 벅찬 가슴으로 새끼 까치의 비상을 좇는다. 새들이 사라진 뒤에도 두 사람은 붉게 물들어 가는 노을 진 하늘을 한참 동안 바라보고 있었다.

해피 하우스

분무기에서 분사된 물 입자가 연한 하늘빛 와이셔츠 등판 위에 점점이 박혔다. 천 속으로 스며든 물이 남긴 흔적 위로 다리미가 지나가자 구겨진 천은 부드럽게 펴졌다. 와이셔츠가 반듯해질수록 기찬의 얼굴도 환하게 밝아졌다.

2평 남짓한 방은 침대에서 일어나 크게 숨을 들이마시면 뱃가죽이 맞은 편 벽과 맞닿을 것처럼 비좁았지만 기찬은 만족했다. 배와 맞닿은 것이 친구의 등이 아니고, 눈을 떴을 때 보이는 것이 친구의 침대 밑이 아니라 온전히 자신의 것인 천장과 벽이라는 것이 좋았다. 침대와 맞붙어 있는 책장에는 중고서점에서 산 낡은 사회학 서적과 『거대한 뿌리』, 『앵무새 죽이기』가 꽂혀 있었고 책상 위에 가지런히 놓인 스킨, 로션 병 옆에 두툼한 『트로트 대백과』가 놓여 있었다.

기찬은 튼튼하게 생긴 검은색 백팩 안을 한 번 더 점검했다. 전쟁터에 나가는 장수처럼 결연한 표정으로 백팩을 맨 후, 현관문 옆에 걸린 거울에 자신을 비춰봤다. 매끈하게 다려진 와이셔츠와 말끔하게 면도 된 턱선에서 푸른빛이 감돌았다. 그는 자신의 검은 눈동자 속에서 빛나는 한 점을 쏘아보며 입술을 달싹였다. 칼날처럼 다려진 바지주름을 손으로 한번 훑고 나서야 그는 집을 나섰다.

쌉싸름한 찬 기운이 맴도는 새벽 거리를 사람들은 묵묵히 바쁘게 걸어갔다. 기찬은 무리 속에 끼어 있음에 안도하면서도 왠지 불어난 시냇물에 듬성듬성 놓인 돌을 밟고 가는 기분이었다. 그는 지하철 안에서도 은밀하게 휴대폰을 켰다 끄기를 반복했다.

기찬이 경중경중 뛰다시피 지하철 입구에서 빠져나오자 곧게 뻗은 8차선 도로가 나타났다. 그 길을 따라 산뜻한 고층빌딩이 즐비하게 늘어서 있었다. 그는 여러 은행지점들이 입주해 있는 건물을 끼고 돌아 뒷길로 접어들었다. 그의 눈에 회색빛 5층 건물이 들어왔다. 건물 입구 앞에서 장 대표와 팀장들이 분주하게 움직이는 모습이 보였다. 그의 얼굴에 얼핏 그늘이 졌다 사라졌다. 그는 혼잣말로 입술을 달싹이다 배에 힘을 꽉 주고 "안녕하십니까?"를 내질렀다. 그의 힘찬 목소리에 대형트럭에서 물건을 내리던 직원들이 돌아봤다. 황금빛 웨이브 진 머릿결을 쓸어 넘기며 장 대표가

"지금이 몇 시야? 신입 딱지를 뗀지 얼마 됐다고, 벌써 군기가 빠진 거야!"

라며 믿지 않게 눈을 흘겼다. 기찬은 "죄송합니다"를 연발하며 상체를 굽신댔다. 그리고 소매를 걷어붙이고 트럭에서 내려지는 박스를 받아 들었다. 묵직한 박스의 무게가 팔로 전해져왔다. 그의 얼굴은 금세 땀으로 범벅이 되었고 한 시간 전 다려 입은 와이셔츠도 땀으로 젖어들었다.

〈해피 하우스〉는 5층 전체를 사용하는데 엘리베이터 문이 열리면 정면에 보이는 강당 문을 기준으로 양쪽에 천장까지 박스들이 쌓여 있었다. 사무실처럼 사용되는 로비에도 안내데스크와 정수기, 커피자판기만 있을 뿐, 강당으로 향하는 중앙 통로를 제외하고는 물건들로 꽉 차있었다. 이곳의 모든 물건은 입고 됐다 얼마 되지 않아 여자들의 가방이나 바구니카터에 실려 나갔다. 그 빈자리는 새로운 물건들로 채워지기를 반복했다. 유일하게 우아한 자태를 뽐내는 장식장이 강당 연단 옆에 있었는데 그 안에는 황금압력밥솥과 하이라이트 전기레인지가 여자들의 마음을 빼앗기 위해 반짝반짝 빛나고 있었다. 그리고 오늘은 좁은 통로에 캔 커피가 스테인리스 함지박에 그득히 담겨 있었다.

서둘러 짐정리를 마친 뒤, 직원회의가 열렸다. 장 대표는 '국가 경제를 위해 유통 업무를 활성화시키고 고객의 만족도를 높여 〈해피 하우스〉 가족의 행복을 지키자'라며 불꽃 튀는 레이저 눈빛을 직원들에게 쏘아댔다. 판매실적이 월급액수로 이어져 직원들은 항상 국가 경제를 위한 사명감에 불타올랐다. 이 업계에서 일한지

3년에서 많게는 10여 년이 된 세 명의 팀장과 기찬, 물건관리를 담당하는 강 군, 회계업무를 보는 김 양이 똑같이 오른쪽 팔을 들어 올려 주먹을 불끈 쥔 채, "〈해피 하우스〉는 고객의 행복이다"를 반복해서 외쳐댔다. 기찬은 갑자기 들어 올린 팔에 쥐가 나 얼른 왼손으로 팔뚝을 꽉꽉 눌러 근육을 풀어주었다. 의도치 않게 그의 얼굴이 일그러졌다.

중년여성들이 봄 동산에 나들이를 오듯 곱게 화장을 한 채 원색의 아웃도어를 입고 속속히 모여들었다. 장 대표는 어제 평상시 보다 30분 일찍 오면 백 원에 기막힌 선물을 주겠다고 여자들을 유혹했었다. 여자들은 지난번 백 원으로 물티슈 열통을 샀던 기억을 되살렸고 '백 원 이벤트'를 놓치지 않으려 9시 30분이 가까워지자 숨이 넘어갈 듯 헐떡이며 실내로 들어섰다.

장 대표는 입장객을 63세 이하로 제한을 두었다. 노인이 아니라 선택에 대한 책임을 질 수 있는 경제력을 가진 중년여성을 타깃으로 삼은 것이다. 그는 대상을 바꿈으로 판단력이 떨어지는 고객을 현혹시켜 물건을 판다는 비난에서 벗어났다. 그리고 여자들은 누구나 갈 수 있는 곳이 아닌 선택 받은 자만이 갈 수 있는 특별한 장소란 사실에 우쭐했다. 그녀들의 경쾌한 발걸음은 지갑을 여는데 효력을 발휘했다.

여자들은 누가 말하지 않아도 순서대로 들어와 두텁게 깔린 돗자리 위에 팀별로 열을 맞춰 앉았다. 그리고 밤새 안녕이라며 참새 떼처럼 재잘거렸다. 〈해피 하우스〉는 파티를 열기 전 기대감으로 빵빵하게 부풀어 올랐다.

그러나 그 전 상품에 비해 턱없이 부실한 캔 커피가 들어오자 바람 빠진 풍선이 빠르게 쪼그라들 듯 얼굴에서 기대감이 사그라들고 그 자리에 실망감이 자리 잡았다. 장 대표는 얼른 감미로운 목소리로 속삭이듯 말했다.

"제 마음 아시죠? 뭐든지 다 주고 싶은 마음, 사모님들 아침 안 드셨을까봐 준비했어요. 조지아 캔 커피와 물 건너 온 크래커 두 개! 이거 백 원에 살 수 있어요? 살 수 없죠. 그런데 왜 백 원에 드릴까요? 사모님들 많이 오시라고. 오셔서 돈을 쓰라고. 돈을 그냥 쓰나? 물건을 가져가잖아요. 이렇게 시원한 곳에서 우울증 날려 버리고 신나게 놀다가 선물 한 아름 챙겨 가시라고. 아시죠? 제가 사모님, 꼬시는 것. 넘어 오라고…."

기찬은 대놓고 꼬신다는 장 대표의 뻔뻔함에 실소가 터질 뻔 해 얼른 고개를 돌렸다. 그리고 금세 실망감을 날려버리고 달달한 캔 커피와 바삭바삭한 크래커를 씹어대며 즐거워하는 여자들의 표정에서 오늘의 판매목표를 좀 더 높게 수정했다.

〈해피 하우스〉의 장 대표는 매와 같은 남자였다. 자유롭게 하늘을 빙빙 돌다 쏜살같이 내리꽂아 먹이를 낚아챘다. 그의 얼굴은 경극의 변검을 하는 듯 했다. 단호하고 냉철했으며 불같이 뜨거웠고 어느 순간 달콤했으며 귀엽기까지 했다. 늘씬한 키에 다부진 체격, 또렷한 이목구비와 이성과 감성을 넘나드는 목소리. 그는 여자들이 자신의 이야기 속에서 벗어났다 싶으면 꼼짝달싹 못하게 무섭도록 휘몰아치며 목소리를 높였다. 그러다 자신의 말에 빠져들었다 싶으면 혀 짧은 소리로 동의를 구했다. 그랬쪄, 안 그랬쪄. 그럼 여자들은 이구동성으로 혀 짧은 소리로 응대했다. 그랬쪄. 그는 중년 여자들을 들었다 놨다를 반복했다.

여자들은 네 명의 팀장이 이상한 놈놈놈놈이라고 저희들끼리 수군댔다. 노래만 나왔다하면 흐느적거리며 춤을 추는 놈, 여자들 옆에 착 달라붙어 살포시 안아 주는 착착 감기는 놈. 여자들을 제 마음대로 언니, 누나, 엄마로 불러 자기 팀을 한 가족으로 만들어 버리는 대가족 숭상주의자인 놈, 앳된 얼굴에 막내아들 같은 측은한 놈이 그들이었다. 뭐하나 아쉬운 것이 없었다. 중년 여자들이 놀기에 딱 좋았다.

장 대표가 싱싱한 매실이 가득 담긴 상자를 여자들 눈앞에 들이밀었다. 그의 입가에 가느다란 미소가 번졌다. 이제 여자들은 얼음장처럼 얼려 놓았다가 살랑살랑 봄바람을 불어 대며 뿌린 마약에 점점 빠져들게 될 것이다. 이거 내일 줄건 데 와야겠쪄? 그러자 여자들은 이구동성으로 와야쪄!라고 화답했다. 매실청 담그려면 설탕도 필요하쪄. 내가 사모님께 설탕 줘, 안 줘? 여자들이 또 소리쳤다. 줘! 그럼 주쪄. 그럼 내일 와야겠쪄. 와야쪄. 〈해피 하우스〉는 모두가 한 마음으로 끓어올랐다. 내일의 미끼도 던져 놓았겠다 입질이 충분한 것을 안 그는 유유히 앞문으로 퇴장했다.

드디어 노래 부르기를 좋아하는 기찬의 시간이 되었다. 그는 경건하게 마이크를 잡고 노래방 기기를 켰다. 노래 선곡은 중요하다. 여자들의 마음을 녹녹하게 녹여 놓아야 일도 술술 풀린다. 어제 심혈을 기울여 선곡한 노래의 전주가 흘러나왔다. 그의 구성진 노랫가락이 〈해피 하우스〉를 뜨겁게 달구었다. 여자들도 따라 목청을 돋우었다.

—이렇게 살라고 인연을 맺었나. 차라리 저 멀리 둘 걸. 미워졌다고 갈 수 있나요. 행여나 찾아올까봐—

노랫말에 마음을 실은 여자들의 얼굴에 붉은 꽃이 핀다. 반백년을 넘게 살아 온 세월 동안 사랑 한번 안 해본 사람이 있을까. 인간은 현재에 살고 현실은 언제나 녹록치 않은 법이다. 그래서 이루어진 사랑도 슬프고 이루어지지 못한 사랑은 애달픈 법. 놓친 사랑은 기억 속에서 재단장을 거쳐 아름답게 완성된다. 노랫말은 어떤 사연을 가졌든 상관없이 여자들을 주인공으로 만들어주었다. 그의 달달한 목소리가 애절하게 꺾일수록 여자들의 마음은 싱숭생숭해지고 말랑말랑해졌다.

여자들의 눈빛이 그윽해진 것을 알아챈 그는 신나게 '아리랑 목동'으로 넘어갔다. 두 시간 동안 꼼짝없이 좁은 공간에 앉아 있을 여자들에게는 몸 풀기가 중요했다. 그의 선창에 따라 옆 사람과 어깨동무를 하고 앞으로 옆으로 파도를 탔다. 모두가 흥겨웠다.

〈해피 하우스〉의 고객들은 처음 기찬을 보고

"저리 어리고 순둥이 같은 사람이 제대로 일처리를 할 수 있겠어. 여긴 빠릿빠릿 해야 하는데…"

라며 못미더워 하는 눈치였다. 사실 그의 일솜씨는 매끄럽지 못했다. 가끔 물건을 제때, 적소에 배달하지 못하는 허점을 보였다. 하지만 그것을 상쇄할 무기가 그에게 있었다. 사람들의 애간장을 녹이는 노래솜씨, 그것이 어리버리한 그를 상남자로, 잊혀진 과거의 남자로 둔갑시켜 여자들의 눈에 비춰졌다. 그런 매력으로 6개월째 〈해피 하우스〉막둥이 팀장의 자리를 그는 지켰다.

한 바탕 노래로 몸과 마음을 풀고 난 후 오늘 판매상품을 소개할 박 실장이 들어왔다. 오늘의 주인공은 하나에 199,000원인 천연라텍스 베개였다. 눈꼬리가 처져 선하게 생긴 박 실장이 밑밥을 깔면 장 대표는 그 위에서 작두를 타듯 여자들의 혼을 뽑아 놓을 것이다.

박 실장의 상품 설명이 열을 더해 갈수록 기찬은 재빠르게 자신이 맡고 있는 4팀의 여자들을 훑었다. 누구를 공략할지 대략 계획을 세워야 한다. 그의 입가에 미소가 지어졌다. 부족한 혈액에 수혈을 받듯 새 회원이 등록했다. 이곳에 오기에는 젊어 보였지만 정신없이 돌아가는 상황에 놀란 듯 눈을 동그랗게 뜨고 여기저기 살피는 여자의 행동이 재미있었다. 저 정도의 표정은 당연한 것이라고 생각했다. 그 역시 처음에는 얼빠진 표정을 짓고 있었으니까.

그때 장 대표가 기찬을 불렀다. 성가신 일이 생기지 않도록 새로 온 여자를 눈여겨보라는 것이었다. 요즘은 고객을 가장한 파파라치가 기승을 부리고 다른 사업장에서 염탐을 하러 오는 경우가 종종 있었다. 촉이 남다른 장 대표의 말을 듣고 보니 맘에 끌렸던 부분이 다 수상하게 여겨졌다. 그의 나이에 어울리지 않게 이마에 주름이 깊게 두 줄 그어졌다.

일찍부터 서둘러 나온 여자들은 시원한 에어컨 바람과 낭창낭창한 남자의 목소리에 꾸벅꾸벅 졸기 시작했다. 박 실장은 분위기를 전환시키려는 듯, 회의용 긴 테이블을 연단 앞으로 끌어왔다. 그리고 천연라텍스 베개가 얼마나 좋은지 체험해 보라며 주위를 둘러봤다. 일제히 선배팀장들의 시선이 기찬에게로 향했다. 당연히 그의 몫이라는 듯. 그는 머뭇대다 테이블 위로 훌쩍 뛰어올라가 두 다리를 쭉 뻗고 벌렁 누웠다. 300여 명의 여자들 시선이 그의 몸을 훑었다. 긴장이 되었던지 그의 중요부분에 힘이 들어갔다. 2팀장이 "남사스럽게 이 무슨 짓이냐!"라며 부채로 그의 중요부분을 덮었다. 불쑥 솟은 부위에 놓인 부채가 위태롭게 건들거렸다. 여자들은 까무룩 잠에서 깨어나 웃음보를 터뜨렸다.

살아난 분위기와는 달리 그의 얼굴은 불에 대인 듯 화끈거렸다. 그러나 잠시 후 몸이 나른해지면서 편안해졌다. 아침 일찍 다림질에다 물건 박스를 옮기느라 지친 몸이 제대로 베개를 베고 사지를 쭉 뻗고 눕자 긴장이 풀렸는지 잠이 몰려왔다. 육체에게 주도권을 뺏긴 정신은 몽롱해져만 갔다.

기찬은 대학만 졸업하면 길이 보일 줄 알았다. 그러나 어디에도 그를 받아주는 곳은 없었다. 이력서를 각 기업의 이념에 맞게 쓰고 고치기를 끊임없이 반복했다. 하지만 부족한 학비와 생활비를 벌기 위해 아르바이트로 소진한 시간은 스펙을 묻는 이력서 칸을 하얗게 비워두게 만들었다. 세밀하게 지원자의 상황을 쪼개고 분해해서 묻는 질문에도 쓴 입맛을 다시며 머뭇댔다. 그는 자신의 이력서를 뚫어져라 들여다봤다. 그리고 자신이라고 믿는 모습을 해체한 후, 이력서를 통해 남들의 눈에 비칠 모습을 재조립해 보았다. 그 앞에 있는 것은 엉성하고 빈 곳이 많아 곧 허물어질 모래인형이었다. 무거운 벽돌 짐을 지고 4층 건물을 오르내리고, 뷔페식당에서 하루 종일 설거지만 하거나 야간 편의점을 누구보다도 잘 지킬 수 있었지만 그런 것은 아무 소용이 없었다. 노동만으로 다져진 경험은 어느 곳에서도 반기지 않았다. 그는 삐죽삐죽 돋아난 수염으로 까칠해진 턱을 손바닥으로 쓱쓱 문질렀다. 얼굴과 손바닥이 동시에 붉게 달아올랐지만 마찰이 일으키는 아픔을 그는 느끼지 못했다. 긴장과 초조함은 감각까지도 앗아갔다.

시간이 흐를수록 그의 자존심과 비례해 지원하는 기업에 대한 기대치도 낮아졌다. 규모가 작은 회사에서도 서류통과를 알리는 전화를 주지 않는 것이 더 기가 찼다. 그는 서서히 지쳐갔고 체중은 점점 줄어갔다. 자신의 청력이 제대로 작동하고 있는지 의심하며 황급히 휴대폰을 켰다 끄기를 반복했다.

시간은 더디고 무겁게 흘러갔다. 그 당시 기찬은 동기 원룸에 얹혀살고 있었다. 수업 시간 외에는 아르바이트로 생활을 했기에 변변한 친구도 없었다. 그나마 남은 몇몇의 친구는 팀플 수업 덕이었다. 밤을 새워서라도 완벽하게 자료를 준비하고 수업시간에 충실했던 그를 동기들은 자신의 팀에 앞 다투어 넣기를 원했다. 그의 덕을 톡톡히 봤던 H는 선심 쓰듯 함께 생활하자고 했다. 취업준비를 위한 이력서 쓰기에 그의 능력이 필요했는지도 모른다. 그러나 기찬은 어떤 의도이든 상관없이 고마웠다. 학자금대출로 엄청나게 늘어난 빚도 걱정이었지만 당장 생활비가 부족한 상태에서 월세 10만원을 부담하는 것으로 주거가 해결된다는 것은 기쁜 일이었다.

의기투합한 동거였지만 그 좁은 공간 안에서도 서열은 지어졌다. 그는 친구에게 폐를 끼치는 것 같아 청소와 빨래, 설거지를 도맡아 했다. 처음에는 그러지 않아도 된다던 녀석이 시간이 흐르자 당연한 것처럼 행동했고 심지어 술에 취해 방바닥에 질펀하게 토해 놓고도 미안한 구석이 없었다. 기찬은 속이 뒤틀리고 손이 떨렸지만 숨을 멈추고 토사물을 치웠다. 오물을 닦고 있는 모습을 혹시 누가 보기라도 할까봐 아무도 없는 방안을 휘둘러 살폈다.

어느 날 생활비를 아끼느라 며칠째 제대로 된 식사를 하지 못한 기찬의 사정을 아는 H가 실실대며 동기인 P가 취업 턱을 낸다는데 함께 가자고 했다. 기찬은 팀플 때 잘 나타나지도 않고 이름만 올렸던 P의 얼굴이 기억나지 않았지만 염치불구하고 H의 손에 이끌

려 삼겹살집 불판 앞에 한 자리를 차지하고 앉았다. 여섯 명이 나
온 자리에서 백수를 탈출한 사람은 P 한 명 뿐이었다.

부러움으로 P를 한껏 치켜세우며 달아올랐던 술자리는 술이 한
두 잔 들어가자 초조와 자책감, 비애감이 뒤섞여 묘하게 바뀌어갔
다. 기찬은 술 취한 친구들의 주정에 귀를 막고 몇 달이 되도록 기
름칠 한 번 제대로 못했던 뱃속을 채웠다. 그 와중에 P는 취업과정
을 장황하게 늘어놓으며 추임새처럼 주머니 걱정 말고 마음껏 마
시라고 권했다. 나름 화기애애했던 분위기는 부주의했던 누군가
가 P의 약점을 건드리는 것으로 끝이 났다.

"야, 너의 아버지가 네가 입사한 회사의 회계담당자라며…"

그 순간 웃음을 연발 터뜨리던 P의 얼굴이 굳어졌다. 아, 이런
개새끼. 싸해진 분위기에 노릇노릇 잘 익은 삼겹살로 직행하려던
기찬의 젓가락도 움찔거렸다. 험악해진 분위기를 바꾸려는 듯, 변
죽 좋은 H가 말했다.

"야, 그런 소리 집어 치우고, 기찬아, 너 노래나 한 곡 뽑아라.
오랜만에 들어보자."

그러자 녀석들은 난감함을 벗어나려는 듯, 폭풍 앞에 등불 같은
우정이나마 꺼질까 마지막 불씨를 기찬에게 건네주었다. 그는 눈
을 지그시 감고 삼겹살로 향하던 젓가락으로 테이블 모서리를 두
들겨 박자를 타기 시작했다. 그의 뱃속을 그득하게 채운 삼겹살은
구성진 노랫가락으로 흘러나왔다.

─세상에 올 때 내 맘대로 온 건 아니지마는 이 가슴엔 꿈도 많았지. 내 손에 없는 내 것을 찾아 날이나 밤이나 뒤 볼 새 없이 나는 뛰었지─

술집을 나와 조금 전 노래를 듣고 눈을 껌뻑이던 한 녀석이 넌지시 말을 건넸다.

"너 노래가 예술이던데, 그 능력 아깝지 않냐? 내가 좋은데 소개시켜줄까? 네 성격상 안 맞을 것 같긴 해도 노래 부르면서 돈도 벌 수 있어. 아, 술집은 아니야. 유통회사야. 〈해피 하우스〉라고."

그만 일어나욧! 이 젊은 양반이 이러다 코도 골겠네. 역시 천연라텍스 베개가 최고지요? 박 실장의 넉살에 맞춰 기찬은 얼굴 위에 거대한 스마일 스티커를 척 붙였다. 그의 입꼬리가 올라가자 얼굴에 붙어있던 스마일 스티커가 구겨졌다. 자신의 얼굴을 보지 못한 그는 엄지를 힘차게 내밀었다. 모두가 박장대소를 한다. 그러면 된 것이다. 〈해피 하우스〉가 웃으면.

아침에 벌인 백 원 이벤트 때문인지 본게임인 천연라텍스 베개는 여자들의 흥미를 끌지 못했다. 대형 에어컨 두 대가 정신없이 찬기를 뿜어냈지만 연신 박 실장은 땀을 닦아냈다. 박 실장 손에서 마이크가 장 대표에게로 건네졌다.

"설명 잘 들으셨죠? 사모님이 아프면 제일 먼저 도망가는 게 누구라고요? 그래요. 자식들이에요. 그 뒤를 남편이 냅다 따라뛰지요. 자, 그럼 내 건강은 누가 지킨다! 맞아요. 본인 스스로가 지켜야 해요. 그래서 뭐가 필요하다. 그렇찌. 천연라텍스 베개가 필요하찌!"

그의 말끝은 짧아졌다 길어졌다를 유연하게 오갔다. 그럼에도 불구하고 여자들의 반응이 신통치 않자 장 대표가 비장의 한 수를 꺼내들었다. 199,000원하는 베개를 69,000원 깎아 130,000원에 준다는 것이었다. 그것이 끝이 아니라 3,000원 짜리 베개커버 값만 내고 일주일 동안 체험을 한 후 그때 좋으면 사라고 했다. 반품된 물건은 요양시설에 기부하면 회사 이미지를 높일 수 있으니 걱정은 말란다. 부담 갖지 마! 절대 강매 아니야! 매의 눈빛이 활활 불타올랐다. 그 3,000원이 아까워서 체험도 못 한단 말이야! 냉소적인 그의 목소리가 여자들의 심기를 슬쩍 건드렸다.

그 순간 쿵작쿵작 트로트 음악이 실내를 뒤흔들었다. 신나는 음악이 귀를 통해 뇌로 전달되자 심장은 박자에 맞춰 빠르고 힘차게 고동쳤다. 기찬과 세 명의 팀장은 여자들의 틈을 비집고 이리저리 뛰어다녔다. 여자들 귓가에 '내가 고생한 게 얼만데 이깟 것 하나 못 산단 말이야'라는 환청이 떠돌기 시작했다. 여자들의 손이 드디어 머리 위로 솟구치면 그들은 하얀 베개를 공중에 한 번 휘리릭 돌리고 나서 정확하게 그녀 앞에 떨어뜨렸다. 그리고 축제의 폭죽 같은 목소리로 하나요!를 외쳤다. 여자들은 손이 얼얼할 정도로 손뼉을 쳐댔고 목젖이 보일 만큼 웃어 젖혔다. 공중을 나는 하얀 베개 숫자가 늘어날수록 장 대표의 얼굴에 함박꽃이 폈고 동시에 굽었던 여자들의 허리가 꼿꼿하게 서면서 어깨가 당당하게 펴졌다. 덩달아 팀장들의 목소리도 한 옥타브씩 올라갔다. 여자들 사이를 뛰어다니는 그들의 겨드랑이에서 어느새 이카로스의 날개를 닮은 깃털이 솟아 나왔다. 날개를 단 그들은 실내를 밝힌 LED등을 향해 날아올랐다.

휘몰아치던 광풍이 멈추자 장 대표는 여자들을 훑으며 씩 웃었다. 견본으로 뜯겨진 한 개를 제외하고 199개의 베개가 다 팔려 나간 것이었다. 그는 "사모님들, 이제는 예뻐질 일만 남았습니다. 속 썩이는 남편, 자식보다 편안한 숙면을 책임질 베개가 있으니까요"라며 여자들의 선택이 옳았음을 확인시키듯 쐐기를 박았다. 장 대표와 여자들은 알고 있었다. 그 베개를 미끼로 고가의 라텍스침구가 줄줄이 딸려 나올 것을 말이다. 그런데 여자들에게는 당장 허기진 내 마음을 읽어준 장 대표가 고맙고 불면증을 날려 준다는 천연 라텍스 베개가 든든했다. 기찬은 베개를 꼭 끌어안은 여자들의 공허한 눈빛이 낯익었다. 막연한 기대감으로 한평생을 산, 주름이 깊게 팬 아버지의 눈빛이었다.

그는 작은 소도시에서 조금 떨어진 농촌에서 태어났다. 변변한 땅덩어리를 갖지 못한 아버지는 도시로 떠난 이웃들이 버리고 간 땅을 얻어 농사를 지었다. 여기저기 자투리 땅이거나 산비탈 험한 돌밭인 경우가 많아 흘린 땀에 비해 수확물은 현저히 적었다. 그래도 아버지는 묵묵히 해가 뜨기 전 밭에 나갔다 해가 저물어서야 돌아왔다. 그는 말이 없었다. 아니 말재주가 없는 편이었다. 하지만 기찬이 기특한 일을 했다 싶으면 혼자 자주 중얼거리는 말이 있었다.

기찬의 기억에 그 말이 처음 새겨진 사건은 사소한 것이었다. 기찬이 여섯 살쯤, 동네 형들을 따라 냇가에 멱을 감으러 간 적이 있었다. 겁이 많아 얕은 곳에서 물장구만 치던 그가 이상한 기류를 감지했다. 족대를 메고 아이들이 건너편 잡목이 우거진 곳으로 몰려가고 있었다. 그곳은 수심이 깊어 그는 멀뚱히 쳐다만 봤다. 그런데 그물에 고기가 잡혔는지 아이들이 환호성을 질러댔다. 순간 그도 한 발 한 발 거친 물길을 헤치고 앞으로 나아갔다. 자신보다 두 뼘이나 큰 아이들 속에서 물고기를 건네받고 함성을 질렀다. 거친 물살을 이겨낸 값이었다. 찌그러진 깡통에 손바닥만 한 물고기를 세 마리 담아 돌아왔을 때, 아버지는 깊고 검은 두 눈을 크게 한 번 뜨고 난 후 반달 모양을 지으면서 중얼거렸다.

"거참, 대단한 놈일세. 겁도 없이."

그 후 그의 재주가 학급임원이나 상장으로 돌아왔을 때, 아버지는 "거참, 대단한 놈일세"를 별말 아니라는 듯 읊조렸다. 기찬은 그 말을 듣는 순간 어깨에 힘이 들어가고 자신이 대단한 사람이 된 냥 신이 났다. 아버지의 그 말은 그를 가치 있게 만드는 주술이었다. 아버지 역시 주술에 걸려 있었다. 그에게 걸려 있던 주술은 그의 할아버지가 독립운동가라는 사실이었다. 가난을 한 번도 벗어나보지 못한 그의 삶을 가치 있게 만드는 주술이었다. 제대로 교육받지 못한 것은 독립운동가의 자손임을 증명하는 근거가 됐고 그들의 곤궁한 삶은 도리어 청빈함으로 비춰졌다. 빈곤이 삶을 더 빛나게 한 것이었다. 적어도 삼십여 채밖에 안 되는 고향이 세상으로 드러나기 전까지, 기찬이 도시로 나오기 전까지는 그랬다.

기찬은 노래를 잘 불렀다. 어린 것이 트로트를 구성지게 부르면 동네사람들은 혀를 내둘렀다. 틀림없이 큰 가수가 될 것이라고 말했다. 그것은 밭일을 도우며 아버지가 틀어놓았던 가요를 저도 모르게 따라 흥얼거렸던 결과였다. 그의 밑으로 네 명의 동생들이 까만 눈을 말똥거렸고 병약한 어머니는 집안일도 버거워했다. 그러기에 테이프 속 가수들의 기교까지 섭렵한 뒤에도 아버지의 일을 거드는 것을 멈출 수가 없었다.

중학생 때였다. 아버지를 도와 밭에서 잡초를 뽑고 고춧대를 세우느라 허리 한번 제대로 펴지 못하고 하루 종일 일을 했다. 간신히 밭일을 마쳤을 때, 서산으로 뉘엿뉘엿 해가 넘어가고 있었다. 서늘하게 불어오는 바람에 땀을 식히며 경운기 짐칸에 앉아 돌아오는 길이었다. 산모퉁이를 돌기 전부터 떠들썩한 남녀의 웃음소리가 들려왔다. 이장네 수박밭에서 십여 명의 젊은이들이 몰려나오고 있었다. 부족한 일손을 돕기 위해 농촌봉사를 하러 온 대학생들이었다. 그들의 머리 위로 붉은 노을이 타오르고 있었다. 기찬은 숨이 막혔다. 아버지도 경운기를 멈추고 젊음이 빚은 낭만을 바라보는 듯했다. 그 후로 노래를 흥얼거리면 "거참"이라며 말끝을 흐렸다. 기찬이 대학을 서울로 가겠다고 하자 아버지는 "거참, 대단한 놈일세"라고 잃어버린 말꼬리를 찾아냈다. 사실 대학생들이 떠나고 난 후 이장은 화가 머리끝까지 나서 발을 동동 굴렀다. 수박이 크게 자랄 수 있도록 곁순을 잘라달라고 했더니 중요한 순만을 싹둑싹둑 잘라낸 대학생 덕분에 그해 농사는 망치고 말았다.

기찬은 아버지의 기대를 등에 지고 서울로 진학을 추진했다. 지방에서 특출 나게 총명함을 보여준 그였지만 서울로의 입성은 만만치 않았다. 그러나 아버지는

"거참, 대단한 놈일세. 지 혼자 자취하며 학교 다니는 것 고생일 텐데 서울로 대학을 간다니."

라며 흐뭇한 미소를 지었다. 그 모습에 기찬은 행복했다.

뿌듯함도 잠시 팍팍한 현실이 그의 앞에 놓여 있었다. 생활고에 시달릴수록 몸과 마음은 지쳐 갔고 아버지의 말이 발목에 채워진 족쇄처럼 느껴졌다. 대단하지도 않은 놈을 대단하다고 발목을 잡아 희망고문을 하는 것 같았다. 이 세상은 대단한 놈이 되려면 태어날 때부터 대단해야 했다. 그 사실을 알고 난 후부터 아버지의 마법은 힘을 잃었다. 학자금대출과 아르바이트로 학교생활을 연명하다 그것도 여의치 않자 잠시 군대로 숨을 돌렸고 제대 후, 두 번의 휴학을 하고 나서야 겨우 졸업을 할 수 있었다. 그때도 그의 아버지는 "거참, 대단한 놈일세. 부모 도움 없이 학교를 마치다니" 라고 미안한 듯 중얼거렸다. 거기에는 더 이상 마법의 힘은 없었다. 힘 잃은 아버지의 말 대신 그 자리를 채운 것은 〈해피 하우스〉

였다.

〈해피 하우스〉의 막둥이 팀장 역할은 그의 자존감에 금을 내는 일이었다. 그러나 일한 만큼 돈이 들어왔다. 끊임없이 주저앉으려는 자신을 곧추세우며 마음에 새겼던 가치가 빠져 나간 자리에 돈이 들어섰다. 그 돈이 그를 움직이게 했다. 선택의 폭은 넓어졌고 결정한 사항을 행동으로 옮길 수 있는 힘이 생겼다. 그는 당장 동기의 원룸에서 고시텔로 주거지를 옮겼다. 남들은 고시텔을 뭐라 하던 그에게는 희망의 근거지였다. 또 습관은 무서운 것이었다. 아버지를 마음속에서 밀어냈지만 그의 말을 무의식중에 따라 되뇌고 있는 것처럼. ‘나는 대단한 놈이다’라고. 자신이 와 있는 공간이 두렵게 느껴질수록 그 말은 의식 없이 불쑥 튀어나왔다.

“뭐해! 사모님들에게 ‘질서표’ 나눠드리지 않고!”

질서표는 천원에 물건을 살 수 있는 표딱지였다. 천원은 장 대표와 여자들의 자존심을 지켜주는 가교 역할을 했다. 장 대표는 결코 공짜 물건으로 사람을 현혹시키지 않았고 여자들 역시 공짜로 물건을 얻은 것이 아니다. 천원의 힘은 모두를 당당하고 편안하게 만들었다.

기찬은 번뜩 정신을 차렸다. 여자들은 그 말이 떨어지기 무섭게 장전된 총알처럼 앞문으로 나갈 채비를 했다. 그녀들은 순서대로 질서표과 함께 천원을 내고 아침에 트럭에서 내린 물건을 사서 자신들의 가방에 넣었다. 황토색 플라스틱 항아리에 담긴 2kg짜리 쌈장통은 결코 천원에 살 수 없는 물건임을 알기에 여자들의 어깨가 들썩였다. 사실 두 시간 꼬박 상품설명을 들어준 노동의 대가였지만 그것은 중요치 않았다. 여자들은 쌈장통을 챙기고 난 후 돗자리 위에 신문지를 깔고 삼삼오오 둘러앉아 도시락을 풀었다. 상추쌈을 입 안 가득 넣고 웃어대는 여자들의 소리로 〈해피 하우스〉는 순식간에 푸른 들판으로 변했다.

점심을 먹은 여자들은 커피를 홀짝이며 이야기꽃을 피웠다. 장 대표는 기찬에게 다시 새로 온 여자를 주시하라는 듯 눈썹을 치켜떴다. 그녀는 다른 여자들과 별반 다름없이 여자들 틈에 끼여 웃고 있었다. 장 대표의 기우인가? 그는 많이 예민하고 날카로웠다. 여자들이 많이 올수록, 판매실적이 부쩍부쩍 늘수록. 상품을 판매할 때 자신은 거짓말을 안 한다. 좋으면 사라! 라는 말을 반복했지만 항상 그의 말꼬리에 농담처럼 따라오는 꼬신다는 말은 기찬의 내면을 날카로운 손톱으로 긁어대고 있었다.

기찬은 얇은 합판으로 강당과 분리되어 있는 창고 방에 들어가 벽에 등을 기대고 앉았다. 반쯤 열려진 문으로 여자들의 얘기가 들려왔다. 그는 달달한 커피로 목을 축이면서 그녀들의 얘기에 귀를 기울였다.

이곳에 왜 오세요? 차분하지만 도발적인 목소리가 또렷이 들려왔다. 그는 화들짝 놀라 열어놓은 문 가까이에 몸을 밀착시켰다. 오긴 왜 와! 돈 벌려고 오지. 투박한 음성이 당차게 말을 받았다. 하루 종일 시원한 곳에서 놀다 집에 갈 때 몇만 원어치 물건을 받아 가잖아. 놀고 있으면 뭐해. 한 푼이라도 벌어야지. 그런데 물건을 사면 돈을 쓰는 거잖아요? 물건을 안 사면 되지. 누가 강매하나? 또 다른 목소리가 냉큼 튀어 나왔다. 안 사고 배기나요? 나도 모르게 물건이 내 손에 들려있는걸요. 이것 보세요. 부스럭대는 소리가 들리는가 싶더니 여자들의 웃음보가 터진 듯 숨넘어가는 소리가 들렸다. 기찬은 얼른 고개를 빼고 여자들을 바라봤다. 윗옷을 걷어 올린 여자의 터질 것 같은 옆구리 살을 빨간 보정속옷이 꽉 쪼이고 있었다. 그러자 여기저기에서 윗옷을 걷어 올렸다. 빨간 보정속옷은 점점이 무늬처럼 반짝였다. 여자들은 손뼉을 치며 웃어댔다. 며칠 전 150여 벌의 보정속옷을 팔았으니 300여 명의 여자 중에 150여 명은 똑같은 속옷을 입고 있는 것이다. 그때 한 여자가 아득한 시간을 꿈꾸는 얼굴로 말했다.

"내 평생 이런 속옷 처음 입어봐. 육십 평생 처음으로 나에게 선물한 옷이라니까…"

그 보정속옷은 여러 개의 속옷을 덤으로 붙여 990,000원에 판매를 했었다. 기찬은 엄마를 떠올렸다. 분명 자신의 엄마는 그 옷을 입어 보지 못하리라는 것을 안다. 그 사실을 확신하는 자신이 미웠다. 가슴이 아려왔다.

여자들의 웃음소리가 잦아들자 걱정이 묻어나는 목소리가 들려왔다. 저는 물건을 받아가도 어깨가 쪼그라들어요. 죄지은 것도 아닌데 남의 눈이 따갑게 느껴져요. 사실 이곳의 물건이 싼 것은 아니잖아요. 우리가 물건을 사준 돈으로 제품회사와 〈해피 하우스〉 직원들이 먹고 살고, 영악하게 물건을 하나도 안 사고 선물만 챙긴 사람들의 몫까지 우리가 다 대는 거잖아요. 여기서 대책 없이 물건 샀다 가정 파탄 나는 집도 한두 집이 아니라는 것 우리가 더 잘 알잖아요. 어휴, 그런 소리 말어. 우리 장 대표가 거짓 물건을 팔까. 얼마나 알뜰하게 챙겨주는데 그런 소리하려거든 오지 말어. 분위기 망치게 스리. 난 이곳에서 우울증 다 나았잖아. 병원에 갖다 줄 돈 여기서 쓰는 게 백번 나아.

순간 기찬의 눈에 힘이 들어갔다. 장 대표가 얼마 전 했던 말이 생각났다. 〈해피 하우스〉에도 숨은 선동가가 필요하다고. 이곳은 작은 밀림이었다. 서로 먹고 먹히는 세상. 누구도 믿을 수가 없었다. 저곳에 인자한 얼굴로 박수를 쳐대는 여자 중에 그를 감시하는 눈이 있을지도 모른다. 〈해피 하우스〉 안에는 적과 동지가 믿음과 배신을 공유하며 괴물과 천사의 얼굴로 함께 살고 있다. 방금까지 달달했던 커피가 소태처럼 쓰게 입안을 물들였다. 그의 얼굴이 딱딱하게 굳어져갔다.

그는 취해 있었다. 좋아하는 노래를 마음껏 부르고 그 노래에 열광하는 여자들까지. 무엇보다도 돈을 벌 수 있었다. 그런데 이 불쾌감과 불안은 어디에서 오는 걸까? 사실 그는 끊임없이 자신에게 최면을 걸고 있었다. 그 최면으로 이곳에서 생존할 수 있었다. 신나게 웃고 즐거워하는 그녀들의 모습으로 진실을 덮으려 했었다. 외롭고 상처받은 여자들을 이용해 이익을 챙기는 역겨운 인간이 바로 자신이었지만 그 사실을 확인할수록 기찬은 자신을 옹호했다. 아무것도 해 준 것 없이 입으로만 치켜세우는 부모를 원망하지 않고 산 것만으로도 대단하지 않느냐고. 아무리 노력해도 기회조차 주지 않는 사회의 틀을 깨부술 수 없다면 어디라도 발을 디밀고 살아야하지 않겠냐고 말이다.

언젠가 아기 손바닥만 한 초록 잎의 담쟁이가 집 한 채를 통째로 삼킨 것을 보았다. 담쟁이 넝쿨은 세발낙지처럼 생긴 흡착근을 무기로 비바람에도 꿋꿋이 담벼락을 타고 올라갔고 그 무기를 잎사귀가 뜨거운 태양열로부터 보호하고 있었다. 그 덕에 그 집은 사람들의 시선을 사로잡았다. 그에게는 어떤 무기가 있을까. 그의 무기는 아버지의 말이었다. 그의 말에 가치를 두고 자존감을 세우면서 끊임없이 앞으로 걸어왔다. 그런데 그의 앞에는 붙잡을 것 하나 없는 매끄러운 벽만이 버티고 서 있었다. 그는 주먹을 그러쥐고 가슴팍을 퍽퍽 치면서 되뇌었다.

"나는 대단하게 살고 싶지 않아. 그냥 살고 싶다고. 그냥…"

빨간 실핏줄이 드러난 그의 두 눈에 반품된 박스더미 옆에 놓인 백팩이 들어왔다. 백팩의 지퍼를 조심스럽게 열자 잘 다려진 와이셔츠와 붉은 줄무늬 넥타이가 투명 비닐 팩에 담겨 있었다. 또 두툼한 파일 안에는 각 회사별로 맞춤 이력서와 자기소개서가 끼워져 있었다. 갑자기 전화가 오면 재빠르게 그 회사의 인재상에 맞게 자신을 변화시킬 준비가 되어 있었다. 사실 면접을 보러 오라고 해도 갈 수 있는 상황은 아니었지만 이력서를 품고 있는 자체만으로도 위안이 되고 안심이 되었다.

그는 여자들 곁에 쌈장통을 품고 당당히 놓여 있는 가방과 자신의 백팩을 번갈아 바라봤다. 여자들은 삶을 꾸역꾸역 가방 안에 집어넣었고 그는 거기서 자신을 보았다. 물건을 넣고 있는 여자들과 눈이 마주쳤을 때 그는 소름이 돋았다. 둘 다 똑같이 가방 안에 안전하게 땅을 딛고 서지 못한 공허함과 불안한 미래를 담고 있었다. 그리고 그녀들의 가방에서 쌈장통, 세제, 각종 잡곡류 봉지와 함께 따라 나오는 회한과 슬픔을 보았다. 그러나 그것조차도 그는 부러웠다. 적어도 여자들의 물건은 꺼내질 수 있다는 것이.

기찬은 한 번도 꺼내 보지 못한 가방 속 이력서를 떠올렸다. 그 생각은 견고하게 만들어 놓았던 둑에 구멍을 내었고, 그 안에 갇혀 있던 물이 새어 나왔다. 그는 독립운동가의 이름 중에서 증조할아버지의 이름을 발견한 적도 어떤 일을 했는지도 들어본 적이 없었다. 그것은 그의 아버지도 마찬가지였다. 그는 터져 버리려는 구멍을 막기 위해 주문을 걸 듯 되뇌었다.

'대단…'

밖에서 장 대표의 벼락같은 목소리가 기찬을 내리쳤다.

"야, 4팀장, 너 배달 제대로 한 거야! 사모님이 물건을 못 받으셨다잖아! 저거 참 대단해. 정말 대단해."

그는 일어서려고 몸을 일으켰지만 두 다리는 바닥을 헛짚고 버둥댔다. 영영 서지 못하고 주저앉아 버리는 것은 아닌지, 두려움에 몸이 덜덜 떨려왔다. 맹렬하게 돌아가던 대형 에어컨의 찬바람은 어느새 여자들의 수다에 눌려 후덥지근한 바람만 쏟아놓고 있었다.

*이 곳에 나오는 가요는 진미령의 '미운 사랑'과 김성환의 '인생'의 일부분입니다.

/

렌즈

/

설거지를 마치고 시원하게 쏟아지는 수도꼭지를 잠그는 순간, 소리가 들렸다. 반사적으로 달려나가 한쪽 눈을 현관문 렌즈에 고정시켰다. 작은 단추 구멍만한 렌즈 속에 반쯤 열린 앞집 현관문이 들어왔다. 사람들은 보이지 않고 말소리만 빈 복도를 울렸다. 앞집을 둘러보러 온 사람들이 분명했다. 현관문 렌즈에 바짝 댄 눈이 뻑뻑해지고, 타일의 찬 기운이 발바닥으로 올라오자 정신이 돌아왔다. 내가 무슨 짓을 하고 있는 거지.

커피를 한 잔 타서 앞 베란다로 나갔다. 창밖의 6월은 눈부셨다. 열린 창문으로 시원한 바람이 불어온다. 녹음이 짙어가는 나무들이 당당하게 서 있다. 입주한 지 2년이 채 안 된 아파트라 공원도 기껏해야 그 만큼의 시간이 주어졌을 것이다. 그런데도 공원은 유년기를 뛰어 넘어 청년의 모습을 띠고 있었다. 처음부터 성장할 시간을 돈으로 지불한 곳이었다. 땀과 시간을 들이지 않고도 농익은 자연을 만끽할 수 있다는 사실이 놀랍고도 씁쓸했다. 고층에 사는 묘미가 전망을 즐기는 거라지만 나는 아직도 20층 높이에서 내려다보면 현기증이 일었다. 시선을 아래로 떨어뜨리면 금방이라도 추락할 것 같아 다리가 후들거렸다.

며칠 밤을 설쳐서인지 몸이 개운치 않았다. 시험을 봐야 하는 큰딸은 아무 부담이 없는 듯 여느 날과 다름없었지만 도리어 내가 떨고 있었다. 떨지 않는 아이가 이상해 긴장 좀 하라고 다그쳤다.

남편과 나는 아이 넷을 공부로 성공시킬 경제적 능력이 안 된다는 것을 알기에 자유롭게 아이들을 키웠다. 몸이 고생하면 볼거리는 넘쳐났고 관심을 기울이기만 하면 모든 것이 호기심을 채워주는 대상이 되었다. 시험을 앞두고도 여행을 떠나는 우리 부부의 교육방법에 사람들은 부러움과 비아냥대는 눈빛을 숨기지 않았다. 사실 우리가 그 방법을 선택한 것은 특별한 교육 철학보다는 돈이 없어서였는데도 사람들은 제 마음대로 우리를 바라봤다. 특히 두 딸이 있는데도 여덟 살이나 차이 나는 쌍둥이 딸을 낳은 것이 생명 존중의 소신으로 비춰졌나보다. 내막은 손자를 바라는 시아버지의 집착으로 늦둥이 쌍둥이가 태어났고 또 딸이란 이유로 별 대접을 못 받고 있는 것이 현실인데도 말이다.

놀 궁리에 바빴던 우리 집에 어느 날 파문이 일기 시작했다. 중학교에 들어간 큰딸이 전교 1등으로 두각을 나타냈기 때문이다.

담임은 도심의 변두리에 위치한 이곳에 있기는 아까운 아이라는 안타까운 눈빛을 보냈고 연이어 아이에게 많은 기회가 주어졌다.

그날도 학교 대표로 통계학경시대회에 참가하게 되었다. K대학 강의실을 빌려 치러진 대회는 전국에서 내놓으라 하는 아이들이 참가했기에 아이들도 부모도 어깨가 으쓱거려질 만 했다. 큰언니를 닮으라는 뜻에서 줄줄이 세 아이도 좁은 차안에 밀어 넣고 대회 장소로 향했다. 이미 대형주차장으로 바뀐 운동장에서 빈자리를 찾기가 힘들었다. 지역번호판을 단 우리 집 애마인 경차도 한 자리를 차지하려 빈 공간을 찾고 있었다. 드디어 찾은 자리에 엉덩이를 드밀고 천천히 후진하는 순간 어디서 나타났는지 고급 외제차가 달려들면서 우리 차 엉덩이를 밀치고 자리를 차지해 버렸다. 당황해 하는 남편과 나에게 차에서 내린 남자는 보험처리를 하라고 명함을 던지듯 내밀었고, 뒷좌석에서 내린 남자아이와 중년의 여자는 인상을 찌푸리면서 눈길 한 번 주지 않고 시험장으로 걸어갔다. 우린 이 상황이 이해가 되지 않아 빈약한 엉덩이가 움푹 패인 애마를 황망한 눈빛으로 쳐다봤다. 아이들 앞에서 말 한마디 뻥긋 못한 것이 기막혀 시험만 끝마치고 나오면 한마디 해줄 요량으로 별렀다. 그런데 시험이 끝난 후 주차장에 왔더니 이미 그 차는 떠나고 덩그러니 빈터만이 있었다. 제대로 말도 못해 보고 사건은 끝이 났다.

집으로 돌아오는 길은 침묵이 흘렀다. 뒷좌석에 겹쳐 앉은 아이들은 예전과 달리 조용히 숨죽이고 있었다. 숨이 막혔다. 이미 망

가져 제 기능을 상실한 에어컨의 바람구멍을 이리저리 돌려보다 창문을 열었다. 후덥지근한 바람이 얼굴을 때렸다. 남편을 흘깃 보았다. 아무 말 없이 전방만을 주시하고 운전하는 남편의 좁은 어깨가 눈에 들어오자 얼른 고개를 돌렸다.

그때 시야로 아파트가 들어왔다. 넓은 공원 안에 중세시대를 연상시키는 고풍스런 자태를 뽐내고 서 있었다. 급하게 차를 세우게 한 후 무작정 부동산으로 들어갔다. 부동산중개인은 무슨 좋은 꿈을 꿨기에 이렇게 딱 맞추어 방문했냐며 능글맞게 웃었다. 시세보다 엄청 싸게 나온 집이 있다는 것이었다. 당장 중개인은 그 집을 보러가자고 했다. 줄줄이 뒤따라 들어온 아이들을 보자 더욱 반색하며 가족이 많은데 지금 평수가 딱이라며 사모님, 사모님을 말끝마다 연발했다.

"어쩜, 아이들이 이렇게 예쁘게 생겼어요. 어, 이런 이 꼬마아가씨들은 쌍둥이네."

아이들은 부동산 사무실의 긴 소파에 다소곳이 앉아 있었다.

"오호, 정말 얌전한 아가씨들이네. 요즘 애들은 하도 장난을 쳐 정신을 쏙 빼놓는데, 정말 기특해."

소형차로 인해 받았던 수모가 잠깐 사이에 사라지고 아이들은 사랑스러운 존재로 바뀌어 있었다. 중개인의 말에 부합하듯 아이들은 의젓한 몸짓을 보여주며 무슨 일인가 싶어 말똥거리며 나를 쳐다보았다. 아이들 눈빛과 마주치는 순간 나는 벌떡 일어나 중개인을 따라 나섰다.

집은 마음에 들었다. 서울 근교의 20년도 넘은 18평 빌라에서 살던 내게 초현대식 시설을 두루 갖춘 그곳은 궁궐과 다름없었다. 아이들 방이 살고 있는 집 거실보다도 넓었다. 사람은 대우를 해주면 그것에 맞춰 가기 마련이다. 아이들은 중개인의 칭찬을 잊지 않았다는 듯 흥분을 감추고 소곤대며 집안을 돌아다녔다. 중개인은 전망이 끝내 준다며 제 집인 냥 쉴 새 없이 자랑을 늘어놓았다. 집을 계약할 것 마냥 행동하는 나를 남편은 근심스러운 눈으로 좇았다. 즉흥적이고 돌발적인 행동이 방금 당한 사건의 후유증이라고 보는 눈치였다.

"어휴, 이런 전셋집은 다시없을 거예요. 이렇게 싸게 나온 이유도 신혼부부가 살림집으로 장만했다가 혼수싸움이 나서 혼사가 깨졌잖아요. 그래서 남자 부모가 화가 나 신경 쓰기 싫다고 싼 값에 내놓은 거예요. 이 가격이면 거저지요."

'이 가격이 싸다고! 지금 살고 있는 집을 팔고 집안에 있는 돈을 싹싹 긁어모으고 거기다 대출까지 받아도 가능할까 싶은 금액인데….'

얼굴 근육의 미세한 떨림을 눈치 챈 남편도 나처럼 쓴 입맛을 다시는 듯했다. 그때 중개인은 한마디를 덧붙였다.

"이 단지도 명문학군에 포함되지요. 도로 하나 건너면 유명학원이 밀집되어 있는 곳이잖아요. 아이들의 교육을 위해서도 더 볼 것 없습니다."

나의 결심은 단호했다. 이 넓은 집에서 내 아이들을 살게 해주고 싶었다. 남편은 우리 처지에 가당찮은 집이라고 단칼에 잘랐지만 나는 지지 않고 맞섰다. 아이들에게서 우리가 발견하지 못한 재능이 있다면 그것을 키워주는 것이 부모의 도리가 아니겠냐며 남편을 설득했다. 심지어 맹모의 삼천지교를 들먹였고 미국 국무장관을 했던 콘돌리자 라이스의 부모도 백인이 주도하는 사회에서 흑인여성으로 살아갈 딸에게 능력이 힘이라며 집을 팔아 피아노를 사주었다는 말에 덧붙여 흑인인 오바마도 변호사였기 때문에 대통령이 가능했다고 쐐기를 박았다. 그것에 비하면 우린 아주 작은 것을 내주는 것이라고.

정말 좋았다. 넓은 공간이 사람 마음도 너그럽게 만들어주는지 아이들의 다툼도 줄어들었다. 아이들은 텅 비다시피 한 거실에서 춤을 추고 자유롭게 놀았다. 사실 이리저리 끌어온 돈으로 겨우 전세금을 맞추기도 버거웠기에 가구를 들여 놀 꿈도 꿀 수 없었다. 넓은 공간을 얻는 대신 마이너스 통장도 빵빵한 풍선처럼 위태롭게 부풀어 오르고 있었다.

하나를 얻으면 하나를 내려놓아야 한다. 내지 않던 대출이자를 내기 시작하면서 두통이 찾아왔다. 머리가 지끈거릴수록 거실바닥을 힘주어 닦는 버릇이 생겼다. 닦으면 닦을수록 윤기를 더해가는 거실바닥을 보면서 아르바이트 자리라도 구해야겠다고 마음먹었다.

그때였다. 와장창 유리 깨지는 소리와 가구 넘어지는 둔탁한 소리가 여자의 날카로운 비명소리에 섞여 아파트 안을 울렸다. 놀란 나머지 걸레를 끌어안고 귀를 세웠다. 여자의 절박한 울음소리에 우당탕 문 여는 소리와 신발 끄는 소리, 이어서 우리 집 현관문이 쾅쾅쾅 부서져라 울렸다. 허둥지둥 현관으로 달려가 현관문 렌즈에 눈을 대고 밖을 살폈다. 헝클어진 머리와 고통으로 일그러진 여자의 얼굴이 들어왔다. 순간 갈등이 번개처럼 일었다. 혼란스런 마음을 정리하기도 전에 엄지손가락은 현관 열림 버튼을 눌렀다.

여자는 쓰나미처럼 밀고 들어와 무너지듯 주저앉았다. 여자는 비 맞은 병아리처럼 떨고 있었다. 숨을 고르고 그녀를 천천히 살피자 벗다만 허물처럼 몸을 감싸고 있는 꽃무늬 원피스가 눈에 익었다. 앞집 여자였다. 이럴 수가! 행복을 증명하듯 활짝 폈던 꽃들이 후줄근 시들어 있었다. 벽에 등을 기대고 온 몸에서 혼이 빠져나간 껍데기처럼 앉아 있는 여자를 보며 어쩔 줄 몰라 주방과 그녀 곁을 서성였다. 철문 하나를 사이에 두고 이쪽의 여자와 저쪽의 남자가 맞서고 있었다. 한참 고함을 지르던 남자가 집안으로 사라지자 냉수를 따라 여자에게로 갔다. 그녀는 고개를 두 다리사이에 파묻고 다리를 끌어 모아 몸을 둥글게 말고 있었다. 문득 세상에서 가장 외로운 달팽이를 보는 듯했다.

한 시간여를 웅크리고 있던 여자는 몸을 추스르고 돌아갔다. 그제야 나도 정신이 들었다. 이게 바로 부부싸움인가. 아이 넷을 키우는 동안 남편과 싸울 일이 있어도 아이들 앞에서는 언성을 높이지 않으려 애썼다. 남편에 대한 불만이 아이들에게 전이되는 것도 막았다. 사이좋은 부모 아래서 아이들이 건강하게 자란다는 신념을 굳게 믿었기 때문이었다. 앞집 부부싸움이 일으킨 파문이 가신 것은 아니지만 아이들이 못 본 것이 그나마 다행이라고 가슴을 쓸어내렸다.

엘리베이터 앞에서 본 앞집 남자는 40대 중반으로 인상 좋은 웃음을 띠었다. 그의 단단한 근육질 팔은 작고 귀여운 여자의 어깨를 보호하듯 감싸고 있었다. 융단처럼 하얀 털을 가진 강아지를 안고 그녀는 부산스럽게 말했다.

"앞집에 사세요? 반가워요. 어휴, 뽀미야, 가만 있어. 엄마가 힘들잖아. 앞집 아줌마야, 인사해. 우리 뽀미에요."

핫핑크로 양 귀를 물들인 작은 푸들이 목구멍이 막혀 숨넘어 가듯 쇠소리를 내며 나를 보았다. 푸들은 엄마라는 여자의 품속에서 인형처럼 안겨 있었다. 마치 쌍둥이들의 인형놀이를 보는 것 같았다. 잠시 생뚱맞은 생각을 떠올린 게 미안해 앞집 자식이란 뽀미에게 예쁘다고 말해 주었다. 그 후에도 자주 산책 나가는 부부를 볼 수 있었다. 항상 남자와 여자는 손길이 닿아 있었다. 그들이 교환하는 눈빛이 달달해 남사스럽다 생각을 하면서도 부러웠다. 아이들도 친절하고 명랑한 그녀를 '귀요미 아줌마'라 불렀다. 그랬던 그 부부가 아파트 안을 공포로 몰아넣은 것이다.

앞집 여자를 본 것은 그 사건이 있은 지 두 주가 지나서였다. 뽀미를 안고 남편과 산책을 나가는 길이었다. 그날의 소동이 부끄러었는지 남자는 목례를 하고 얼른 고개를 돌렸다. 걱정스러움에 괜찮냐는 무언의 눈빛을 던졌다. 그녀는 무슨 일이 있었냐는 듯 애교 섞인 콧소리로 뽀미를 불러댔다. 알 수 없는 여자와 남자였다. 하지만 그 평화는 오래가지 않아 또 깨지고 말았다.

아파트를 공포로 몰아넣는 싸움은 시작됐고 여지없이 우리 집 현관문은 부서져라 울렸다. 허겁지겁 앞집 여자를 끌어들였다. 벌벌 떨고 있는 여자에게 냉수를 건네며 왜 그러는 거냐 다그쳐 물었다. 물컵을 든 손이 바들바들 떨려 금방이라도 물이 넘칠 것만 같았다.

"제 남편이 저를 심하게 아껴요. 그래서 별일도 아닌 것에 화를 내요. 어제 잠시 집을 비웠다고 화가 났나 봐요."

"아니, 그렇다고 사람을 때려요. 한 번도 아니고 상습범 아니에요? 경찰에 신고해서 다시는 안 그러게 만들어야 해요. 제가 신고해 드려요?"

여자는 당황한 눈빛으로 격하게 손사래를 쳤다.

"아니에요. 그러지 마세요. 다혈질이라 흥분을 잘 해서 그렇지 금방 사그라져요."

쌩한 표정을 지으며 여자는 가겠다고 자리에서 발딱 일어났다.

"신고하지 않을게요. 좀 더 있다 가요. 아직 남편분의 화가 가라앉지 않을 것 같은데."

"정말 저 이해가 안 되죠. 그래요. 이렇게 맞고 사는 저도 이해가 안 돼요."

여자는 거실의 벽면을 채우고 있는 책장을 물끄러미 바라봤다.

"아이들이 책을 좋아 하나 봐요?"

"네. 형편이 빠듯해 다른 것은 못해주지만 책만큼은 욕심을 부려요."

여자는 내 관심을 돌려놓았다고 생각했는지 사춘기에 접어든 두 아이의 변화에 대해 물어보기도 하고 쌍둥이들이 뽀미를 귀여워해 준다며 입가에 작은 미소까지 지어보였다. 그러나 벌겋게 부어 오른 눈두덩이가 욱신거리는지 금방 얼굴이 일그러졌다.

한번 서로의 공간에 발을 들여놓은 사람들은 감정의 끈이 연결되어 서로의 삶에 끼어드는 것을 당연하다고 여기기도 한다. 앞집 여자와도 그랬다. 마음의 물고를 트자 봇물 터지듯 그녀가 궁금해졌다. 큰 소동 없이 험한 꼴을 또 당하고 있지는 않은지 밖에서 부스럭 소리만 들려도 현관문 렌즈에 눈을 대고 밖을 살폈다. 쌍둥이들이 부산스럽게 떠들어도 밖의 움직임은 명료하게 전달되어 나도 모르게 렌즈에 눈을 대고 바깥을 살폈다.

"엄마, 뭐해? 나도 나도. 나도 볼 거야."

어느새 등 뒤로 찰싹 달라붙은 쌍둥이들이 무슨 일인가 싶어 서로 밀쳐댔다. 아무 일도 없다고 숙제 다 해 놓고 노는 거냐고 다그쳐 둘째와 쌍둥이들을 방으로 쫓아 보내고 나서 약도 없는 중병에 걸린 게 아닌가 싶어 한숨이 절로 나왔다. 하지만 중병에 걸려도 나는 좋았다. 이전의 집에서는 동생들과 뒤엉켜 놀기 바빴던 큰딸이 방에서 나오지 않는 것이, 방문을 살며시 열면 의젓하게 책상에 앉아 있는 큰딸의 등이 보이는 것이, 공부에 전념한 탓이라 여겨져 든든하고 대견했기 때문이었다.

딸아이에 대한 뿌듯함과 앞집의 기겁할 소동 속에서 나는 묘한 줄타기를 하는 기분이었다. 그러던 어느 날 주민들이 쑤군대는 소리를 들었다. 주차해 놓은 차량을 누군가 뾰족한 물체로 긁고 다닌다는 것이었다. 주민들은 분개했다. 고가의 아파트 가격에 걸맞게 차량 값도 만만치 않았다. 고품격의 상징인 우리 아파트에서는 있을 수 없는 일이라며 얼굴을 붉혔다. 또 아파트의 품위를 떨어뜨리는 앞집 부부에 대한 성토도 이어졌다. 이미 앞집 부부는 동네에서 유명인사가 되어 있었다.

어느새 집안은 휴식처가 아니었다. 쉴 새 없이 앞집을 훔쳐보는 감시자가 되어 집안을 떠돌았다. 그런 내 자신이 어이없어 일부러 집을 비우기도 했다. 하지만 허둥지둥 발길은 집으로 향했다. 그녀의 비상구인 내 집이 열리지 않는다면, 그녀의 공포가 느껴져 외출도 꺼려지게 되었다. 그런데 아이러니하게도 앞집이 고요하면 내 마음도 따라 착 가라앉았다. 심지어 우울감이 스며들고 조바심이 일었다. 태풍이 지나가고 난 뒤 하늘이 맑아지듯 한바탕 소동이 지나가면서 집안은 환해지고 심지어 따뜻하게 느껴졌다.

아침 청소를 끝낸 후, 동네를 돌면서 수거해 온 지역신문을 펼쳐 놓았다. 할 만한 일이 있나 싶어 꼼꼼히 살폈다. 급여가 많으면 하는 일이 애매모호하게 적혀있고, 할 만하다 싶으면 대가는 턱없이 빈약했다. 또 두통이 온다.

초인종이 울렸다. 찾아올 사람도 없는데, 습관적으로 현관문 렌즈에 눈을 댔다. 순간 깜짝 놀라 얼른 눈을 뗐다. 동그란 세상 속에 앞집 남자가 서 있었다. 그가 우리 집에 왜 왔을까? 여자를 찾으러? 망설이다 마지못해 현관문을 열었다. 과일바구니를 든 덩치 큰 남자가 땀을 닦으며 불안하게 서 있었다. 무슨 일이세요? 아, 네. 저희가 내일 이사를 갑니다. 그동안 소란 피워 죄송하기도 하고 감사했다는 말씀도 드리고 싶어서….

네엣? 이사를 가신다고요. 갑작스러운 말에 꽉 막혔던 체증이 확 뚫리는 듯 했지만 알 수 없는 두려움이 동시에 일었다. 떨떠름한 표정에 많은 질문과 질책을 담아 그를 쳐다보았다. 그는 주춤대며 이럴 필요 없다는 내게 떠안기다시피 과일바구니를 안기고 앞집으로 황급히 사라졌다.

앞집은 조용히 이사를 갔다. 때 이른 시각이라 햇볕도 따갑지 않은데 검은 선글라스에 얼굴을 반쯤 가린 여자는 쿵쿵 소리조차 내지 않는 뽀미와 함께 번쩍이는 외제차를 타고 떠났다. 여자가 떠나자 피로감이 몰려왔다. 나는 오랜만에 깊은 잠에 빠져 들었다.

앞집을 보러 오는 사람들이 종종 있었다. 그럼 어느새 내 눈은 렌즈를 통해 앞집을 감시하다 피식 웃고 제자리로 돌아왔다. 특별한 일은 없었다. 아이들이 학교에서 돌아오기 전까지 식당에서 아르바이트를 시작했다는 것과 앞집 부부에 관한 내막을 단지 내 슈퍼 주인에게서 들었던 것이 특별하다면 특별한 사건이었다.

주위 사람들이 다 아는 사실을 나만 모르고 있었다. 앞집 남자
와 여자는 각자 가정이 있는 사람들이었다고 했다. 아이들까지 있
는데도 바람이 나 서로 가정을 버리고 새살림을 차렸다는 것이다.
망치로 머리를 얻어맞은 것 같았다. 슈퍼주인은 나와 가장 가까운
사이인 줄 알았는데 모르는 게 말이 되냐는 듯 이상한 시선으로 쳐
다봤다.

앞집 남자와 한 직장을 다니는 사람이 이 아파트에 사는데 그
아내가 직접 이야기를 했다는 것이었다. 버려진 전처와 아이들이
피눈물을 흘리고 사는데 아파트 단지 안에서도 끌어안고 다니는
모습이 역겨워 참을 수가 없다며 치를 떨었다는 것이다. 역시 세상
은 공평하고 신은 존재한다며 슈퍼 주인은 인생을 통달한 듯 고개
를 주억거렸다.

"남편, 자식 버리고 새 서방에게 두들겨 맞고 사는 년이나, 처자
식 버리고 새 마누라 두들겨 패며 사는 놈이나 지옥이 따로 없겠지
요. 안 그래요?"

동의를 구하는 슈퍼 주인의 질문에 대답을 찾지 못한 나는 어설
프게 입꼬리를 올리다 황망히 슈퍼를 나왔다.

앞집에 이사를 온 모양이다. 두 대의 대형 이삿짐 차에서 끊임
없이 내려진 고가의 가구들이 곤돌라를 타고 올라가고 있었다. 인
부들은 이렇게 짐이 많은 집은 처음이라며 고개를 저었다. 나는 얼

른 집으로 돌아와 렌즈 구멍으로 앞집을 살폈다. 분주히 짐을 옮기는 인부들만 보였다. 현대는 이웃과 단절된 독립된 생활이 특징이라고 하지만 앞집 때문에 긴장 속에서 살았던 나는 이 말을 인정하기는커녕 이웃에 의해 삶이 흔들릴 수 있다고 확신하게 되었다. 그래서 더욱 단추 구멍만한 렌즈로 바깥세상을 엿보고 있었다.

그들을 만난 것은 때 이른 저녁 무렵이었다. 간식거리를 사러 나가는 길이었다. 둘째와 쌍둥이들의 먹성은 늘기만 하는데 큰아이가 도통 먹지를 못해 걱정이었다. 시험을 앞두고 스트레스가 쌓이는 모양이었다. 큰아이에게 뭘 먹일까 고민하는 중에 엘리베이터가 올라왔다. 내 앞에 멈춰선 엘리베이터 안에서 후다닥 초등학생으로 보이는 남자아이가 튀어 나오고, 그보다 좀 더 큰 여자아이가 내렸다. 이어 명품으로 휘감은 중년의 부부가 내렸다. 부딪치지 않으려고 한쪽으로 비켜선 나를 의식하지 않은 채, 그들은 앞집으로 들어가 버렸다. 사람이 서 있는데 어찌 모른 척 한단 말인가. 괘씸한 생각이 들었지만 어쩌면 잘된 일이라고 여겼다. 괜히 사람들과 또다시 얽혀 휘둘리고 싶지 않아서였다.

그 첫 만남 이후, 나는 의도적으로 바깥소리에 신경을 끊으려고 노력했다. 딸들은 내 삶의 명약이었다. 사춘기의 터널을 지나는 첫째와 둘째, 천방지축인 쌍둥이들은 언제나 내 정신을 쏙 빼놓았다. 그날 아침도 그랬다. 노트를 놓고 간 큰딸에게서 전화가 걸려왔다. 넌 정신을 어디다 빼놓고 다니냐고 한 소리 했더니 바로

"그럼, 말고."

딸아이의 전화가 뚝 끊겼다. 순간 허겁지겁 노트를 찾아 들었다. 유치원에 가는 쌍둥이들을 앞세워 집을 나섰다. 마침 앞집 부부가 엘리베이터 앞에 서 있었다.

"오, 쌍둥이에요. 어쩜 이렇게 귀엽게 생겼을까. 여보, 정말 똑같이 생겼죠. 유치원 가는 모양이구나."

처음 본 앞집 여자가 낯설었는지 쌍둥이들은 멀뚱거리며 나를 쳐다봤다.

"아, 앞집에 이사 온 분들이군요. 인사드려야지."

그때 엘리베이터 문이 열리고 우린 함께 좁은 사각의 공간 안에 잠시 머물렀다. 여자는 우아하고 상냥스러웠고 남편을 향한 눈빛도 따뜻했다. 깔끔하게 정돈된 머릿결과 입가에 온화한 미소를 띤 남자는 중후한 세련미가 느껴졌다. 감색양복에 하얀 와이셔츠는 눈이 부셨다. 남의 남자를 훔쳐보는 여자. 엘리베이터 벽면에 붙은 거울 속의 나를 발견하고 당혹스러웠다. 남자는 쌍둥이들이 귀여운지 사랑스러운 눈길을 보내고 있었다. 남편을 배웅 나온 여자는 엘리베이터에서 내린 후에도 유치원에 잘 다녀오라고 살가운 인사를 쌍둥이들에게 보냈다. 큰아이 학교를 향해 뛰면서 혼란에 빠졌다. 첫날 본 그 부부의 얼굴은 무엇이었을까? 내가 오해를 했나?

아이들은 세상 소식을 어른보다도 더 빨리 물어온다. 손안에 최고의 소식망인 스마트폰을 가지고 있으니 당연한 일이었다. 학교에서 돌아온 둘째가 현관에 들어서면서 호들갑스럽게 말했다.

"엄마, 엄마, 빅뉴스! 우리 앞집 아저씨가 유명한 정신과 의사래. 놀랐지. 놀랍지 않아. 무슨 사건 터지면 기자들이 전문가에게 묻잖아. 그럴 때 자주 나오는 의사래. 아쉽다. 이왕 유명한 사람이 이사 오려면 아이돌이 올 것이지."

어쩐지 신뢰감이 가는 인상이더니만, TV에서 보았던 사람이라 더 끌렸는지도 모를 일이었다. 나이도 엇비슷하고 정신과 의사라니 아이들 키우는데 도움도 받을 수 있을 것 같았다.

"언니 공부하게 조용히 해!"

세 아이를 향해 눈을 치떴다. 세 아이가 정신을 쏙 빼놓을 정도로 떠들어도 방으로 들어간 큰딸 방문은 열리지 않았다. 역시 나는 이사를 잘 왔다. 쌍둥이를 향한 앞집 여자의 상냥함이 새록새록 떠오르자 큰 빽이라도 생긴 냥 기분이 들떴다.

아르바이트를 끝내고 아이들이 오기 전 집에 가 있으려고 힘껏 뛰었다. 마침 엘리베이터 문이 닫히기 전에 가까스로 탔다. 가쁜 숨을 몰아쉬며 정신을 차리자 여자가 눈에 들어왔다. 앞집 여자다. 반가운 마음에 인사를 건넸으나 여자는 꼿꼿하게 고개를 들고 엘리베이터 버튼 번호만을 응시하고 있었다. 못 들었나싶어 다시 인사를 건넸다. 역시 아무 소리도 듣지 못한 냥 무표정했다. 어이가 없었다. 기가 막혀 빤히 쳐다보는 사이 엘리베이터가 20층에 멈췄다. 여자는 나를 투명인간 취급한 채 도도히 집안으로 사라졌다. 혹시 하는 마음에 나는 킁킁거리며 고개를 숙여 옷의 냄새를 맡았다. 식당에서 소동만 없었다면 냄새를 털어낼 시간이 충분했는데. 하지만 아이가 데지 않은 것만으로도 다행이었다. 이까짓 냄새쯤이야. 저딴 여자의 눈치를 보다니. 앞집을 잠시 노려보는 것으로 분을 삭였다.

앞집 여자의 기괴한 행동은 아이들의 입을 통해서도 들을 수 있었다. 엄마, 엄마, 앞집 아줌마 이상해. 언제는 아는 척하더니 조금 전에는 인사를 해도 받지 않아. 무안해서 죽을 뻔했어. 다른 사람이 없어서 천만다행이지. 쪽팔려. 이제 다시는 인사하나 봐라. 분해서 씩씩거리는 아이를 다독이며 아줌마가 딴 생각을 한 모양이라고 둘러댔다. 아이들은 내 말이 끝나기도 전에 아저씨가 유명한 정신과 의사인데 정신분석 좀 받아봐야 하는 것 아니냐며 검지를 머리 가까이에 대고 빙빙 돌려 보였다. 어휴, 너희들 뭐하는 거야. 딴 데 신경 쓰지 말고 너희 할 일이나 하세요! 키득거리며 아이들은 후다닥 제 방으로 흩어졌다. 아이들의 웃음소리에 섞이지 않은 한 목소리. 굳게 닫힌 큰아이의 방문이 눈에 들어왔다. 기말고사를 앞둔 아이는 공부에 몰입하느라 동생들과 잘 어울리지 않는다. 이제 동생들도 언니를 찾지 않는다. 언니는 공부를 해야 하니까. 이곳으로 이사 온 이유이니까. 동생들도 그렇게 생각했다.

고급 아파트라 주민의 편리와 안전, 사생활 보호가 우선시 되어 늦은 시간에는 안내방송이 금지되어 있었다. 그런데 주민들이 편안하게 쉴 시각인 저녁 9시에 웅웅거리며 안내방송이 집집마다 스피커를 통해 폭탄처럼 떨어졌다.

"지하주차장에 세워진 자동차에 못으로 기스를 내 놓는 사람이 있습니다. 고가의 자동차만 골라 꼭꼭 찍어 놓는데, 벌써 20대가 넘습니다. 누가 보신 분이 있으면 꼭 신고해 주십시오. 곳곳에 CCTV도 있고 곧 잡힐 것입니다. 그럼 지금까지 나온 피해금액을 다 배상해야 하고 형사상 처벌도 받게 됩니다. 주민 여러분, 범인은 꼭 잡히고 맙니다. 편안한 저녁 시간에 불편을 드려 죄송합니다. 편안한 웰빙아파트 관리사무실은 주민 여러분을 위해 최선을 다하겠습니다."

왕왕대던 스피커의 소리가 사라지자 무소유가 행복을 준다는 의미가 이런 것인가, 아무리 못으로 찔러도 상처받지 않을 우리 애마를 떠올리고 피식 웃음이 흘러나왔다.

며칠째 게시판과 엘리베이터 안에 붙은 붉은 경고문이 사람들을 불안하게 만들었다. 그런데 또 일이 일어났다. 엄마, 엄마, 이리 나와 보세요! 여기에서 이상한 냄새가 나요. 무슨 물이 있어요. 아이들의 흥분된 목소리에 이끌려 밖으로 나가자, 현관문 앞에 물이 흥건히 고여 있었다. 일부는 계단을 타고 흘러내리기까지 했다. 그런데 이 고약한 냄새는 뭐니? 그러게요. 엄마, 이건 오줌 아니에요? 오줌냄샌데. 웩웩. 누가 오줌을 여기다 싼 거야. 더럽다고 호들갑을 떠는 아이들을 집안으로 들여보내고 물청소를 시작했다.

누구일까. 누가 20층이나 되는 곳에 소변을 보았단 말인가. 의아했지만 소변이 급한 누군가의 소행이라고 단순하게 생각하고 넘어갔다.

그런데 며칠 후 또 질퍽하게 번진 소변이 시큼한 냄새를 풍기고 있었다. 아니, 누가 남의 집 앞에 소변을 연거푸 눈단 말인가? 괘씸한 생각에 꼭 잡고 말겠다는 오기가 생겼다. 이런 나의 생각을 꿰뚫었는지 한동안은 일이 벌어지지 않았다. 하지만 얼마 못가 또 누군가 소변을 누고 갔다. 이번에는 단단히 마음을 먹었다. 반드시 잡고 말겠다는 각오로 밖에서 부스럭 소리만 나도 현관문 렌즈를 들여다보았다. 예전에는 2월의 빙판 위를 걷는 것처럼 렌즈를 들여다보았다면 이젠 못된 짓을 하는 나쁜 놈을 잡겠다는 신념에 찬 행동이었기에 당당히 아이들이 있는 앞에서도 현관문 렌즈 앞으로 달려 나갔다. 그런데 그 놈은 신출귀몰하게도 들키지 않고 일을 치르고 사라졌다.

앞집 여자와 말을 섞고 싶진 않지만 이 일만큼은 함께 해결해야 한다는 생각이 들었다. 함께 쓰는 공동 구역인데 왜 앞집은 무관심한지, 부아가 치밀어 오르자 앞집 초인종을 눌러댔다. 굳게 닫힌 문은 미동도 없고 계속 울려대는 초인종소리에 건조한 여자의 목소리만 스피커를 통해 흘러 나왔다. 무슨 일이시죠? 앞집인데요. 긴히 할 말이 있어서요. 제가 지금 쉬는 중이라, 나중에 얘기하면 안 되나요? 네, 안 돼요. 지금 당장 해야 할 말이에요. 내 안에 이런 용기가 있었다니, 거침없이 나오는 목소리에 내가 더 당황했다.

앞집 문은 힘들게 열렸다. 집안은 고풍스러웠다. 황토색의 윤기가 흐르고 나뭇결이 그대로 살아있는 앤틱 가구들이 제자리를 잡고 위엄을 느끼게 했다. 우리 집과 똑같은 구조와 공간인데 이렇게 다를 수 있다니 믿어지지 않았다. 자다 깼는지 잠옷가운을 걸친 여자가 옷깃을 대충 여미며 팔짱을 끼고 권태로운 눈으로 나를 바라봤다. 그녀 뒤로 오후 네 시를 가리키는 시계가 눈에 들어왔다.

"다른 일이 아니라, 누군가 자꾸 복도에다 소변을 보아서요. 알고 있나요?"

"네? 누가 복도에다 소변을 본다고요. 나는 처음 듣는 소리인데. 우린 잘 몰라요. 보지도 못했고."

여자는 대수롭지 않은 일이라는 듯 나중에 차 한잔이나 하자면서 말을 끊었다. 빨리 돌아가라는 얘기였다. 쫓겨나듯 앞집을 나오면서 감정이 요동을 쳤다. 심장이 빠르게 뛰기 시작했다. 상종 못할 인간 같으니라고.

내색은 안 했지만 한동안 우울감에 젖어 지냈다. 집 앞에 몰래 소변을 보고 가는 놈 때문이 아니라 그 일에 신경을 전혀 쓰지 않고도 사는 여자와 그런 여자에게 일침조차 놓지 못한 내 모습이 못마땅해서였다. 이번에 또 소변을 본다면 앞집보고 청소를 하라고 해야겠다고 마음먹었다. 내가 단단히 벼르고 있어서인지 그 집을 다녀 온 후 소변 누고 도망가는 사건은 멈춘 듯했다. 관리실에 얘기한 것이 효과를 본 것인지도 모른다고 생각했다.

어느 정도 사건이 잊힐 때쯤이었다. 식당일을 마치고 돌아오는 길에 앞집 꼬마와 함께 엘리베이터에 탔다. 바이올린을 어깨에 멘 것을 보니 음악학원에 다녀오는 길인 것 같았다. 아이는 장난꾸러기처럼 행동했지만 씩씩한 태도가 보기 좋은 아이였다. 음악을 좋아하냐고 묻기도 하고 열심히 하라고 응원도 해주며 20층에서 함께 내렸다. 큰소리로 "안녕히 가세요" 하며 꾸벅 인사하는 아이를 웃으며 들여보내고 집으로 들어왔다. 앞집 여자가 어찌 저런 아들을 낳았는지 신기했다. 서둘러 나가느라 신발이 제멋대로 널브러져 있었다. 신발 정돈을 해야겠다는 생각에 쪼그리고 앉았다. 그때 밖에서 이상한 소리가 들렸다. 쏴아 물줄기가 뿜어져 내리는 소리다. 깜짝 놀라 현관문 렌즈에 눈을 갖다 댔다. 단추 구멍만한 공간 속에 앞집아이가 우리 집을 향해 시원스럽게 오줌줄기를 뿜어내고 있었다. 생각할 겨를도 없이 벌컥 문을 열었다.

"애, 여기서 뭐하는 짓이야! 세상에."

아이는 갑자기 나타난 나를 보고 놀라 그대로 오줌을 바지 위에 줄줄 싸고 말았다. 아이의 커다란 눈이 겁에 질려 멍한 눈빛이었다.

"아니, 집 화장실을 놓아두고 왜 하필 복도에다 오줌을 싸니? 너 금방 집에 들어갔잖아?"

아이는 고개를 숙이고 아무 말도 하지 않았다. 기가 막혀 네가 한 일이니 네가 깨끗이 청소하라고 못 박고 집으로 들어왔다. 정말 알 수 없는 일이었다. 왜 아이가 집 앞에다 오줌을 싸는 거지. 현관문 렌즈를 통해 본 아이는 수건을 가져와 제가 눈 소변을 훔치고 있었다. 수건이 모자랐는지 또 수건을 들고 나온다. 난 갑자기 몰려드는 피로감에 젖어 벽에 등을 기대고 주저앉았다. 내 입에서는 저 깊은 내부에서 스멀스멀 기어 나오는 긴 한숨이 터져 나왔다.

고민 끝에 앞집 여자에게 소변을 누고 달아난 범인이 누구인지 알려주었다. 여자는 별 대수롭지 않은 일이라는 듯 무심히 들었다. 서늘한 목소리로 알았다고만 했다. 당신 아들이 복도에다 쉬를 싼다고! 알아들었어! 알아들었냐고! 입안에서 맴도는 소리를 꾹꾹 누르며 돌아섰다. 그때 앞집 남자가 현관문을 열고 들어왔다. 나와 시선이 부딪치자 가볍게 웃으며 인사를 한다. 노여움에 굽혀지지 않는 목을 까닥거리고 나오는데 정겨움이 물씬 풍기는 상냥한 목소리가 등 뒤에서 들려왔다.

"안녕히 가세요. 나중에 차 한잔해요."

등줄기에 소름이 쫙 돋았다. 천 리 같은 서너 걸음을 걸어 집으로 들어왔다. 현관문을 닫는 두 손에 땀이 배었다. 쓱 바지에 손을 문댔다. 그때 전화벨이 조급하게 울렸다.

"쌍둥이 엄마, 나 다정한정식집 사장이야. 지난번 젊은 부부, 아기 밀쳤다며? 아기 다쳤다고 치료비 배상하라고 애기엄마 왔는데, 왜 애기를 다치게 했어. 골치 아프게."

"아니, 밀친 게 아니라 뜨거운 탕에 댈까봐, 아기가 손 못 대게 옆으로…"

순간 지난번 식당에서 있었던 일이 되살아났다. 세 살, 다섯 살로 보이는 남자아이 둘과 젊은 부부가 식당으로 들어왔다. 젊은 부부가 아이들을 데리고 한정식을 찾는 것이 드문 경우이기도 했고, 한창 저지레가 심한 때라 편안히 밥 먹기도 어려울 것 같아 나름 아이도 얼러주고 신경을 더 써줬다. 그런데 하필 아이가 뜨거운 탕 쪽으로 손을 뻗었다. 아이를 막는다는 것이 그만 살짝 밀쳤고 벽에 머리를 부딪쳤다. 아이가 자지러지게 울음을 터뜨리자 모두 당황했지만 미안하다는 사과와 내 의도를 알고 있던 부부는 괜찮다며 마무리를 지었던 일이었다. 그런데 그 일이 왜?

"CCTV 돌려봤더니, 정말 아기를 밀었던데. 당장 나와서 처리해요. 컴플레인 걸리면 동네 장사 못해. 다 망하는 거라고!"

그때 경비실과 연결된 인터폰에서 빨간 불이 번쩍 들어왔다.

식당 주인의 전화도 끊지 못한 채, 인터폰 수화기를 들었다. 경직된 남자의 음성이 들려왔다.

"2006호 되시죠. 강수현 학생 집 맞죠? 어머니 되시면 관리실로 빨리 오셔야겠어요. CCTV와 블랙박스에 수현 학생이 못으로 자동차 표면을 긁고 다니는 게 찍혔어요. 확인 좀 해주셔야겠는데요. 빨리 오세요."

양손에 든 전화기 속에서 계속 나를 찾고 있었다. 허둥대며 신을 신고 현관문 손잡이를 잡는 순간 나도 모르게 렌즈에 눈을 가져다 댔다. 렌즈 안에는 책상 앞에 앉은 큰딸의 든든한 등판과 고맙다며 웃음을 지어주던 젊은 부부의 얼굴이 겹쳐졌다. 눈이 뻑뻑해지고 눈알이 아프다. 두 손으로 마사지 하듯 눈을 비비고 다시 현관문 손잡이를 잡았다. 그런데 문은 열지 않고 내 눈은 다시 렌즈로 밖을 살폈다. 흐릿한 형체가 또렷해지면서 즐비하게 늘어선 자동차를 스치듯 지나가며 꼭꼭 찍어대는 큰딸과 아이의 머리를 부여잡고 쌀쌀맞게 째려보는 젊은 부부의 모습이 달려들 듯 다가왔다. 나는 오도 가도 못하고 렌즈에 눈을 대고 서 있었다.

해밭골 사람들

솔향이 풍겨온다. 해밭골이 가까워졌다. 우람한 두 산이 겹쳐지면서 만들어진 골짜기를 소나무와 상수리나무가 어우러져 수 백년을 지켜왔다. 옛 사람들은 골이 깊어 잠시 머물다 가는 해가 못내 아쉬워 '해밭골'이라 불렀다. 인적이 드물었던 이곳도 개발의 바람이 불면서 이리저리 뚫린 길을 통해 사람들이 찾아 들었다. 영주 역시 사람의 손을 덜 탄 자연에 반해 고민 없이 터를 잡았다. 그녀는 한 손으로 핸들을 잡고 차 창문을 끝까지 내렸다. 바람결에 솔향이 날아들어 온몸을 훑고 지나가자 몸 안의 피로가 씻기는 듯했다.

잘 닦여진 도로는 골짜기로 들어서는 순간 민낯을 드러냈다. 좁고 울퉁불퉁한 땅은 차체에 그대로 전달되어 온몸으로 전해졌다. 어지없이 차 소음에 대항하듯 산을 울리며 컹컹 개 짖는 소리가 들려왔다. 그녀는 숨을 크게 몰아쉬었다.

드디어 빛바랜 슬레이트 지붕과 허물어져 가는 흙벽집이 나타났다. 집 앞에 놓인 개집에서 위풍당당한 얼룩빼기 개가 목을 빼고 으르렁댔다. 또 한 마리는 길 건너편 뽕나무 밑에 놓인 개집에 묶인 채 죽을 듯이 짖어댔다. 서너 살 아이만한 덩치의 개는 탄탄한 근육을 또렷이 드러내며 공포심과 두려움을 가중시켰다. 강철판이라도 뚫을 듯한 송곳니가 흘러내리는 타액 속에서 번쩍였다. 영주는 경직된 몸과 시선을 정면으로 고정시켰지만 졸아든 소형차는 위태롭게 뒤뚱거렸다. 핸들을 잡은 손에 땀이 배었다. 두 마리의 개 사이를 빠져나오자 거친 욕이 튀어 나왔다.

"미치겠네. 저 놈의 개새끼는 언제까지 저기에 둘 거야."

씩씩대며 모퉁이를 돌자 인형 같은 붉은 벽돌집이 눈에 들어왔다. 사십 중반에 이룬 인생 최고의 걸작인 그녀의 집이었다. 울창한 산자락을 따라 약 500여 평의 밭은 녹색융단처럼 평화롭게 펼쳐져 있었다. 그곳에는 고추, 옥수수가 사이좋게 두어 고랑씩을 차지했다. 이태 전 가파른 산자락에 심은 호두나무와 복숭아나무에도 푸른 잎이 달렸다. 밭 가장자리에 심은 호박잎도 어른 손바닥만하게 자랐다. 그 옆에 시샘하듯 곤드레도 부지런히 잎을 키웠다. 하지만 가까이에 가 보면 몇 주째 내리지 않는 비로 농작물의 잎은 돌돌말리기 시작했다. 겨우 엄지손가락만큼 자란 자식 같은 열매가 성장을 멈출까봐 애가 탔다.

그녀가 안타까운 마음으로 농작물을 둘러보고 있을 때, 평온을 깨는 경적이 울렸다. 펜션주인 김 사장이 지나가다 차 창문으로 얼굴을 내밀고 소리쳤다.

"오늘 저녁, 저희 집에서 반상회 하는 것 잊지 않으셨죠. 꼭 참석하셔야 합니다!"

비장감마저 도는 목소리에 영주의 얼굴에 난감한 표정이 스쳐 지나갔다.

해밭골에는 네 집이 산다. 골짜기를 따라 산 정상으로 올라가면 모퉁이를 돌때마다 평지가 나타났다. 그곳에 터를 잡은 사람들이 해밭골 주민들이다. 하늘과 가장 가까운 곳에 주황색 지붕으로 지어진 조그마한 집 네 채가 옹기종이 모여 있다. 서울에서 사업을 하다 내려왔다는 60대 초반의 부부가 운영하는 '하늘땅펜션'이었다. 큰 사업체에 비하면 이건 식은 죽 먹기라고 가볍게 봤는데 생각보다 잔손이 많이 간다고 고개를 저었다. 펜션을 지나 모퉁이를 돌아 내려오면 이층 통나무집이 나타났다. 60대 중반의 부부는 집 주위를 온통 꽃밭으로 가꾸었다. 챙 넓은 모자나 꽃무늬 스카프를 쓴 여자는 알프스소녀를 연상시켰고 그런 여자를 남자는 애지중지 대했다. 이어 영주의 집이 있고 마지막 주민은 해밭골 초입에 사는 황 노인이었다. 다른 이들이 이곳으로 이주해온 사람들이었다면 그만이 유일하게 이 마을의 토박이였다. 자식들은 도시로 나가고 여든을 넘긴 나이에 혼자 살고 있었다.

해가 8부쯤 넘어갈 때 펜션에 해밭골 주민들이 모였다. 단 한사람 황 노인만이 빠졌을 뿐. 낭만적인 삶을 보장하겠다는 남편 말에 속아 고생복만 터졌다는 김 사장의 아내가 먹음직스러운 파전과 시원한 막걸리를 한 상 내왔다. 이번 안건은 그들에겐 사활이 걸린 중요한 문제였다. 달큰한 막걸리가 목을 타고 내부로 쓸려 내려가자 서로 눈치만 살피던 이야기가 술술 터져 나왔다.

"아니, 이건 조용한 곳에서 편안하게 살려고 왔는데 도리어 병을 얻어가게 생겼어요. 개가 어찌나 무섭게 짖던지. 갑자기 목줄이 풀려 달려들기라도 하면 어쩝니까?"

홍 원장이 막걸리가 묻은 입가를 쓱 닦으며 말했다.

"신선놀음하기 딱 좋은 곳이라고 감언이설로 녹여 놓더니 이제는 나 몰라라 하는 게 말이 돼요!"

"그러게요. 이러다 우린, 펜션 문 닫게 생겼어요. 손님들이 한번 왔다가 개가 무서워서 못 오겠다고 카페에 댓글을 달아놓아 손님이 안 와요!"

"좋은 말로 백번 설득해봤자 소용이 없어요. 우리의 단호함을 보여줘야 해요. 비가 안 와 속이 타 죽겠는데 개새끼까지 말썽이니, 내일 다 같이 찾아가 봅시다."

벌겋게 얼굴이 달아올라 결의를 다지는 사람들 틈에서 영주는 말없이 막걸리 잔만 만지작거렸다. 어느새 골짜기의 밤은 깊어져 밤하늘의 별만 유난히 빛났다.

이튿날 날이 밝자 맨 윗집 김 사장 부부, 홍 원장 부부와 영주는 황 노인의 집을 향해 내려갔다. 사람의 기척을 감지한 개들이 모퉁이를 돌기도 전에 산이 웅웅 댈 정도로 짖어댔다. 모두들 침착하게 행동했지만 오금이 저려오는 듯 발걸음이 머뭇댔다. 담장이랄 것도 없는 옹색한 흙담을 멀찍이서 바라보며 황 노인을 불러댔다.

"어르신, 어르신! 안 계세요? 드릴 말씀이 있는데요."

최대한 공손한 말씨로 김 사장은 황 노인을 애타게 불렀다. 하지만 김 사장의 절제된 음성도 짖어대는 개소리에 묻히고 말았다. 난감한 표정을 짓는 김 사장을 돕겠다는 듯 호기롭게 홍 원장이 고함을 질러댔다. 곧이어 여자들도 목소리에 힘을 보탰다. 해밭골은 황 노인을 찾는 외침과 개 짖는 소리로 금방이라도 폭발할 듯 달아올랐다.

한참을 불러도 사람의 기척이 없었다. 집에 없는 것은 아닌가 의심이 들 때쯤, 백발의 노인이 깡마른 몸을 구부정한 채 느리게 모습을 드러냈다. 웬일로 자신을 찾냐는 듯 말없이 가죽만 남은 턱을 내밀었다. 마음은 성큼 황 노인 앞으로 다가갔지만 발이 떼어지지 않는지 김 사장이 상체만 앞으로 내밀고 황 노인에게 말을 쏟아 놓았다.

"안녕하세요? 저는 '하늘땅펜션' 주인인데요. 댁에서 기르는 개가 워낙 사나워서 이 길을 다닐 수가 없어요. 웬만하면 개 좀 어떻게 해 달라고 부탁드립니다."

김 사장의 말을 못 알아듣겠다는 듯 고개를 갸웃하더니 몸을 느리게 돌려 집안으로 들어가려 했다. 사람들은 해결도 안 났는데 노인을 놓칠까싶어 중구난방으로 불만을 쏟아놓았다. 개 짖는 소리와 주민들의 원성 소리가 또 한 번 해밭골을 뒤흔들었다.

"무슨 소리요! 내 개를 내 땅 안에 묶어 놓았는데 무슨 피해를 주었단 말이요!"

영주가 다급하게 말했다.

"그건 아는데요. 개 짖는 소리가 너무 무섭다고요. 집안에다 묶어 놓으시면 안 되나요?"

황 노인은 별 쓸데없는 소리라는 듯 느릿느릿 집안으로 사라져 버렸다. 그러자 김 사장과 홍 원장은 핏대를 세우며 목청껏 고함을 질러댔다. 육두문자가 그들의 분노를 대변했다. 이미 그들에겐 교양과 체면은 사라진 뒤였다.

"개새끼보다 저 인간이 더 무섭네, 말이 통해야지!"

소기의 성과를 얻지 못한 해밭골 주민들은 상종 못 할 인간이라고 황 노인을 비난하며 발길을 돌렸다. 그런데 그들의 마음속에 하나의 의문이 고개를 들었다. 개 짖는 소리에 놀라 황급히 지나쳐 보지 못했던 황 노인의 밭이 눈에 들어온 것이다. 비가 몇 주째 오지 않아 밭작물이 배배 꼬여 가는데 황 노인의 옥수수 밭과 고추밭은 싱싱한 초록의 잎사귀들로 넘실댔다.

영주는 밤새 잠을 설쳤다. 수도 없이 사람들의 입속을 들여다보고 석션을 했다. 치아에 붙어있는 치석을 떼어내느라 기계는 쉴 새 없이 돌아가고 돌덩이를 부수는 마찰음은 신경을 날카롭게 자극했다. 하얗고 연약한 아이의 치아와 단단한 청년의 치아, 힘없이 내려앉은 노인의 치아까지 영주의 손길을 기다렸다. 천장을 향해 반듯하게 누운 사람들의 입속으로 영주의 머리가 들어갔다. 온갖 먹거리를 무참하게 부쉈던 치아가 그녀를 씹어 먹을 듯 턱 버티고 있었다. 밖에 비가 오는 소리가 들렸다. 쐐쐐쐐 비가 온다. 영주는 화들짝 눈을 떴다. 하지만 달아오른 아침햇살이 창문을 뚫고 방안 가득 쏟아졌다. 입안을 청소하는 석선소리가 비 소리로 들렸나 보다. 오늘도 비는 오지 않을 모양이다.

서둘러 밭으로 나간 영주는 아침인데도 생기를 잃은 농작물을 안타깝게 바라보았다. 그녀의 목이 타들어 갔다. 수돗물을 틀어 시원하게 물을 뿌려주고 싶은 마음이 간절했다. 그런데 지난번 김 사장의 말이 행동을 막아섰다.

"하도 가물어서 먹을 물도 부족할 판입니다. 우선 해갈이 될 때까지 농작물에는 가급적 물을 주지 마세요. 조만간 비가 온다고 하니 그때까지만 참읍시다."

상상과 현실이 한 점에서 만나기는 어렵다지만 여기저기 숨어 있는 복병은 영주를 당혹하게 만들었다. 물 맑고 공기 좋은 곳에서 누구에게도 방해받지 않는 고즈넉한 삶을 살겠다며 골짜기로 찾아 들었지만 생활은 녹록지 않았다. 수도꼭지만 틀면 쏟아졌던 물이 이곳에서는 하늘만 바라보는 답답한 상황을 연출했다. 지금이 원시시대도 아니고 우주를 날아다니는 판에 하늘만 바라보고 물을 갈구해야 한다니 헛웃음만 나왔다. 해밭골은 산속에서 흘러내리는 물을 물탱크에 받아 두고 주민들이 함께 쓰고 있었다. 산이 깊어 물도 펑펑 나온다고 장담했었다. 그런데 물이 부족했다. 농사가 삶의 기반인 곳에서 물이 없다면 생명줄이 위태롭다는 것을 의미했다.

영주는 마른 땅을 돌아다니며 농작물보다 더 튼실하게 자란 잡초들을 뽑아냈다. 만약 이 잡초에 생명연장에 효과가 있는 효소가 들어있다면, 쑥 뽑아 올린 잡초를 쳐다보며 피식 웃음이 돌았다.

마른 먼지만 이는 밭고랑을 돌아 흙을 털고 산책에 나섰다. 모퉁이를 돌자 물줄기 쏟아지는 소리가 들려왔다. 휘둥그레진 눈으로 영주는 물소리의 근원지를 찾았다. 온통 꽃으로 가꾸어진 정원에서 홍 원장이 시원스럽게 물을 뿌리고 있었다.

"어, 먹을 물 부족하다고 밭에는 당분간 주지 말자고 하지 않았나요?"

인사도 잊은 채, 영주는 도끼눈을 치떴다. 그녀의 기습에 놀란 듯 홍 원장은 어색하게 말을 흐렸다.

"왔어요. 하도 이 녀석들이 맥을 못 춰서…"

영주의 입꼬리가 사납게 일그러졌다. 차라도 한잔하자는 홍 원장 아내의 권유를 뿌리치고 한달음에 '하늘땅펜션'으로 향했다. 그곳은 더욱 가관이었다. 마당 가득 하얗게 빤 침대시트가 따사로운 햇살에 뽀송뽀송 말라가고 있었다. 그녀는 분한 마음에 뒤도 돌아

보지 않고 집으로 내달렸다. 집에 도착하자마자 창고에서 긴 호스를 끌어내 마당에 있는 수도꼭지에 끼웠다. 다급한 마음에 호스와 수도꼭지는 자꾸 어긋났다.

"다 똑같아, 어디나 다 똑같아! 빌어먹을 인간들!"

연신 욕지거리가 튀어나왔다. 한참 씨름을 한 후 수도꼭지를 틀었다. 호스가 쿨럭쿨럭 요동을 치더니 시원한 물줄기를 뿜어내기 시작했다. 영주는 이 고랑 저 고랑을 건너다니며 물을 뿌려댔다. 축 처졌던 작물이 신기하게도 금방 생기를 찾아 퍼런 잎을 활짝 펼쳤다. 성장이 멈춘 듯했던 열매들도 탱글탱글 윤기가 돌았다. 영주의 눈에만 비친 착시현상일지도 모르지만.

그날 밤도 영주는 잠을 설쳤다. 집안에 있는 모든 통에다 물을 받아두느라 잠들지 못했다. 농작물에 한번이라도 더 주기위해 담을 수 있는 거라면 어디에나 찰랑찰랑 물을 받아놓았다. 저녁밥도 거르고 풀썩 쓰러져 잠이 들었다. 시간이 얼마나 흘렀을까 따가운 햇살이 얼굴을 비췄다. 그녀는 눈도 뜨기 전 예감했다. 오늘도 비가 오기는 글렀다고. 미간이 찌푸려졌다. 하지만 어제 물을 흠뻑 먹은 농작물을 떠올리자 입꼬리가 슬쩍 올라갔다. 약속을 어긴 미안함도 있었지만 그들이 먼저 배반하지 않았던가. 잠시 든 불편함을 떨치고 밖으로 나갔다.

"아악, 이게 뭔 일이야! 아아-"

영주는 밭으로 허둥대며 달려 나갔다. 어제 생기를 되찾았던 농작물이 쑥대밭이 되어 있었다. 이리저리 파헤쳐지고 뽑혀서 난장판이었다. 영주는 주저앉아 절규했다. 그녀의 비명은 해밭골을 휘감고 소용돌이 쳤다.

옥수수 밭에서 잡초를 뽑던 황 노인에게도 그 소리는 닿았다. 황 노인은 굽은 허리를 펴고 여자의 울음소리가 들려오는 곳으로 황급히 걸었다. 모퉁이를 돌자 여자가 철퍼덕 밭에 주저앉아 넋을 놓고 있었다. 주변을 둘러보며 그는 고개를 주억거렸다.

"멧돼지가 왔던 모양이군. 멧돼지 소행이야."

황 노인은 구부정한 자세로 고랑을 옮겨 다니며 엉망이 된 농작물을 돌보기 시작했다. 뽑혀 나간 작물들은 거두어 한쪽으로 놓고 그나마 반쯤 쓰러진 포기들은 지지대를 세우고 흙을 돋워 힘을 받게 해주었다. 황 노인이 지나간 고랑은 듬성듬성 제 모습을 찾아갔다. 영주는 허망한 눈으로 맥없이 앉아 있었다.

"그만 정신을 차리구려. 이런 산골에는 집을 지켜줄 짐승이 필요하지. 무섭고 사나운 멧돼지도 겁이나 농작물을 해칠 생각을 못하게 할 만큼 무서운 개 말이요. 당장 급하면 우리 개 한 마리 가져다 놓을까. 원한다면 말이요."

"아, 아뇨, 그 개도 무서워서."

"무섭다? 무섭지. 그러나 나를 해칠 것과 나를 지켜줄 것은 분명 다르다오. 싫다면 할 수 없지. 그만 진정하고 쉬구려."

황 노인은 굽은 허리를 펴고 일어섰다. 고통이 이는지 주름 패인 얼굴에 경련이 일었다. 두 손으로 허리춤을 받치고 휘청휘청 산모퉁이를 돌아 사라졌다.

영주는 치위생사였다. 둥글둥글한 성격에 웃음이 많아 남과도 잘 지냈다. 20여 년을 당연한 듯 눈 뜨면 치과로 출근해 사람들의 치아를 돌보았었다. 물론 몇 차례의 이직과 그에 따른 마음고생이 따라오긴 했지만 삶을 새롭게 바꾸고 싶은 의도는 전혀 없었다. 단지 결혼적령기를 넘긴 후 왜 결혼을 하지 않았냐는 질문에 별 특별한 이유가 없음이 더 당혹스러운 게 문제라면 문제랄까. 그런데 어느 날 갑자기 이가 아파왔다. 욱신욱신 쑤시기 시작한 이가 얼굴 전체를 화끈거리게 만들더니 뒷골을 타고 머릿속까지 들쑤셔 놓았다.

그녀가 근무한 곳은 동네치과이긴 했지만 실력이 좋다는 입소문으로 환자가 북적댔다. 그녀는 경력이 쌓이자 상담업무를 도맡았고 일손이 부족할 때는 원장의 진료를 보조했다. 환자들이 고가의 장기치료를 접수하면 기분이 좋아진 원장은 그 즉시 꽃봉투를 직원들에게 건넸다. 원장은 직원들을 가족처럼 여긴다고 했다. 그 안에 든 돈이 몇 푼 안 돼도 열정을 불러일으키기에는 충분했다. 직원들은 환자들에게 더 친절했고 예방차원이라는 명분으로 과잉진료를 권했다. 예방이 모든 치료의 선일 수도 있다고 자위하면서. 가끔 치료에 불만을 가진 환자들이 항의를 했지만, 사실 아무리 잘해도 실수는 있는 법이고 그 또한 환자의 운이라고 생각했다.

그런데 그녀가 치통을 앓는 순간 익숙했던 일들이 낯설게 다가왔다. 보이지 않던 것이 보이기 시작했다. 환자치료를 보조하다 갑자기 구역질이 훅 올라왔다. 급히 입을 틀어막고 화장실로 뛰쳐나갔다. 속이 안 좋아 그런가 싶었는데 이유 없는 구역질은 그 후로도 계속되었다.

구역질은 다른 업무로도 이어졌다. 과한 진료를 설명할 때마다 구역질이 올라왔다. 상담할 때 치료를 미루면 다른 장기까지 위협받아 호미로 막을 것을 가래로도 못 막는다고 강조했던 말들을 쏙 빼놓자 환자 수는 급격히 줄어갔다. 원장은 무슨 일이냐고 굳은 표정으로 따가운 시선을 보냈다. 이곳에서 안 좋은 평판이 나면 금방 소문이 퍼져 다른 곳으로 갈 수도 없었다. 이쯤해서 진료수익을 올려야했다. 체력적으로 이겨낼 수 있을까 싶은 노인에게 영주는 장기적인 고가의 치료를 권했다. 수심이 가득한 눈빛으로 노인이 물었다.

"선생님이라면 하겠수?"

몇 달 후, 젊음을 되찾은 하얗고 튼튼한 치아를 내보이며 노인은 활짝 웃었다. 영주는 안심이 되었다. 그녀도 따라 활짝 웃었다. 그 후 두어 달이 지난 후 강 선생이 고개를 절레절레 흔들며 지나가는 말로 흘렸다.

"지난번 임플란트 다섯 개 한 이덕구 할아버지 돌아가셨대요. 새로 한 치아 써보지도 못하고요"

화끈 달아오르는 볼의 기운을 느끼는 순간 떠나야 할 때임을 그녀는 직감했다.

의욕이 사라진 영주는 집안에서만 머물렀다. 푸석대는 흙덩이와 배배 꼬이는 농작물, 아무리 애를 써도 한순간에 무법자가 짓밟고 가면 끝장이라는 사실이 더 혼란스러웠다. 컹컹 개짖는 소리가 가까이에서 들렸다. 드리워진 커튼을 들치고 밖을 내다보자 황 노인이 개를 끌고 그녀의 밭 주위를 이리저리 서성이고 있었다. 개는 경중경중 뛰어다니며 우렁차게 짖어댔다. 멧돼지에게 엄포를 놓듯, 이곳은 건들지 말라는 듯이.

그녀는 개 짖는 소리가 멀리 사라질 때까지 웅크리고 앉아 있었다. 시간이 얼마나 흘렀을까 그녀의 혼미한 의식을 뚫고 전화벨이 울렸다. 울다 지치면 그칠 줄 알았던 전화벨이 멈출 줄 모르고 울어댔다. 마지못해 전화기를 들자

"김영주 씨죠. 저 이장입니다. 왜 그렇게 전화를 안 받아요?"

이장은 숨이 넘어가듯 빠르고 정신없이 말을 쏟아 놓았다. 마을에 의료봉사단이 왔는데 안타깝게도 치과팀의 간호사가 손을 다쳐 의사를 도와 줄 사람이 필요하다는 거였다. 여자 혼자 산다고 무시할까봐 넌지시 던진 전 직업에 대해 이장은 기억하고 있었나 보다. 제발 도와달라는 이장의 간곡함에 영주가 난색을 표하기도 전, 문밖에서 경적이 울렸다. 그녀를 데리러 달려온 것이다.

영주는 울컥 구역질이 났다. 치아를 피해 이곳까지 달려왔는데 또 다시 사람의 입속을 들여다보아야 하다니, 생각만 해도 진저리가 쳐졌다. 그런데 안 갈 수가 없다. 이곳에 살기 위해서는 그들이 내민 손을 거부해서는 안 된다. 농사를 짓다보니 타인의 손이 필요한 경우가 허다했다. 살기 위해 버렸던 일을 살기 위해 해야만 하다니….

대충 몸을 추스르고 간 초등학교 운동장에는 '함께 나눠요. 의료봉사'라는 플랜카드를 몸통에 두른 대형버스가 서 있었다. 영주는 치과진료를 하는 교실로 머뭇대며 들어섰다. 하얀 마스크로 두 눈만 내놓은 의사가 악수를 청했다. 덥석 잡힌 그녀의 손이 파르르 떨렸다. 의사는 개의치 않고 밖을 향해 "다음 분, 들어오세요"라고 소리를 질렀다. 조금의 시간도 아깝다는 듯, 그녀도 얼른 자리를 잡았다. 손이 허둥대고 떨렸다. 의사의 얼굴을 힐끔거렸지만 그는 한 치의 흐트러짐 없이 진료에 몰두하고 있었다. 깊은 호흡을 조용히 내쉰 후, 그녀 역시 몸에 밴 익숙함으로 척척 진료를 보조해 나갔다.

진료를 받는 사람들이 주로 노인들이었기에 치아의 상태는 좋지 않았다. 벌겋게 부어오른 잇몸과 시커멓게 썩은 충치와, 위태롭게 듬성듬성 버티고 있는 치아를 보면서 영주는 자신의 치아가 욱신대는 듯 손끝으로 볼을 지그시 눌렀다.

영주가 "다음 분!"을 외치자 낯익은 노인이 들어왔다. 황 노인이었다. 그녀를 알아보지 못한 듯 황 노인은 진료의자에 앉아 고개를 젖히고 입을 벌렸다. 입안에서 그의 살아온 삶이 고스란히 드러났다. 제대로 손을 보지 못한 치아는 많이 상해 있었다. 아랫니는 다 뽑아내고 틀니로 대체하는 것이 좋을 듯하다며 의사는 땀을 닦았다. 윗니 역시 대여섯 개를 손봐야 하는데 잇몸이 약해 치아를 뽑아내고 덧씌우는 치료를 견뎌낼지 확신할 수 없으니 우선 잇몸치료를 받으라고 권했다.

영주는 위태롭게 겨우 붙어 있는 황 노인의 치아를 정성스럽게 스케일링했다. 지그시 감은 그의 두 눈가에 눈물이 설핏 비쳤다. 영주는 너무 가벼워 금방 바스라질 것 같은 그를 조심스럽게 치료했다. 치료가 다 끝났다는 말에 그는 눈을 떴다. 그리고 영주를 알아보았는지 동공이 커졌다 작아지면서 온 얼굴에 깊은 주름을 지었다.

"지난번 정말 고마웠습니다. 도와주신 덕에 농작물이 많이 자리를 잡았어요. 참, 어르신 댁 농작물이 엄청 보기 좋더라고요. 이 가뭄에 그렇게 잘 키운 비법이 무엇인지 궁금하더라고요."

황 노인은 쑥스러운지 별소리를 다한다고 손사래를 치더니 황급히 몸을 돌려 휘적휘적 굽은 등을 보이며 교실을 나갔다.

그때 오전 진료를 마치고 식사를 한 후, 계속 이어나가자고 이장이 돌아다니면서 소리치고 있었다. 이장은 복도에서 마주친 황 노인에게도 점심을 먹고 가라고 권했다. 황 노인은 아무 대꾸 없이 운동장으로 걸어 나갔다. 그의 굽은 등위로 햇빛이 내리쬤다.

오전 진료를 마무리하며 의사는 영주를 향해 감사의 눈인사를 했다. 그녀는 멋쩍은 미소를 지으며 함께 식사하자는 의사의 권유를 마다하고 식당으로 급조된 교실로 들어갔다. 그곳은 마을 잔치가 벌어진 듯 소란스럽게 북적거렸다. 커다란 양푼에 곰취, 고사리, 머위나물이 맛깔스럽게 무쳐져 수북이 담겨 있었다. 금방 만든 손두부와 도토리묵이 참기름을 동동 띄운 양념장과 함께 있었다. 올 봄 청정지역에서 채취한 산나물만으로 만든 음식이라 맛도 좋을 거라며 이장은 너스레를 떨었다. 음식을 배식하는 사람들 중에 꽃무늬 스카프를 두른 여인이 눈에 들어왔다. 통나무집 홍 원장 부부였다. 영주를 보자 해밭골 주민을 만났다며 웃음 가득한 얼굴로 산채나물을 듬뿍 담아 주었다. 그녀는 덤덤히 비빔밥 그릇을 받아들고 노인들이 앉은 자리 끝에 가 앉았다. 그들은 낯선 여인에게 호기심 어린 눈빛을 던졌다가 해밭골에 혼자 사는 여자라는 것을 알아챈 뒤, 어여 앉으라고 고개를 주억거렸다. 그들은 곧 조금 전 이야기를 이어나갔다.

　“어르신이 웬일이래, 몸이 어디 많이 안 좋으신가?”

　“그러게, 여간하지 않으면 사람 많이 모이는 곳에는 절대 나타나지 않더니만, 아프긴 많이 아픈가 보네.”

　“그래도 꼬장꼬장 한 건 여전하던데. 그 성깔 어디갈라고. 참 세상 많이 변했지.”

　“어르신이 저렇게 될 줄 누가 알았겠어. 세상 오래 살다 볼 일이지.”

영주의 귀가 자신도 모르게 커졌다. 황 노인을 이야기하는 것이 분명했다. 그가 어떤 사람인지, 궁금증이 일자 넌지시 물었다. 노인들은 신이 나서 그들이 알고 있는 황 노인에 대해 쏟아 놓기 시작했다. 마을의 논밭을 거의 차지했던 과거의 부호에서 몰락한 노인에 대한 비아냥과 이제는 위치가 뒤바뀌었다는 자부심에서 오는 거만함을 담아서.

황 노인은 이 마을에서 가장 많은 땅을 가진 부호였다. 세월을 더 거슬러 올라가면 조상 중에는 관직에 있었던 분이 계셨고 그 덕에 황 노인은 태어나면서부터 많은 논과 땅을 소유했다. 하지만 자식들 뒷바라지로 야금야금 땅뙈기를 팔게 되었고 부농이란 이름에 걸맞지 않게 되었다. 그러나 마을을 병풍처럼 두르고 있는 임야를 갖고 있었기에 마을에서 어른으로 칭송받는 데는 부족함이 없었다.

이 마을에도 개발의 바람이 불어와 외지인들이 들락거리기 시작했다. 마을 앞으로 흐르는 강과 울창한 산은 관광지로 적격이었다. 산을 팔라고 업자들이 아침저녁으로 드나들었지만 황 노인은 꿈쩍도 안 했다. 그것만은 지키고 싶었다. 어른들이 남겨 놓은 저 땅은 아들에게 또 그 아들에게 물려줄 책임이 있다고 그는 믿었다. 그러나 서울에 있던 아들네가 먼저 그 땅을 팔자고 달려들었다. 사업이 어려워져 자금이 당장 필요하다는 것이었다. 황 노인이 아무리 버텨보려 했지만 사업 확장에 눈이 먼 아들을 막기에 역부족이었다. 사람들도 그 산이 새롭게 변모되어 관광객을 불러 모으면 마을이 발전하는 기회라고 이구동성으로 황 노인을 압박했다. 평생을 떠받들려 편안하게 양반노릇하며 살았다면 이제는 마을을 위해 좋은 일을 해야 하는 것 아니냐며 목소리를 높였다. 결국 황 노인의 선산은 업자들에게 팔려 나갔다. 그리고 포클레인과 트럭들이 달려들어 산을 모조리 파헤쳐 놓았다. 붉은 속살을 드러낸 산을 바라보며 황 노인은 말을 잃어갔다. 그런데 금방 호텔이 들어서고 편의시설이 들어서 관광객을 불러 모을 것 같았던 공사가 무슨 사정이 있는지 멈춰서고 말았다. 자금이 딸린 업자가 뺑튀기를 해 다른 업자에게 팔아넘긴 거였다. 새 땅의 주인은 마을을 소음으로 들쑤셔 놓으며 힘차게 공사를 시작했지만 그도 얼마가지 않아 기계를 멈추고 말았다. 그렇게 황 노인의 산은 몇 해만에 붉은 속살을 드러낸 채 볼썽사나운 모습으로 천덕꾸러기가 되어버렸다. 황 노인의 비극은 그것에서 그치지 않았다. 남은 집마저 팔아달라고 떼를 쓰는 아들을 이기지 못하고 모든 것을 처분한 뒤 떠밀리듯 해밭골로 들어갔다.

"이 마을에서 가장 불쌍한 늙은이일걸. 그 후에는 사람들과 말도 잘 섞지 않고 혼자 고립되어 생활하는 거지. 그 사나운 개 좀 치워 달라고 해도 고집만 부리고. 심술만 남은거지."

영주는 해밭골 반대편에 위치한 산이 떠올랐다. 정면에서 보면 울창한 산처럼 보이지만 그 뒤편은 나무가 잘려 나가고 흙이 드러나 거대한 흙무덤처럼 보였다. 그녀는 산채비빔밥의 맛도 느끼지 못한 채 그저 삼켰다.

늦은 시간까지 이루어진 진료는 모두에게 흐뭇한 시간이었다. 진료봉사팀이 떠나고 난 후 뒷정리를 마치자 홍 원장 부부가 영주를 찾았다. 가는 길에 데려다 주겠다는 거였다. 마음은 편치 않지만 아무 내색 없이 홍 원장 차에 몸을 실었다.

어둠이 찾아든 들녘은 뜨겁게 달군 대지를 식히는 듯 서늘한 바람이 불어왔다. 조수석에 앉은 홍 원장의 부인이 머릿결을 감싼 스카프를 고쳐 매려는 듯 풀었다. 멍하니 그 모습을 바라보던 영주의 입에서 짧은 탄식이 흘러나왔다. 아―.

"영주 씨, 놀랐나 봐요. 나 조금 아파요. 우리 집 양반이 나를 위해 평생 하던 건강원을 접고 이리로 내려왔잖아요. 내가 우울할까, 꽃 시드는 것도 못보고…"

"우리 집사람 아프게 만든 원흉이 나거든요. 돈 번다고 남의 건강식품만 끓이고 만들다가 집사람 잡는 줄도 몰랐으니. 사실 나, 몸에 좋다는 것, 별의 별것, 다 고아 파는 건강원을 했다오. 그래서 집사람이 나를 원장이라 부르지."

"아, 네."

영주는 더 이상 말을 잇지 못했다. 홍 원장의 부인은 다시 꽃무늬 스카프로 머리카락이 한 올도 없는 민머리를 곱게 감쌌다.

"참, 아까 펜션사장님한테 전화 왔는데, 이번 주말에 손님들이 온답니다. 각자 재배한 농작물을 일요일 아침에 가져오래요. 펜션 마당에 간이 판매대를 만들어서 직접 판매하자고. 그 집도 이번만큼은 성공해야 한대요. 말은 안했지만 눈치를 보니 모든 걸 쏟아부었나보더라고요. 영주씨도 팔만한 것이 있으면 가져와요. 날이 가물어 수확물이 있을지 모르지만, 최대한 약을 적게 쓰고 건강하게 키운 것만은 자부할 수 있잖아요. 나는 꽃을 가져가 나눠줄 생각이에요. 꽃을 보며 우리 해밭골 생각하라고. 영주씬 손이 야물어 농사를 잘 지었을 거야. 호호호."

어둠 속을 달려가는 차안에서 영주의 얼굴이 붉게 물들었다. 솔향이 짙게 몸으로 배어들었다.

쇄쇄쇄 석션 소리가 고막을 울렸다. 또 누군가의 입속에 머리를 처박고 치석을 갈아내고 있었다. 음식물의 찌꺼기를 그대로 두면 머지않아 치아를 썩게 만들고 제 역할을 제대로 못한 치아 때문에 몸은 망가질 것이다. 반드시 치석을 떼어내야 한다. 쇄쇄쇄.

영주가 강 선생과 마주 서 있다.

"강 선생, 치료기구 소독해 놨어요?"

"네, 해놨는데요. 왜요?"

"안 해 놓은 것 같던데, 이덕구 씨, 진료하면서 보니까 기구에 이물질이 묻어 있던데… 소독 한 것 맞아요?"

"해 놨다고요. 왜 못 믿어요. 조금 소독이 덜 되면 어때요? 항생제 주잖아요. 강력한 항생제요."

"뭐라고! 그걸 말이라고 해!"

"왜 반말이야. 너도 지금까지 우리가 그렇게 하는 것 알고 있잖

아. 왜 그래? 정의로운 척은 혼자 다하고 있네. 꼴사나워서!"

영주는 번쩍 눈을 떴다. 통유리로 된 거실 창에 빗방울이 튕겨
나가는 소리가 들렸다. 비가 온다. 비가 내린다. 영주는 벌떡 일어
나 밖으로 뛰쳐나갔다.

비가 언제부터 내렸는지 땅이 흠뻑 젖어 있었다. 빗줄기 사이로
농작물이 생기를 띠고 있었다. 그때 고추밭 고랑에서 어떤 이가 우
산도 쓰지 않은 채 웅크리고 앉아 있었다. 영주는 눈을 가늘게 뜨
고 빗줄기 사이로 그가 누구인지 가늠해 보았다. 황 노인이었다.
그녀는 달려 나갔다. 철퍼덕 거리는 발소리에 고개를 든 황 노인이
웃고 있었다.

"이제 일어났나 보구려. 멧돼지의 습격을 받은 녀석들이 제대로
뿌리를 못 내리고 비에 넘어질까 봐 내가 와 봤구려. 이제 걱정 안
해도 될 것 같소. 흙을 단단히 돋우어 주었으니 이 비로 금방 생생
한 놈이 될 거요. 열매도 튼실하게 맺을 것 같고."

영주의 얼굴로 빗물인지 눈물인지 모를 물줄기가 흘러내렸다.

"땅은 땀을 흘린 자의 것이라오. 소유가 아니라, 흙을 밟고 잔
돌을 골라내 고운 땅을 일구는 자의 것이지. 그 땅에서 땀을 사랑
으로 먹은 농작물이 사랑의 대가로 귀하고 달고 맛난 과실을 되돌
려 주는 거지. 땅의 주인은 영원하지 않다오. 아무리 땅을 사랑한
다 해도 그곳에 정성을 쏟지 않으면 무용지물이지. 세상이 바뀌어
주인도 변하지만 진짜 주인은 땅에 정성을 쏟은 자지. 이 해밭골도

새로 정착한 당신들이 주인이지.

혹시 큰 드럼통이 있으면 빗물을 받아놓아요. 빗물이라도 허투루 버리지 말아요. 요긴할 때가 많지. 난 독한 농약대신 목초액을 쓰고 시간 날 때마다 일일이 벌레를 잡는다오. 그럼 농작물도 고마워서 무럭무럭 자라주지. 세상에 공짜가 없다는 것을 가장 잘 보여주는 곳도 이곳이고, 진실이 정확하게 통하는 곳도 이곳이지. 지나친 욕심을 부끄럽게 만드는 곳도 이곳이고."

황 노인의 이야기를 들으면서 영주는 웃는 듯 우는 듯, 알 수 없는 표정을 지었다. 의료봉사가 있던 날 들었던 말이 되살아났다.

"황 씨, 치매온 것 아냐? 글쎄 공사 중단된 산에다 나무를 심는다는 군. 언제 다시 공사가 시작될지도 모르고 이젠 남의 땅인데, 정상이 아닌 것 같아."

비가 차츰 잦아들면서 구름이 걷히고 해가 살짝 몸을 드러냈다. 햇살이 황 노인과 영주의 얼굴에 비쳤다. 햇살 때문인지, 마음 때문인지 알 수 없지만 두 얼굴에 미소가 동시에 번졌다.

등을 보이고 앉은 여자

바다로 돌출된 육지에 세워진 K스포츠 센터는 해수사우나와 찜질방, 숙박시설까지 두루 갖춰 타 지역에서 관광차 몰려온 인파로 주말은 몹시 붐볐다. 사람들은 서로 엉켜 담요 한 장만 펼칠 수 있으면 어디든지 자리를 잡고 잠을 청했다. 처음에 '난민촌' 같다며 혀를 내둘렀던 연숙도 이제는 익숙해져 숙면을 취했다. 아니 깊은 잠을 자기 위해 이곳을 찾는지도 모른다. 사람들의 끊임없이 두런거리는 소리, 거친 코골이와 새근거리는 숨소리가 불협화음인 듯하면서도 묘한 안도감을 주었다.

연숙은 오전 정각 5시에 눈을 떴다. 목욕탕으로 내려온 그녀는 샤워기 앞에 섰다. 무수한 파편을 날리며 쏟아지는 물줄기는 그녀의 정수리부터 온 몸을 훑고 지나갔다. 시원한 물줄기는 몸의 세포를 깨우고 느슨해진 피돌기를 활기차게 가동시켰다. 그녀는 목욕탕에서 사람들을 바라보기 좋아했다. 정신과 마음을 집중해서 자신의 몸을 구석구석 살피고 씻어내는 몰입의 과정이 마치 경건한 의식처럼 느껴졌다.

이곳은 한 면이 통유리로 되어 있어 대형목욕탕을 등지고 벽을 바라보면 끝을 알 수 없는 바다를 마주할 수 있었다. 샤워를 마친 연숙은 늘 그렇듯 바다를 향해 일렬로 늘어선 반신욕조로 향했다. 그곳에는 안마기능을 하는 물줄기가 여러 방향으로 연신 작은 기포를 수면 위로 쏘아대고 있었다. 뻐근한 등허리에 두 줄기의 강렬한 마찰력을 느끼며 바다를 응시했다. 거칠었던 심장박동이 천천히 제자리로 돌아왔다.

등 뒤에선 쏟아지는 물소리와 여자들의 공명이 된 목소리가 또렷한 형체를 잃고 공중에서 뒤섞였다. 유리창에 비친 모습이 연숙의 시야에 들어왔다. 희뿌연 수증기 속에서 여자들의 알몸이 얼핏 나타났다 사라지기를 반복했다. 대부분의 사람들은 마른 몸매를 원하지만 알몸의 여체를 볼 때마다 그녀는 적당한 살집이 아름답다고 생각했다. 그녀는 자신의 몸을 훑으며 손을 들여다봤다. 피하지방이 빠져 나간 손등 위로 푸른 힘줄이 도드라져 꿈틀거렸다. 얼른 시선을 정면으로 돌렸다. 어느새 알몸의 여자들이 사라진 자리에 검푸른 바다가 모습을 드러냈다. 어둠에 묻혔던 세상이 안과 밖의 모습을 바꾸면서 서서히 열린 것이다. 그녀는 칠흑 같은 어둠을 뚫고 돌아온 아침을 알몸으로 맞았다.

저 멀리에서부터 빛이 올라오고 있었다. 하늘과 구분 없던 바다를 주홍빛 새벽이 구분 지어주자 정박해 있던 크고 작은 배들이 움직이기 시작한다. 연숙은 시선을 고정한 채 미동도 없이 앉아 있었다.

목욕탕에서 나온 순간 서늘한 바람이 몸을 휘감고 지나갔다. 도로가에 줄지어 선 은행나무는 바람이 지나간 자리마다 나뭇잎을 떨구었다. 노란은행잎이 발바닥을 부드럽게 감쌌다. 연숙은 코를 벌름거렸다. 나뭇잎에 가려진 은행알에서 짙은 구린내가 풍겨왔다. 그녀는 얼른 숨을 멈추고 한 발짝 뒷걸음질 쳤다.

K스포츠 센터에서 20여 분을 걸으면 연숙이 살고 있는 〈스카이 파크〉가 나타났다. 1004동 906호. 현관문 앞에 멈춰선 그녀가 깊은 숨을 내쉬었다. 멍한 눈빛으로 도어락을 응시하던 그녀가 손가락에 힘을 주어 버튼을 눌렀다. 경쾌한 음이 톡톡 튀었다. 집안으로 들어선 그녀의 동공이 휘둥그레졌다. 이상하다. 어제 그녀가 나갈 때의 집안 풍경이 아니다. 그녀는 거실장 앞을 뚫어지게 바라보다 찬찬히 집안을 살폈다. 마치 한바탕 몸싸움이라도 벌인 듯 집안이 흐트러져 있다. 소파의 위치가 삐뚤어져 있고 거실 중앙에서 중심을 잡아 주던 탁자도 한쪽으로 밀려나 있었다. 정갈하게 놓여 있던 책자들과 휴지곽도 나동그라져 있다. 연숙의 눈에 당혹감과 두려움이 서렸다.

연숙은 거실 정면에 걸린 그림을 올려다보았다. 그림 속 분홍 드레스를 입은 여자는 등을 보이고 앉아 변함없이 환한 빛이 가득

찬 마을을 바라보고 있었다. 이 집안에서 무슨 일이 일어났는지 관심도 없다는 듯. 그녀의 무심한 등짝을 바라보다 연숙은 황급히 지혜의 방문을 열었다. 침대에 다소곳하게 누워 있는 그녀가 보였다. 연숙의 커진 동공이 더 커져 튀어나올 것만 같았다. 티끌 하나 없는 하얀 피부가 더욱 뽀얗게 보였다. 조심스럽게 걸음을 뗀 연숙은 지혜 곁으로 다가갔다. 이불을 가슴께까지 덮고 두 팔을 가지런히 앞으로 하여 모아 쥔 두 손에 헝겊인형이 들려있었다. 지혜를 살짝 건드렸다. 지혜는 미동도 없었다. 아니 살아있다는 증거로 드러날 수밖에 없는 생명의 미세한 떨림이 느껴지지 않았다. 연숙은 뒷걸음치다 엉덩방아를 찧었다. 아악! 날카로운 금속물질이 방바닥을 짚은 손바닥을 찔렀다. 혼이 반쯤 나간 연숙은 반짝이는 물체를 보는 순간 눈동자에 경련이 일었다.

바다를 접한 H시는 아름다운 도시였다. 일상의 공간에서 조금만 벗어나 천연의 자연을 만끽할 수 있다는 것은 행운이었다. 그 아름다움이 알려져 뭇사람들의 관심이 높아지자 기껏 3층을 넘지 않던 건물들이 헐리고 고층 아파트들이 들어섰다. 휴양과 관광이 겸비된 도시로 탈바꿈하면서 〈스카이파크〉가 세워졌다. 지금 도시의 자랑이 된 그곳에 앰뷸런스와 경찰차의 경고음이 요란하게 울리고 있었다.

연숙은 떨리는 손으로 머그잔을 움켜쥐었다. 119대원이 와서 지혜의 사망을 확인한 후 곧바로 경찰에 연락을 취했다. 사망 원인이 불확실한 상태에서 사망자를 병원으로 옮길 수 없었다. 연숙은 폴리스라인이 쳐진 자신의 집안에서 경찰들이 이리저리 휘젓고 다니는 모습을 초점 잃은 눈으로 바라보다 그림 속 여자를 쳐다봤다. 그 여자처럼 연숙도 이 상황을 물끄러미 바라봤다.

그림은 한 처녀가 등을 보이고 앉아 평화로운 마을을 바라보는 따뜻한 채색의 그림이었다. 마을에는 여자의 안락한 집이 있고 그녀는 당장이라도 집으로 돌아갈 수 있어 보였다.

아들은 왜 이런 그림을 걸어놓았는지 알 수 없다며 머리를 저었다. 연숙은

"그냥, 재미있잖아."

라고 말했지만 그림 속 여자의 등이 묘하게 시선을 잡아끌었다. 등을 보이고 앉아 얼굴을 보여주지 않는 여자가 연숙의 마음을 울렁이게 했다. 표정을 알 수 없기에 여자는 연숙 안에서 미소 지었다가 울었다가 분노했다. 그림 속 여자는 연숙의 얼굴을 했고 타인은 절대 볼 수 없는 얼굴을 가지게 된 연숙은 자유를 느꼈다. 지금 이해할 수 없는 상황을 묵묵히 지켜봐야 하는 연숙에게는 그림 속 여자가 유일한 위로였다.

지혜의 사망원인은 외상 하나 없는 뇌진탕으로 밝혀졌다. 침대 위에서 공주처럼 자고 있던 여자가 뇌진탕으로 죽다니 의문이 많은 사건이었다. 사람들은 의문을 풀기 위해 각자의 자리에서 퍼즐을 맞춰 나갔다. 범인을 찾는 자와 범인이 아님을 증명해야 하는

216

자로 나뉘어 숨바꼭질 하듯 작은 머리카락 한 올에도 긴장했다. 건장한 덩치의 김 형사는 옅은 웃음을 흘리며 집안을 훑어 나갔다. 흘깃 보는 것 같아도 번뜩이는 눈빛이 살아있었다. 김 형사는 고개를 모로 꼬고 예의 그림을 쳐다보다 어깨를 한 번 으쓱한 후, 다른 곳으로 시선을 돌렸다. 그때 그의 눈빛이 미세하게 떨렸다. 그는 정지된 동작으로 눈동자를 돌려 주위를 둘러보고 다른 시선이 느껴지지 않자 장식장 위에 놓인 액자 하나를 재빨리 품안에 숨겼다. 아무도 보지 않고 인지하지 않는다면 그것은 존재하지 않은 것이 될 수도 있다.

경찰의 첫 타깃은 연숙이었다. 경찰서의 조사실은 건조했다. 연숙은 입안이 바짝바짝 말랐다. 김 형사는 긴장할 것 없다며 진실만 말해 달라고 했다. 자판기에서 뽑아온 믹스커피를 연숙 앞으로 내려놓으며 우호적임을 넌지시 암시했다.

"강지혜와는 어떤 관계이지요?"

"그냥, 집주인과 세입자 관계에요. 별다른 것은 없어요. 제가 혼자 지내기 적적해서 방을 세놓은 것뿐이에요."

"그날 어디에 계셨죠?"

"찜질방에 갔어요. 저기 K스포츠 센터의 찜질방요. 그곳에서 자고 아침에 집에 왔더니 아, 그런 일이 벌어졌더라고요."

"이연숙 씨가 나갈 때, 강지혜는 무엇을 하고 있었죠?"

"몸이 아프다고 쉰다고 했어요. 감기 기운이 있는 것 같아 푹 쉬라고 했죠."

"별 다른 느낌은 없었나요. 다른 날과 다른 행동을 했다던가?"

"아뇨 없었어요. 단지 힘이 조금 없었다고나 할까."

연숙은 자신도 모르게 평상시보다 더 구체적인 화법을 쓰고 있다는 사실에 신경이 쓰였다. 또 그런 변화를 형사가 읽어낼까 싶어 눈치가 보였다. 그녀의 말은 굵직한 손가락이 자판 위를 현란하게 움직이자 컴퓨터 화면 위에 고스란히 되살아났다.

"참, 가족은 어떻게 되죠?"

연숙은 지혜와의 얘기에 집중하다 자신에 관해 묻자 잠시 멈칫댔다.

"음—남편은 일 때문에 떨어져 살고 있어요. 아들은 독립해서 따로 살고 있고요. 그게 왜 궁금하죠?"

"다 중요하죠. 잊으셨나요? 이연숙 씨 집에서 사람이 죽었다고요! 아, 남편이라….″

경찰서에서 나온 연숙은 노랗고 빨간 낙엽이 쌓인 인도를 터벅터벅 걸었다. 잠깐 내린 늦가을 비에 포근한 융단 같았던 낙엽들은 젖어 있었다. 긴장이 풀려 무거워진 다리를 옮길 때마다 신발 밑에 붙어 성가시게 굴었다. 연숙은 지혜를 생각했다. 우울했던 일상을 기쁨으로 채워주었던 지혜를. 찬란한 노란 나뭇잎으로 왔다가 질척대는 비 맞은 낙엽으로 변한 지혜를 떠올렸다.

태호가 유학을 마치고 돌아오면 모든 것이 충만하게 채워질 줄만 알았다. 그런데 미국에서 돌아온 태호는 독립을 선언했고 작은 오피스텔을 얻어 집을 나갔다. 공항에서 울먹이며 연숙의 손을 놓지 못하던 열두 살짜리 아들이 아니라 불편한 것은 조금도 참아내지 못하고, 끊임없이 무언가를 요구하는 스물여덟 살의 무책임한 괴물이 되어 돌아온 것이다. 태호와의 삶을 꿈꿨던 연숙에게는 말할 수 없는 실망과 고독감이 밀려왔다. 그날도 6개월을 채우지 못하고 오피스텔을 바꿔달라는 채근에 굴복하여 부동산 사무소에 들어서는 순간이었다. 한 여자의 작은 어깨와 가냘픈 등이 눈에 들어왔다. 형편이 넉넉지 않아 작은 원룸을 찾고 있는 듯했다. 시세보다 적은 돈으로 집을 구하기 어렵다는 부동산 사장의 말에 어깨를 떨구는 뒷모습이 누군가와 닮아 있었다. 그래, 그림 속의 여자였다. 연숙은 자신도 모르게 불쑥 말을 내뱉었다.

"우리 집으로 들어와요. 나 혼자 사는데 빈방이 있거든."

그 소리에 여자가 고개를 돌렸다. 하얀 피부에 커다란 눈망울이 반짝 빛났다. 오뚝하게 솟은 콧날은 날카로워 보였지만 맑은 목소리가 붉은 입술을 타고 흘러나왔다.

"정말요. 정말 방을 주시겠다고요?"

그렇게 시작된 연숙과 지혜의 동거는 화기애애하고 평화로웠다. 스물아홉 살이라고는 믿어지지 않는 앳된 얼굴의 지혜는 밤에 일을 한다고 했다. 주로 낮에는 잠을 자고 오후에 출근을 했다. 연숙이 아침밥을 차려놓을 쯤이면 지혜는 퇴근해 들어왔다. 지친 모습이 역력했지만 아침을 함께 하자는 연숙의 말에 반가운 듯 식탁앞에 앉았다. 둘은 별일 아닌 얘기로도 즐거웠다. 찬바람이 불면

된장을 푼 아욱국이 제격이라는 둥, 사거리에 새로운 치킨집이 생겼다는 둥, 인사성 밝은 버스기사의 구수한 말투를 흉내 냈다던가 하면서 쉴 새 없이 이야기를 주고받았다. 두 사람은 자신의 생각을 얘기하고 들어주는 사람이 있는 그 시간이 행복했다.

몇 해 전 이곳으로 이사를 온 연숙의 유일한 취미라면 바닷가를 걷거나 K스포츠 센터의 목욕탕을 찾는 정도였다. 그런데 지혜가 들어오고 난 후부터는 연숙의 의식이 깨어나 활발하게 움직이기 시작했다. 지혜에게 들려주고 싶은 이야기를 찾아 온 몸의 감각들이 세상을 받아들였다. 그녀 안에 잠들어있던 세상을 향한 생각들이 입 밖으로 나와 형체를 갖추었다.

"아줌마, 너무 죄송해서 어떡해요. 방값도 싸게 받으시면서 밥도 먹여 주시니 너무 감사하면서도 부담이 되네요."

"그런 걱정 말아요. 내가 먹는 밥상에 숟가락 하나 더 놓은 것뿐인데 뭘."

함께 할 사람이 있다는 것은 몸을 움직이게 하는 동기부여가 되었다. 지혜가 좋아하는 음식들로 차려진 식탁 앞에서 그녀는 잃어버린 일상의 즐거움을 발견한 것이다. 풍성한 식탁에서 식욕이 살아나자 삶에도 활력이 넘쳤다. 자신조차 몰랐던 깊숙한 내부에 잠재해 있던 타인을 향한 포용과 베풂도 그녀를 충만하게 했다. 그런데 사건이 터졌다. 모든 이야기를 빨아드릴 듯이 자신을 바라봐 주던 지혜가 죽다니 연숙은 믿을 수 없었다. 마지막 순간 지혜가 두 손을 꼭 맞잡고 있었듯이 연숙도 두 손을 맞잡았다. 그리고 오른쪽 엄지와 검지로 왼쪽 손가락 마디를 꾹꾹 눌러 주물렀다. 손가락 마디마디에서 열감이 느껴졌다.

경찰은 엘리베이터 안의 CCTV를 확보하고 면밀하게 살펴봤다. 시신의 강직 상태를 봤을 때, 사망시간은 오후 9시경부터 자정까지로 추정했다. 엘리베이터의 눈으로 밝혀진 906호를 출입한 사람들은 그리 많지 않았다. 저녁 8시경 지혜가 스웨터 앞섶을 감싸며 웅크린 채 1층으로 내려갔고 그 후 30여분이 지난 후 하얀 약봉투를 든 지혜가 다시 9층에서 내렸다. 20여분 후 목욕가방을 든 연숙이 엘리베이터를 타고 나간 뒤 9시 10분쯤 9층에서 내린 남자는 연숙의 아들 태호였다. 10시쯤 엘리베이터 문이 열리자 태호가 문 앞의 누군가를 향해 가볍게 손을 흔들며 인사를 나누었다. 그리고 흐뭇한 미소를 지으며 엘리베이터를 탔다. 906호에는 연숙이 없었기에 남아 있는 인물은 강지혜 뿐이다. 그렇다면 인사를 나눈 이는 그녀인 것이 분명하다. 적어도 강지혜는 저녁 10시까지 살아있었던 것이다.

형사는 고개를 들지 않은 채 눈을 치떠 이마에 두서너 개의 깊은 주름을 만들었다.

"아들 김태호 씨와 강지혜는 어떤 관계입니까?"

"그냥, 집주인의 아들과 세입자 관계일 뿐이에요. 어쩌다 태호가 한번 들렀을 때, 서로 보게 되면 간단한 인사를 나누거나 차 한 잔 하는 정도랄까. 뭐 별다른 것은 없었어요."

따뜻하면서도 차분한 연숙의 음성이 유독 선명하게 들렸다.

경찰은 곧 탐문수사를 시작했다. 이틀에 걸쳐 1004동을 드나들었던 사람들은 자신의 동선에 예민하게 반응했다. 반면 용의선상에서 벗어난 사람들은 두 부류로 나뉘어졌다. 호기심에 찬 눈빛으로 이 사건을 즐기는 쪽은 세입자들이었고, 집주인들은 흉흉한 소문으로 집값이 떨어질까 전전긍긍했다. 그러나 〈스카이파크〉를 혼돈으로 몰아넣었던 사건은 너무나 쉽게 풀렸다.

범인이 자백을 했다는 것이다. 자세히 들어보면 애매한 면이 없지는 않지만 그의 말에 신빙성과 현 상태를 조합해 보면 영락없이 범인이었다. 범인이 누구라는 것이 회자되자 주민들은 고개를 끄덕 거리고 역시, 그렇지 하는 눈빛을 서로 교환했다. 범인은 906호의 앞집인 905호 남자였다. 엘리베이터 안에 약봉지를 든 지혜 옆에는 905호 남자가 함께 있었다. 9층에 엘리베이터가 서자 두 남녀는 차례로 내렸다. 그들을 내려준 엘리베이터는 아래층을 향해 스르르 움직였다. 물론 함께 내렸다고 그가 범인이라고 단정 짓기는 너무 섣부른 일이다. 그러나 결정적인 단서가 나왔다면 말은 달라진다. 905호 남자의 손에 들려있던 작은 헝겊인형이 두 손을 가지런히 맞잡은 지혜의 손안에 있었다면 말이다. 지문 검식 결과 그 집안에서는 연숙, 지혜, 태호의 지문 이외에도 한 남자의 지문이 여기저기에서 발견되었다. 특히 지혜의 몸과 침대에서 집중적으로 나타났다. 905호 남자의 지문이.

905호의 노부부는 아들이 범인이라는 형사의 말에 충격을 받아 정신줄을 놓은 듯했다. '그럴 리가 없다'는 말만 계속 되뇌었다. 상대방을 설득할 수 있는 근거를 대기보다 '그럴 리가 없다'는 말만 되풀이 하자 도리어 그 말은 남자를 범인으로 확신하게 만들었다. 같은 말이라도 뉘앙스에 따라 달리 이해된다는 것은 무서운 일이다.

905호 남자가 경찰서 취조실에 앉아 있었다.

"당신 이름이 뭐죠?"

"네, 저.는. 김. 순. 구.입니다."

"사건이 있던 날, 906호에 갔지요? 왜 갔습니까?"

"그. 집.에서 소.리.가. 났어요."

"무슨 소리죠?"

"고. 함. 소리가 들렸어요. 나.도. 무.서.워.서. 울.었어요. 예.쁜. 여. 자. 가 아.플.까. 봐. 집에 갔.어.요. 여. 자. 가 누워 있.었.어.요. 차. 가. 운. 데."

"그래서 어떻게 했어요?"

"침.대.에 눕.혔.어.요. 아.프.지.말.라.고. 인형 줬어요."

"당신이 강지혜를 죽였지? 그래, 당신의 인형이 여자 손에 들려 있었어. 그녀를 따라 내리는 당신 손에 들려있던 인형 말이야. 왜 죽였어!"

김순구의 옆에 앉아있던 장애인 전담참관인이 경찰을 제지했다. 너무 강압적인 언사는 자제해 달라는 것이었다. 이미 겁을 먹을 데로 먹은 순구는 기어들어가는 소리로 떠듬떠듬 말을 이었다.

"예.뻔. 아.가.씨가 아 파 서 말도 못.했어요. 그래서 인.형을 준.거.예요. 그 인.형.을 안고 있으면 마음이 착.해.진대요. 아..픈 것도 낫.고요. 그래서 아..가..씨.에게 줬어요. 아.프.지.말.라고."

김순구는 알 수 없는 깊이의 눈망울을 끔뻑였다. 183cm에 100kg이 넘는 거구의 남자는 서른세 해를 살았지만 정신적 나이는 다섯 살 어린아이에 불과했다.

김순구는 김태호가 떠난 집에 들어가 지혜를 죽이고 침대에 곱게 눕혀 놓고 나왔다고 경찰은 발표했다. 흉흉한 소문으로 들끓었던 아파트 단지는 범인이 잡혔다는 소식에 빠르게 안정을 찾아갔다.

며칠째 두문불출하고 있던 연숙이 갑갑해 바닷가를 거닐며 바람을 쐬고 돌아오는 길이었다. 제 발끝만 바라보며 걷던 연숙의 걸음이 멈칫댔다. 그녀의 앞에서 엄마와 아들로 보이는 두 사람이 말씨름을 하면서 걷고 있었다. 그녀는 발소리를 죽이고 조용히 뒤를 따랐다.

"엄마, 정말 이상했다니까. 뭔 이런 또라이가 있나 싶었다니까!"

"그런 소리 어디 가서 하지 마. 넌 아무것도 못 본거야!"

"엄마, 어쩜 그 멀대같은 놈이 범인일지도 모르잖아. 경찰에게 말해야 하는 것 아냐."

"아니, 절대 말하지 마. 범인이 잡혔댔잖아. 명백한 증거도 나왔고. 네가 본 것이 오해일 수도 있어. 네가 본 것이 정확하다고 확답할 수 있어? 지난번에 엄마가 옆에 가서 얼굴을 들이밀어도 모르더라."

"아니, 그땐 내가 딴 데 정신을 팔고 있어서 그랬지."

"어쨌든 다시 말해 두지만, 엉뚱한 소리 하지 마. 지금 네가 그런 일에 얽혀 경찰서를 드나들어야겠어? 증인으로 지목되면 일이 엄청 커져. 며칠 후면 고3이 되는 녀석이 정신 사나운 일에 휘말리면 안 돼. 그리고 그 청년은 906호 아줌마, 아들이라고 하더라. 너도 알잖아. 그 아줌마가 얼마나 너그럽고 교양 있는 분인지. 네가 그렇게 늦은 시간에 운동을 한답시고 방안에서 자전거를 타도 어디 불만을 얘기 하던? 얼마 전에 엘리베이터 안에서 만났는데, '고등학생 아드님이 공부하느라 힘들겠어요'라고 너를 애처로워하더라. 다른 집 같으면 뛰어 올라와도 몇십 번은 됐을 거야."

"엄마, 그렇지만 만약 히쭉이가 범인이 아니면, 너무 억울하잖아요? 사회가 정의롭지 못하다고 불평불만하면서도 정작 현실에 맞닥트리면 얼른 숨으라고 하는 건 뭐에요!"

"뭐, 이놈아, 지금 네가 그런 얘기 할 때야. 빨리 들어가서 공부해. 너 과외 쌤 올 시간 다 됐어. 수업료가 얼만 줄 알아? 넌 지금 우리 집 생활비를 빨아들이는 진공청소기야. 정신차렷!"

1006호 여자는 손을 들어 아들 등짝을 때렸다. 엄마의 기습적인 공격을 받은 아들은 몸을 비틀며 아프다는 시늉을 했다. 그러면서도 석연치 않은 듯 궁시렁댔다.

"내가 엘리베이터를 타고 있을 때, 9층에서 그 남자가 탔어. 밖에는 아무도 없었는데, 근데 그 남자는 밖에 누군가 있는 척 인사를 했단 말이야. 집안에선 아무 소리도 들리지 않았어. 에이 씨…"

다 꺼진 불인 줄 알았는데 불씨가 아직 남은 걸까. 마른 잎 밑에 숨은 작은 불씨가 태산을 집어 삼킬 수 있다는 것을 잊어서는 안 된다. 큰불보다 잔불정리가 더 중요하다는 것을 연숙은 생각했다. 연숙은 걸음을 멈추고 두 모자가 아파트 안으로 사라질 때까지 자리를 뜨지 못했다.

그날 아파트게시판에는 긴급 입주자회의가 열린다는 공고문이 나붙었다. 연숙은 집안을 서성였다. 그리고 그림 속 여자를 쳐다봤다. 마을과 떨어진 둑에 앉아서 바라만 본다고 문제가 해결되는 것이 아니다. 문제를 정확히 보려면 그곳에 직접 가봐야 한다. 연숙은 불현듯 인, 의지를 붙잡기라도 하듯 양 손을 꼭 쥐었다.

아파트 안, 커뮤니티 라운지에서 열린 회의에는 생각보다 많은 사람들이 모여 있었다. 연숙이 나타나자 사람들은 길을 터 앞자리로 안내했다. 어려운 처지에 놓인 여자를 도와주다 봉변을 당할 뻔한 그녀가 고위공직자의 아내일지도 모른다는 소문이 더해져 주민들의 눈빛은 한껏 부드러워져 있었다. 또 주민들은 서로 큰일을 함께 겪은 뒤라 무언의 눈인사를 통해 끈끈한 동지애에 젖었다.

60대의 입주자대표는 무게를 잡고 '이번 우리 아파트에서 벌어진 불미스러운 일에 대해 유감을 표명한다'고 말했다. 이어 다부져 보이는 부녀회장이 마이크를 잡았다. 우리 아파트의 입지가 얼마나 좋은지를 장황하게 늘어놓았다. 바닷가를 걸어서 산책할 수 있는 곳이 세상에 얼마나 되겠냐며 머지않아 블루칩이 될 거라 호언장담했다. 그 말을 들은 사람들은 기분이 업 되어 금방 부자라도 된 양 어깨가 으쓱거려졌다. 그리고 오늘 회의의 핵심을 넌지시 흘렸다. 이번 일로 아파트 이미지가 실추되면 우리만 손해이니 이번 사건이 밖으로 흘러 나가지 않도록 힘써 달라는 거였다. 실내는 금방 사람들의 내부에서 뿜어져 나오는 은밀한 속내로 들떴다. 이어서 그들은 삼삼오오 이렇게 만난 것도 인연이라며 아파트 단지 안에 있는 호프집으로 몰려갔다.

사람들은 거품이 넘쳐흐르는 맥주잔을 부딪치며 건배를 외쳤다. 또 자신들의 걱정이 기우가 아니었음을 확인받았다는 데에 의기양양해져 취기가 돈 목소리는 높아만 갔다. 사실 순구는 〈스카이파크〉의 작은 골칫거리였다. 산만한 덩치의 어른이 히쭉대며 현관 앞에 서성이는 모습은 주민들을 불편하게 만들었고 심지어 불안에 떨게 만들었다. 어린 아이를 키우는 젊은 여자들이나 과년한 딸을 가진 중년의 여자들까지 순구의 히쭉히쭉 웃는 모습에 질색하였다. 그들은 계속 경비실이나 관리사무소로 민원을 넣었지만 순구가 주민을 괴롭히거나 해치는 일이 없기 때문에 아무 조치를 취할 수 없다는 답변만이 돌아왔다. 그런 차에 이런 일이 일어났고, 범인이 순구라는 사실에 경악하면서도 이제는 앓던 이를 빼버린 듯 시원해했다. 그렇지만 이런 속마음이 들킬까 연신 사람들은 지체 장애인들을 잠재적 범죄자로 보아서는 안 되며 언제 터질지 모르는 폭탄으로 대해서는 안 된다고 그럴싸하게 떠들어댔다. 그리고 노부부가 안쓰럽다며 한 마디 덧붙였다.

"이런 일은 국가가 나서서 해주어야 하는 거 아닙니까. 국민의 어려운 점을 해결해 주는 게 국가의 역할이지요. 암. 그렇고말고."

누군가 말했다.

"이제 이런 일은 잊어버리고 건설적인 얘기를 합시다. 우리 아파트가 얼마나 좋은지 인터넷에 올려요. 그럼 돈 가방을 든 사람들이 몰려드는 것은 시간문제에요. 자, 자, 건배를 합시다. 위하여!"

'무엇을' 위해서인지를 빼먹은 이유는 조금 낯이 뜨거워서 일까. 아무튼 〈스카이파크〉의 밤은 아름다웠다.

순구의 손을 부여잡은 노부부는 맥없이 흐르는 눈물을 닦는 것도 잊은 채, '이럴 리가 없는데'에서 '어쩌니'로 말을 바꿔 되뇔 뿐이었다. 순구는 며칠 만에 부모의 얼굴을 대하자 기분이 좋아졌는지 자꾸 히쭉히쭉 웃었다. 그리고 집에 돌아가고 싶다고 칭얼댔다. 자신이 왜 여기에 있는지 잘 알지 못하는 듯했다. 조금만 참아. 아빠, 엄마가 너를 집으로 데려 갈게. 하지만 어쩜 조금 오래 걸릴지도 몰라. 여기 있는 아저씨들 말을 잘 들어야 해. 그럼 아저씨들이 잘 돌봐 줄 거야. 남들은 바보 같다고 하지만 노부부의 눈에는 웃고 있는 아들의 얼굴이 가장 사랑스러워 보였다.

　노부부는 순구를 사랑했다. 하지만 순구를 사랑만으로 키우기에 역부족임을 시간이 흐를수록 자주 느꼈다. 정신은 다섯 살에 머물러 있지만 육체는 왕성한 힘을 억제하기 힘든 성인이었다. 자신의 육체적 갈증을 해소 못한 순구는 불쑥 화를 내고 돌발적인 거친 행동을 표출했다. 노부부는 아들의 넘치는 힘을 주저앉히기에 힘이 부쳤다.

　살던 동네가 아파트촌으로 확 바뀔 때, 이곳을 떠날 생각을 안 한 것도 아니었다. 그러나 순구가 어려서부터 뛰어 놀던 익숙한 곳을 떠나 새로운 곳에 터를 잡는 다는 것이 선뜻 내키지 않았다. 더욱이 특수학교를 졸업하고 많은 시간을 부모 관리하에 있게 되면서 환경을 옮긴다는 것이 막막해졌다. 노부부 자신들도 새로운 곳에 엄두가 안 났는지도 모른다. 순구가 새 아파트에서 찾은 놀이는 자동도어맨이 되어 문을 열어 주는 것이었다. 아파트 현관 안에 있다 누군가 나타나면 센서가 감지되는 장소에 우뚝 선다. 그러면 문이 스르르 열렸다. 처음 누군가는 버튼 누르는 수고를 덜어 고맙다고 표현했을 것이다. 이것이 불씨가 되어 순구는 부모가 한 눈을 파는 사이 현관문으로 달려갔다. 사람들은 히쭉대며 자신들의 곁을 맴도는 순구를 피했다. 순구의 부모는 자신들의 편리를 위해 아들을 사각의 틀 안에 가둬 놓아 생긴 일인 것 같아 죄책감에 가슴을 쳤다.

　순구에게 큼직한 고깃덩어리가 수북이 들어간 곰탕을 먹이며 노부부는 쓸쓸한 미소를 지었다. 한 가지 위안을 삼는다면 무료법률상담소장의 말이었다.

"심신장애로 인하여 사물을 변별할 능력이 없거나 의사를 결정할 능력이 없는 자의 행위는 벌하지 아니하거나 형을 감경합니다. 김순구 씨 역시 지적장애로 범행을 저지른 것이 참작되면 일반인의 범죄행위와는 다르게 형을 감경받거나 치료감호를 받게 될 겁니다. 물론 재판을 받아 봐야 알겠지만요."

그때 순구의 아버지는 얼핏 이런 생각이 들었다.

'어쩌면 그곳이 더 나은 곳일지도 몰라. 우리가 잘 돌보지 못해 사람들에게 해를 끼치고 형편없는 장애인시설로 보내져 인간다운 대접을 받지 못한다면, 차라리 나라가 관리해 주는 곳이 나을 수도 있어.'

생각만 했을 뿐인데 그의 허리와 다리에 힘이 들어갔다. 적어도 오늘만큼은 순구가 잘 자고 있는지 확인하러 밤에 깨지 않아도 된다. 그런 생각이 들자 눈꺼풀이 무겁게 내려앉았다. 오늘은 자연스럽게 눈이 떠질 때까지 자리라. 곰탕 국물을 한 숟가락이라도 더 먹이려 애쓰는 늙은 아내는 아들에게 하는 말인지, 자신에게 하는 말인지, 방향을 잃은 말을 계속 쏟아내고 있었다.

"아가, 어떤 상황도 생각하기 나름이야. 네가 있는 곳이 최고로 좋다고 생각해. 엄마, 아빠가 곁에 없어도 이곳이 최고로 좋구나 생각하면 정말로 그렇게 된단다. 어떤 상황이든, 어떻게 받아들이냐는 네 자유야. 엄마 말 알았지. 참 착한 내 아들아, 엄마가 새 친구를 만들어 줄게. 그 인형친구가 너를 지켜줄 거야."

덩치가 산만한 아들을 앞에 놓고 아내는 세상에서 가장 슬픈 얼굴로 스스로를 위안하고 있었다.

노부부와 성인의 몸을 가진 어린 아들의 접견을 김 형사는 곁눈질로 훔쳐봤다. 피곤한 듯 두툼한 손으로 얼굴을 쓸어내린 다음, 서랍을 열어 깊숙이 손을 밀어 넣었다. 딱딱한 나무틀이 손에 잡혔다. 이 무생물은 살아나 자신을 위로 날게 만들어줄 미다스의 손이 되어 줄 것이다. 깊게 호흡을 몰아 쉰 후 서류더미를 그 위에 쌓아 올리고 서랍을 닫았다.

〈스카이파크〉에서 형사사건이 일어났다는 연락을 받고 달려갈 때만 해도 이런 행운이 굴러 올 거라는 짐작도 못했다. 이미 119대원들이 1차로 상황을 점검한 상태였지만 면밀하게 집안을 살펴보고 있는 중이었다. 그런데 거실 정면에 걸린 그림이 이상했다. 대개 정면을 바라보는 그림이 걸리기 마련인데, 그 그림은 등을 보이고 돌아앉은 여자의 모습이었다. 취향도 독특하다는 생각을 하는 순간 작은 액자에 담긴 사진이 눈에 들어왔다. 그는 자신의 눈을 의심했다. 떡 벌어진 어깨에 무궁화 세 개를 단 경찰복을 입은 김경학이었다. 그는 곧 꽃 하나를 더 달 인물이었다. 그럼, 이 집이? 찰나에 온갖 생각이 번뜩이며 지나갔다. 김경학은 탁월한 추진력과 리더십으로 정평이 난 인물이었지만 여자관계가 복잡하다는 뒷소문이 심심찮게 돌았다. 그의 책상 속 깊숙한 곳에 김경학이 웃고 있었다. 김 형사는 언제 그를 찾아갈까 날짜를 짚어 보았다. 조만간 인사이동이 단행될 예정이었다. 그전에 만나야 할 텐데. 저도 모르게 웃음이 터져 나왔다. 옆자리의 박 형사가 의아한 듯 말했다.

"무슨 일이야. 웃을 일이 있으면 같이 웃자고."

"아무 일도 아니야. 좋은 일이 있어 웃나, 웃으면 좋은 일이 생긴다니까 웃지."

"허참, 자넨 그래서 사람 좋다는 소리를 많이 듣나봐. 특이한 물건이야, 물건!"

순구는 보고 싶었던 부모를 만나고 난 후 한결 마음이 즐거워졌다. 하지만 유치장안의 분위기는 적응이 안 되었다. 모두들 빨리 이곳을 나가고 싶어 하는 눈치였다. 순구는 집에서처럼 사람들에게 문을 열어 주고 싶어졌다. 그럼 노인들이 고맙다고 칭찬을 해준 기억이 되살아났다. 그 일로 자신이 무슨 일을 겪고 있는지 알지 못한 채, 순구는 엉거주춤 일어나 굵은 쇠막대기로 이루어진 철창 앞으로 다가갔다. 철창문 앞에 서자 천장을 향해 두 팔을 쭉 뻗었다. 그러나 견고한 문은 열리지 않았다. 두 팔을 이리저리 흔들어 보았다. 그래도 문은 열리지 않았다. 조그만 소리로 '열려라 참깨'를 외쳐 보았지만 철창문은 꿈쩍도 하지 않았다. 순구의 행동을 짜증스럽게 바라보던 한 사내가 꽥 고함을 질러댔다.

"이 새끼야, 정신 사나워. 왜 이리 왔다 갔다 하는 거야. 가만히 있지 못해. 너 한번 죽어 볼래."

지혜의 물건을 그녀의 동생이 와서 실어갔다. 많은 대화를 나누었지만 지혜에 대해 별로 알지 못했다는 사실을 그녀의 가족을 만나고 나서야 알았다. 장애를 가진 부모와 돌봐주어야 할 동생들, 그들의 삶을 유지시키는 사람이 지혜였음을. 그들은 지혜의 죽음으로 사라져 버린 경제력에 슬퍼하다 그녀가 남긴 보험금에 안도의 가슴을 쓸어내리며 가방을 쌌을지도 모른다. 방금까지 훌쩍이던 여자 아이는

"좋은 물건은 별로 없네, 굳이 끌고 가봤자 쓰레기만 되는 데."
라며 현관문을 나서다, 무엇을 잊은 듯 뒤돌아서 연숙을 향해 까딱 고개를 숙였다. 현관문이 닫히는 소리와 동시에 꼿꼿하던 연숙이 허물어지듯 온몸에 힘이 풀렸다.

연숙은 지혜의 방으로 들어갔다. 횅한 눈으로 쓰레기더미처럼 버려진 물건들을 바라봤다. 그 틈에서 지혜가 활짝 웃고 있는 사진 한 장을 집어 들었다. 사진을 든 연숙의 손이 바르르 떨렸다. 연숙의 호흡이 가빠졌다. 가쁜 숨을 몰아쉬며 그녀는 집안을 돌아다니며 민첩하게 움직였다. 현관문의 잠금장치를 확인하고 밖의 빛이나 시선이 새어들지 못하도록 꼼꼼히 모든 창문에 커튼을 내렸다.

연숙은 거울 앞에 섰다. 베이지색 폴라 티의 밑단을 끌어올려 폴라 티의 촘촘하게 직조된 목 부위를 벗어 제키며 목을 빼냈다. 그녀의 가냘픈 목이 드러났다. 반짝반짝 빛나는 목걸이가 그녀의

목에 감겨있었다. 목걸이가 목이라도 조이는 것처럼 고통스럽게 얼굴을 찡그리며 손으로 목걸이를 확 잡아 당겼다. 금속목걸이는 힘없이 끊어졌다. 지혜의 죽음을 발견하던 날, 그녀의 손바닥을 가차 없이 찔렀던 물건이었다. 항상 태호의 목에 걸려있던 목걸이였다.

금속성 목걸이의 차가운 기운이 연숙의 손가락 뼈마디마다 전해져 와 통증을 일으켰다.

연숙의 결혼생활이 처음부터 불행했던 것은 아니었다. 남편은 사회적 성공과 비례한 스트레스를 낯선 여자들로부터 해결하려 들었다. 결국 연숙은 아들에게 모든 관심을 집중했고 아들만이 삶의 의미라고 여겼다. 그런데 유학을 마치고 돌아온 아들은 조금도 그녀의 마음을 녹여주지 못했다. 덧없는 시간을 깨닫는 순간 공허함이 그녀를 괴롭혔다.

모든 것을 훌훌 털어버리고 이 도시로 내려왔다. 그때 찾아온 사람이 지혜였다. 지혜가 온 뒤로 태호의 출입도 늘어났다. 둘은 서먹한 눈빛 인사를 나누다 자연스럽게 차도 마시고 이야기도 나누었다. 어쩌면 연숙이 그런 시간을 만들었는지도 모른다. 지혜와 함께 있으면 태호가 달라졌다. 친절하고 성숙된 남성미를 발산하며 모든 일에 적극적이었다. 원두커피를 내린다거나, 퓨즈가 끊긴 전등을 갈아 준다거나, 앞날에 대한 얘기도 곧잘 했다. 연숙은 행복했다. 태호가 어른으로 성장하는 모습이 감동스러웠다. 그런데 일이 이상하게 흘러가고 있었다. 연숙이 바랐던 건, 지혜와 서로 보여주고 싶은 것만 보여 주고, 보고 싶은 것만 보면서 느낄 수 있는 행복한 시간뿐이었지 더 많은 것을 원하진 않았다. 그런데 모자의 사이로 지혜가 들어왔다.

어느 날인가, 목욕탕에 갔다가 몸살기가 있어 집으로 일찍 되돌아 온 날이었다. 아무 생각 없이 들어선 집안에서 태호와 지혜가 한 몸이 되어 불타오르고 있었다. 연숙은 대수롭지 않은 일인 냥 반응했다.

내색은 안 했지만 지혜의 일이 뭇 남자들에게 웃음을 파는 일이라는 사실을 연숙은 알고 있었다. 아침에 퇴근해 돌아오면 술내와 담배향이 그녀를 따라왔다. 긴 생머리에 화장기도 없는 청순한 이미지의 여자가 웃음을 판다면 믿어질까. 요즘은 짙은 화장과 손바닥만한 천조각으로 몸을 겨우 가리고 교태를 부리는 여자보다 자연 미인으로 다양한 소재로 이야기가 통하는 여자가 인기라고 했다. 지혜는 그것에 어울리는 여자였다. H시가 관광도시로 바뀌어가면서 그런류의 공간도 암암리에 늘어났다. 태호와 연결만 되지 않는다면 지혜가 무슨 일을 하던 연숙은 개의치 않았다. 그런데 태호와 지혜의 눈빛이 깊어져갔다. 그럴수록 연숙은 두려웠다. 연숙이 원한 건 지혜의 양지의 얼굴이지 음지의 얼굴이 아니었다. 만약 태호와 엮인다면 모든 얼굴을 받아들여야 한다. 그럴 수는 없었다. 도리질을 칠수록 태호는 지혜에게 더 집착하는 모습을 보였다.

연숙은 지혜에게 집에서 나가 줄 것을 요구했다. 마냥 해맑게 웃던 지혜가 싸늘하게 말했다.

"제가 이 집을 나가면 태호 씨 오피스텔로 들어갈 거예요. 괜찮으시겠어요?"

등을 보이고 앉았던 여자가 등을 홱 돌리고 얼굴을 드러냈다. 외롭고 애처로운 얼굴이 아니라 살쾡이 같은 눈빛으로 달려들고 있었다. 순간 연숙은 자제력을 잃고 말았다. 잡아먹히기 전에 쓰러뜨려야 했다. 가엾다고 거두는 것이 아니었다. 분노가 한꺼번에 터져버렸다. 남의 물건을 아무거리낌 없이 훔쳐 버리는 인간들에 대한 경멸과 믿음에 대한 배신감이 용수철처럼 튕겨나가 지혜를 힘껏 밀쳤다. 지혜는 무방비상태에서 휘청거리며 거실장에 머리를 찧고 쓰러졌다. 쓰러진 지혜는 미동이 없었다. 연숙은 지혜를 노려보다 천천히 세면도구를 챙겨 집을 나섰다. 거실에 쓰러진 지혜를 버려 둔 채.

집으로 돌아오는 길은 담담했다. 있는 그대로 받아들이겠다고 마음먹으니 오랜만에 깊은 잠을 잤다. 그런데 돌아온 집은 달라져 있었다. 거실바닥에 쓰러져 있던 지혜가 자기 방 침대에 곱게 누워 있었고, 그 옆에 태호의 목걸이가 떨어져 있었다. 잠들 듯 죽은 지혜의 손에 헝겊인형도 들려 있었다. 연숙은 혼란스러웠다. 수렁으로 빠져드는 순간 동아줄을 잡은 느낌이었다. 이 늪을 빠져나갈 동아줄을.

그녀는 서둘러 폴라 티로 윗옷을 갈아입고, 형사와 조서를 받을 때, 흘러가듯 말했었다.

"지혜가 워낙 착해서 앞집 아들에게 잘해 주었어요. 남들은 위험하다고 피했지만 그 아인 그러지 않았어요. 그래서 앞집 아들이 지혜를 더욱 따랐지요."

끊어진 목걸이를 든 연숙의 몸이 떨렸다. 지혜를 죽인 사람은 누구일까? 지혜가 쓰러진 것을 보고 그대로 나가버린 자신이었을까, 목걸이까지 떨어뜨린 태호일까, 아님 지혜를 침대로 옮긴 순구일까? 종양 같은 비밀을 품고 살아야 한다는 사실을 깨닫는 순간 연숙의 등줄기에 서늘한 기운이 훑고 지나갔다.

그때 연숙은 보았다. 등을 보이고 앉은 여자가 고개를 돌려 비아냥대며 웃는 것을. 얼핏 지혜의 얼굴 같기도 하고 히쭉 웃고 있는 순구의 얼굴인 것 같기도 했다. 황급히 액자를 떼어내, 엎어 놓았다. 하지만 액자가 걸린 자리에는 다른 벽지와 색깔의 변색농도가 달라져 액자 크기만큼 사각의 구멍이 뚫려 있었다. 아무리 숨기려 해도 미세하게 변화의, 진실의 흔적은 남는 법이다.

연숙의 몸이 바들바들 떨렸다. 그녀는 목욕탕에 가고 싶어졌다. 간절히. 세상의 옷을 던져 버리고 오로지 자신의 몸을 있는 그대로 드러내고 경건하게 세상의 오물을 씻어내는 사람들이 그리워졌다. 오늘은 자신을 빡빡 문질러 벗겨내고 싶었다. 내부에 도사리고 있는 무서운 또 다른 자신의 얼굴을. 그러나 결코 씻는다고 없어지지 않을 영혼의 때가 자신을 검게 잠식시킨 것을 그녀는 안다.

폴라 티를 벗었지만 목이 갑갑하다. 아무 것도 걸치지 않은 휑한 목이 올가미에 걸린 듯 조여 온다. 살을 파고드는 올가미를 벗겨내려는 듯 목을 연신 훑던 그녀는 황급히 옷을 입었다. 어둠을 뚫고 새벽이 열리는 바다가 보고 싶어졌다. 그 위를 돛을 단 배가 먼 바다를 향해 나갈 것이다. 밤새 흉물스럽게 뒤엉켰던 일들을 거둬내고 힘찬 뱃고동을 울릴 것이다.

그녀는 목걸이를 쓰레기통에 던져 버리고 목욕가방을 든 채, 현관문을 나섰다. 바람이 차다. 연숙은 몸을 웅크리며 걸었다. 〈스카이파크〉는 잠에 취해 있었다. 사건이 마무리 되자 많은 사람들은 숙면을 취했지만 자신은 평생 등을 보이고 앉은 여자로 살아야 한다는 것을 그녀는 예감한다.

잠들지 못하고 떠도는 바람처럼.

평화로운 마을을 멀리서 바라보기만 하는 여자처럼.

기이한 나무 아래서

모퉁이를 도는 순간 장소 선택이 잘못 되었음을 알았다. 삼계탕 집 앞의 긴 줄을 보자 미간이 찌푸려졌다. 도착했다는 김대만의 문자를 받은 뒤라 북새통인 홀을 비집고 방으로 들어갔다. 방안도 손님들로 가득했다. 문을 주시하고 있었는지 찬욱이 손을 번쩍 들어 나를 불렀다.

"철민이 형, 여기에요!"

함께 있던 세 사람의 시선이 일제히 나에게로 향했다.

"이런, 제가 조금 늦었습니다. 이렇게 손님이 많을 줄 몰랐네. 나만 복날이라 삼계탕 생각하는 줄 알았습니다. 나만…"

퉁퉁한 손을 내밀며 대만이 나긋나긋한 목소리로 말했다.

"이 부장님, 어서 오이소. 지난번 뵐 때보다 얼굴이 훨씬 좋아지셨네예."

대만의 손을 잡으며 내 눈은 그의 옆에 앉은 강미연에게로 향했다. 반질반질 해진 벽지를 등에 지고 몸피가 날아갈 것처럼 가벼워 보이는 그녀가 오도카니 앉아 있었다. 침이 꿀꺽 넘어가 마른 목젖을 적셨다.

"강 차장님도 잘 지냈지요?"

갑작스럽게 제 이름을 불린 아이마냥 미연은 흠칫댔다.

"네, 이 부장님은…"

작은 어깨가 들썩이더니 심연에서 끌어올려진 듯한 소리가 나오다 그마저도 끊어졌다. 증폭되는 어색함을 잠재운 것은 40대라고는 믿어지지 않을 만큼 탄력 있는 몸과 선한 웃음을 띤 박찬욱이었다.

"형, 기막힌 대로 장소를 정했네. 옛날 생각도 나고. 뭐를 먹어야 원기가 왕성해질까?"

말꼬리를 낚아 채인 미연은 불쾌하기는커녕 안도의 낯빛으로 찬욱을 바라봤다. 그녀의 창백한 낯빛과 하늘거리는 원피스 안에서 앙상하게 삐져나온 팔을 보는 순간 나도 모르게 팽팽하게 당겨졌던 신경줄이 툭 끊겼다. 이렇게 우리 네 사람의 저녁만찬이 시작되었다.

경기가 호황기라 주가가 고공행진을 할 때, 네 사람은 K증권사 IT부서에서 일을 했었다. 그 당시만 해도 모두 젊고 패기가 넘쳤었다. 내가 과장으로 진급을 하고 박찬욱과 김대만이 대리, 강미연이 신입으로 들어왔을 때였다. 우린 함께 프로그램을 개발하면서 밤낮없이 한 공간에서 부딪치며 생활했었다. 그러다 박찬욱은 전산업무가 적성에 안 맞는다며 지점으로 자청해 나갔다. 남은 세 사람은 내가 퇴직하기 전까지 근무지는 바뀌었어도 전산업무를 계속했다.

이주 전쯤 길에서 우연히 김대만을 만났다. 반갑게 안부를 주고받다가 강미연과 같은 지점에서 일을 한다고 그가 말했다. 나 역시 박찬욱과 함께 일을 한다고 말한 후, "우리 식사나 한번 하지?"라고 인사치레로 던진 말을 그가 덥석 물었다. 사실 나는 강미연을 편하게 볼 정도로 마음이 회복된 상태는 아니었다. 그런데 얼마 전 K증권에서 새 프로젝트가 논의되고 있다는 말을 들은 터라 만남을 마다할 형편이 못되었다. 어쩌면 김대만을 만나는 것이 찬욱에게나 나에게 기회일지도 몰랐다. 명퇴 이후 이유 없이 머리채를 흔들거나 명치에 훅 들어와 활활 타오르는 불덩어리를 떼어내기 위해서라도 강미연을 만나보고 싶기도 했다. 그리 마음먹자 한창때 잘 갔던 삼계탕집이 떠올랐고 그곳을 약속장소로 정하는 순간 설레기까지 했다.

도떼기시장 같은 분위기에 낭패감이 든 나와 달리 세 사람은 주위에 별 신경을 안 쓰는 눈치였다. 하지만 옛날을 추억하기는커녕 얼른 먹고 일어서야 할 분위기였다. 음식을 통일해 삼계탕을 외치자 삼계탕 네 그릇이 테이블 위에 금세 놓여졌다.

검은 뚝배기 안에 다리를 꼰 닭이 찹쌀, 대추, 은행, 인삼 한 뿌리를 품고 김을 모락모락 뿜으며 끓고 있었다. 나는 뚝배기 그릇에 딱 맞게 성장한 닭을 보면서 깃털이 뽑혀 알몸으로 컨베이어 벨트 위에 놓인 생닭이 떠올랐다. 크기에 따라 척척 분리돼 칸칸이 나눠지는 생닭 말이다. 뿌연 김이 눈앞을 흐리자 컨베이어 벨트 위를 지나는 닭이 나체로 변했다. 두 팔을 몸에 붙이고 배를 쑥 내민, 목 잘린 몸이 등급에 따라 나눠져 그룹이 지어졌다. 머리채를 흔들며 뚝배기 안을 들여다보는 순간 나는 기겁을 하고 말았다. 허연 김을 내뿜으며 보글보글 끓고 있는 탕 속에… 놀란 나머지 숟가락이 탕 속으로 떨어졌다. 순간 국물이 튀었다. 뜨거운 것도 잊고 두 눈을 부릅떠 환영을 날려버린 후, 허둥대는 모습을 숨기기 위해 고개를 좌우로 꺾으며 몸을 푸는 시늉을 했다.

"형, 몸보신하기 전에 몸부터 푸는 거야? 하하하."

찬욱의 장난기 섞인 말에 나는 멋쩍은 웃음을 지었다. 큰 덩치 때문에 앙증맞아 보이는 닭다리를 입으로 가져가던 대만도 흡족한 표정으로 말했다.

"이 부장님예, 요즘 박찬욱 씨와 일하시는 건 어때예. 다시 개발 업무를 하신다니 놀랍네예."

특유의 싹싹한 음성이 큰 입에서 흘러나왔다. 여성스러운 그의 음성은 사람들을 놀라게 했지만 애교스러운 사투리는 경계심을 허물게 했다. 그가 가진 생활의 큰 무기이기도 했다. 물론 프리젠테이션을 앞두고 목소리를 두껍게 하기 위해 노래방에서 고성을 몇 시간씩 지른다는 그의 말에 박장대소했던 적이 있었다. 남들은 재미있어 좋겠다고 쉽게 말하지만 본인에게는 극복해야할 심각한 문제일 수도 있다. 대만을 볼 때마다 그런 생각이 들었다.

정신을 가다듬은 나는 유쾌하게 말했다.

"아, 네. 지금 박 대표 덕을 많이 보고 있습니다. 그리고 이젠 그 부장 소리는 그만 하세요."

"그래두예. 어디 그런가예. 부장님은 우리의 영원한 롤모델인데예."

"롤모델은 무슨…"

"맞아요. 인간관계 좋지 업무능력 뛰어나지, 그런 롤모델을 제가 모시고 있잖습니까. 천군만마를 얻은 거지요. 대한민국 대표적인 증권회사에서 IT를 주무르던 베테랑이 우리 팀에 있는데 무서울 게 뭐가 있어요. 안 그래 형!"

순간 얼굴이 확 달아올랐다. 숟가락을 또 놓칠 뻔했다. 형, 형을 외치는 찬욱이 더없이 친밀하게 느껴졌고 형이라는 호칭이 주는 정스러움에 눈물이 날만큼 고마웠던 적도 있었다. 찬욱은 나의 대학 5년 후배이기도 했다.

"무슨 그런 과찬을. 박 대표야 말로 IT계를 이끌 사업가지. 이러다 개발업무는 박 대표가 다 차지할 것 같은데…"

"형, 그 말은 맞네. 내가 안 하면 안 하고 말지. 했다하면 최선을 다하지. 안 그래. 형!"

나는 크게 고개를 주억거리고 얼른 고개를 숙였다. 허연 김에 달아오른 얼굴을 숨길 수 있어 처음으로 메뉴 선택을 잘했다고 생각했다. 젓가락으로 벌거벗겨진 닭고기를 집어 입안으로 쑤셔 넣었다. 목구멍으로 넘기기도 전에 어제 있었던 일이 불현듯 되살아났다.

등 뒤에서 뿜어내는 놈의 숨소리에 내 심장이 쪼그라들었다. 놈의 매서운 눈빛이 컴퓨터 화면을 뚫을 듯 쏘아보고 있을 것이다. 놈의 불편한 심기가 책상을 손가락으로 톡톡 찍어대는 행동으로 전해져 왔다. 무겁게 가라앉은 사무실 안에 톡톡 소리가 쟁쟁하게 울렸다. 모두들 자신의 모니터를 바라봤지만 신경은 온통 내 자리로 쏠려있었다. 지금 고개를 돌려 놈의 얼굴을 본다면 다시는 그 얼굴을 보지 못할 것 같아 엉덩이를 의자 깊숙이 밀어 넣고 내리눌렀다. 모니터에는 숫자들과 부호들이 뒤엉켜 있었다. 한참을 뚫어지게 보던 놈이 푸우 하고 깊은 한숨을 몰아쉬며 자기 자리로 돌아갔다. 나는 벌떡 일어났다. 모두 나의 반격에 흠칫했다. 그러나 화의 불길은 놈에게 향하지 못하고 다급한 배뇨감이 든 냥 바지춤을 추스르며 나는 사무실을 서둘러 빠져나왔다. 명치끝이 아파왔다.

나는 현역 업무에서 오랫동안 벗어나 있었다. 직급이 올라갈수록 기획과 팀원을 관리하는 게 주 업무였다. 프로그램을 개발하거나 운용하는 업무와는 자연스럽게 멀어졌었다. 그런데 퇴직 후, 찬욱이 함께 일하자고 손을 내밀었다. 선뜻 대답은 못했지만 까짓것 그것 못하겠냐 싶었다. 어찌 보면 한평생을 컴퓨터 자판을 두드리며 먹고 살았는데….

현실은 냉혹했다. 내가 관리자로 있는 동안 IT분야는 놀랍도록 발전해 있었다. 복잡하고 세밀해진 업무에 프로그램을 만들기가 녹록치 않았다. 찬욱의 조언이 필요했다. 별 어렵지 않은 일을 괴상하게 꼬아 놓은 화면을 보면서 찬욱은 입술을 잘근잘근 씹어댔다. 그의 눈빛은 나의 능력을 과대평가했다는 의심이 배어 있었고 그의 미간이 좁아질수록 나도 화가 치밀어 올랐다.

'내 경력을 무기삼아 사업을 수주해 놓고 일이 서툴다고 한숨을 이리저리 쉰단말야.'

이런 상황까지 내몰린 내 처지가 기가 막혔고 모니터안의 숫자와 부호들이 화면 가득 늘어져 깜빡이면 나의 머릿속도 하얗게 껌뻑였다.

2차를 위해 식당 문을 나서자 거리에 어둠이 깔려있었다. 찬욱이 앞장서 걸었다. 건물외벽을 덮은 간판과 네온사인으로 대낮보다 더 화려한 거리를 한 블록 걸어 호프집으로 들어섰다. 실내에는 조화로 만들어진 커다란 나무가 중앙에 버티고 서 있었다. 무성한 나뭇잎 사이로 매달린 과일들이 하나같이 탐스럽다. 사과, 감, 대추, 귤, 파인애플, 바나나, 망고 심지어 넝쿨식물인 포도와 딸기까지 달려있었다. 참으로 '기이한 나무'였다. 어찌 저런 이상한 나무를 만들었을까. 푯말에 '눈으로만 맛보세요'라고 적혀있다. 술집을 찾은 지친 사람들에게는 위로를, 기쁜 일이 있는 사람에게는 축하의 의미로 '풍요의 나무'를 만든 것인가. 아직 맨 정신인 내 눈에는 나뭇가지를 툭 치면 뿌연 먼지가 눈꽃처럼 날릴 것 같아 숨쉬기를 멈췄다. 하지만 주황빛 조명은 은은하게 사람들의 눈을 속이고 사람들 역시 스스로 들이킨 술기운에 기이한 나무는 더 할 나위 없이 '낙원의 나무'로 느껴질 것만 같았다. 나는 푸하고 참았던 숨을 토해놓았다.

좌석은 두꺼운 나무칸막이로 나누어져 있는데 윗부분이 격자로 짜인 틀 위에 작은 장식품들이 놓여 있었다. 자기로 만든 고양이, 부엉이, 개구리와 모래시계였다. 무슨 컨셉으로 만든 것인지 알쏭달쏭했다. 찬욱이 모래시계를 테이블 위에 내려놓으며 우습다는 듯 말했다.

"이거, 사우나에 있는 모래시계 아닙니까?"

"그럼, 모래가 다 떨어질 때마다 한잔씩 마실까예?"

내가 손을 내저으며 말했다.

"워워워, 그냥 자기 속도대로 마십시다. 잘못하다간 골로 갑니다."

내 말에 두 남자가 동시에 웃음을 터뜨렸다. 미연이 잠깐 입꼬리를 올렸다 내렸다. 나와 찬욱이 함께 앉고 맞은편에 대만과 미연이 나란히 앉았다. 이미 닭 한 마리씩을 해치운 뒤라 배는 꽉 찼지만 술배는 따로 있다며 찬욱은 너스레를 떨었다. 그는 미연 앞에 메뉴판을 펼쳐놓았다. 메뉴판을 만지작거리던 그녀가 어깨를 으

쏙거렸다. 나는 그녀가 메뉴를 읽어내지 못하고 있다는 걸 눈치 챘다. 암, 그래야지. 그게 인간의 도리지. 찬욱은 더 이상 묻지 않고 뚝배기 속을 휘젓기만 한 미연을 위해 골뱅이무침과 칠리새우를 시켰다.

술이 나오자 노련한 솜씨로 찬욱이 잔에 술을 따랐다. 그가 최고 연장자인 나에게 건배사를 하라고 눈짓을 보냈다. 나는 난감했다. 떠오르는 말은 생각 안 나고 길게 끄는 것도 모양새가 아니었다.

"살자!"

나도 모르게 입에서 불쑥 그런 말이 뛰어나왔다. 두 사람의 눈이 커지더니 곧 목청을 높여

"살자!"

를 외치며 술잔을 부딪쳤다. 미연은 입술만 달싹거렸고 두 남자의 술잔이 그녀의 술잔으로 다가가 부딪쳤다. 시원하게 술을 들이킨 후 대만이 말했다.

"그럼예, 살아야지예. 이왕이면 뽀대나게, 즐겁게, 신나게… 살아야지예. 지는 맨날 앞날 걱정하다 즐겁게 몬산 것 같아예."

그의 눈이 그윽해졌다. 찬욱이 고개를 치켜 올리며 허공으로 시선을 던졌다.

"우리 한창때 일 많이 했지요. 밤늦게까지 컴퓨터와 한 몸이 되어 잡아먹을 것같이 키보드를 두들겨댔죠. 개발마감 날짜 못 맞출까봐 밥 먹듯이 야근하고. 새벽녘에 해장국으로 속 풀고…"

"그래 맞아. 해장국집은 새벽에도 붐볐어. 밤새 나이트클럽에서 놀다 온 사람이나 우리처럼 밤새 야근한 사람이나 공통점은 눈이 퀭했다는 거지."

"그때 누가 말했던 것 같은데. 우리도 저렇게 밤새 놀고 해장국 먹어 보고 싶다고. 똑같은 해장국이 어떤 맛일까 궁금하다고."

"그래예. 업무는 긴장의 연속이었지예. 완전 우리 업무가 숫자놀음이잖아예. 숫자 하나 잘못 누르면…"

순간 정적이 흘렀다. 말을 꺼낸 대만의 얼굴이 벌겋게 물들었다. 나는 슬쩍 미연을 봤다. 그녀는 그 소리를 못 들었는지 칸막이틀 위에 놓인 자기인형을 무심하게 바라보고 있었다. 찬욱이 얼른 대화를 들었다.

"대만 씨 늦둥이가 몇 살이에요?"

"올해 초등학교 3학년이라예. 아직 키우려면 멀었어예."

"그래도 일할 맛 날 것 같은데요. 늦둥이가 엄청 귀엽다고 하던데."

"귀엽지예. 그런데 대학교까지 보내려면 길게 가야하는데, 벌써 힘이 드네예."

"부부애가 좋으신가 봐요?"

"무쉰, 지가 술에 취해 집에 들어갔더니 마누라가 외출에서 돌아왔는지 화장을 안 지웠더라고예. 맨날 곰돌이 푸 바지만 입고 있던 여자가, 그래서 그만…"

그 말을 내뱉고 부끄러운 듯 얼른 맥주잔을 입으로 가져갔다.

하지만 찬욱의 적당한 추임새에 녹아 어느새 늘둥이 얘기로 신이 나 침을 튀기며 말을 쏟아놓았다. 나도 문득 아이들이 생각났다.

"컴퓨터는 마법사야. 컴퓨터를 켜면 세상으로 길이나 있어. 어디로 갈지 방향만 잘 잡으면 행복한 세상이 펼쳐져. 아빠, 아빠가 그런 길을 만드는 거야?"

작은딸이 어렸을 때, 내 팔에 매달려 종알댔었다. 한땐 사랑스런 딸이었고 자랑스러운 아빠였다. 나의 상념을 깨고 대만의 목소리가 들어왔다.

"사모님은 잘 지내시지예?"

"잘 지냅니다. 취미 생활로 그림 그린다 하더니 이제 진짜 그림을 그립니다."

의아해 하는 그들의 눈빛에 미소로 슬쩍 답을 대신했다. 내 그늘에서 쉽게 살아오던 아내와 두 아이는 내가 멈춰 서자 따라 멈춰 섰다. 한동안 당혹함과 낭패감으로 우울해 하던 그들은 내가 한가해지자 대신 바빠졌다. 아내는 자신의 이름을 내건 팔리지 않는 전시용 그림에서 자신의 이름을 떼어 내고 판매용 명화 아류를 그려 대고 있었다.

"그런데 두 분은 결혼에 대해 생각이 없는 거라예."

맥주 두어 잔에 볼이 붉어진 대만이 찬욱과 미연을 번갈아 보며 익살스러운 표정을 지었다.

"왜 생각이 없습니까. 저는 있습니다."

찬욱은 목소리에 힘을 주어 말한 뒤 미연을 슬쩍 쳐다봤다. 그녀가 희미하게 웃었다. 그 미소를 보는 순간 명치끝이 화끈거렸다. 웃음이 나와, 웃음이 나오냐고! 미연이 웃어도 화가 나고 풀이 죽어도 화가 났다. 이러려고 만난 것은 아닌데….

찬욱의 사업이야기로 넘어간 대화를 듣는 척 했지만 미연은 집중을 못하고 있었다. 분홍모래를 아래로 모두 흘러 보낸 모래시계에 자주 시선이 멈추었다. 2년 사이에 미연의 몸에서 생기가 모래시계처럼 빠져나간 건 아닐까. 나도 모르게 끙 앓는 소리가 새어 나왔다. 놀란 미연이 처음으로 나를 말갛게 쳐다봤다.

강미연은 남자직원들의 뜨거운 관심을 받는 존재였다. 차분하고 단아한 외모에 명석한 두뇌로 회사에서 단연 돋보였다. 감정을 드러내지 않는 대신 그녀는 눈웃음을 잘 지었다. 많은 남자직원들이 그녀에게 애정공세를 펼쳤지만 연애를 한다는 소식은 들려오지 않았다. 도전에 실패한 남자들이 하나둘 그녀의 곁을 떠나면서 도도하고 콧대가 높다고 고개를 저었다. 시간이 흘러 직급이 올라갔고 업무적인 능력은 독보적인 존재가 되어 갔다. 경제력도 상당할 거라고 말들 했다.

나는 미연의 시선이 머문, 모래시계를 뒤집어 놓았다. 기계가 작동하듯 분홍모래가 좁은 길을 통해 아래로 쏟아지기 시작했다. 스르르 시간이 흐른다. 모래시계가 시간이 흐르는 찰나를 보여준다. 밑으로 떨어진 모래는 지나간 시간이다. 시간이 보인다. 나는 다시 모래시계를 뒤집어 시간을 본다.

갑작스러운 명예퇴직은 나를 한동안 공황상태로 만들었다. 몇 주 후에 있을 인사발표에서 승진할 거라고 은연중에 소문이 떠돌았고 표나지 않게 축하 술도 몇 차례 산 상황이었다. 그러기에 상실감은 더욱 컸다. 무슨 실수라도 했으면 퇴직을 강요당해도 수긍을 하겠는데 이건 뭐, 누군가 던진 돌에 개구리가 맞아 죽은 꼴이었다.

새벽 4시 30분. 잘 돌아가던 컴퓨터 프로그램이 딱 멈춘 순간, 내 인생은 추락하고 말았다. 하루 주식시장을 마감하고 밤에는 낮에 있었던 주문과 매매를 정리하고 다음날 주식시장을 열기 위한 작업을 한다. 그런데 그 작업이 말썽을 일으키고 말았다. 잘 돌아가던 프로그램이 장애를 일으켜 멈춰 섰고 개장시간에도 소생하지 못했다. 몇 시간 후 방송과 신문에는 속보가 떴다. K증권이 개장시간에 주식시장을 못 열어 피해액이 100억이 넘었다는 기사였다. 프로그램이 멈춘 그 현장에 그녀가 있었다. 업무의 책임자가 강미연이었다.

사고의 여파는 조용하고 신속하게 이루어졌다. 책임을 물어 오십세를 넘긴 직원은 명퇴를 하라는 것이었다. 피해액이 너무 커 입도 뻥긋 못하고 9명의 부장들은 한순간에 명예로운 퇴직을 했다. 자사를 살리기 위한 살신성인의 명예로운 퇴직을….

나는 명예를 원한 적이 없다. 내 자리에서 최선을 다해 열심히 살뿐, 명예를 위해 생활고를 자처할 만큼 욕망이 크지 않았다. 난

강제로 명예를 요구받았다. 그게 분했다. 그리고 그 밤에 컴퓨터 프로그램을 살려내지 못한 강미연을 문득 문득 생각했고 곧이어 명치끝이 칼로 찌르듯 아파왔다.

처음부터 명치끝이 아픈 것은 아니었다. 한동안은 홀가분했다. 직장생활을 할 만큼 했다는 생각도 들고 내 능력이라면 어디서라도 일거리는 찾을 거라 확신했다. 여유롭게 지금까지 잘 버텨온 나에게 포상을 주듯 여행도 다니고 운동도 시작하고 나름 바쁘게 시간을 보냈다. 그런데 하루 종일 놀고 난 후 피곤할 만도 한데 잠이 안 왔다. 꼬박 밤을 새우고 빨갛게 충혈된 눈으로 아침을 맞았다. 미래에 대한 불확실성에 무엇을 해도 즐겁지 않았다. 이제 일을 시작할 때가 되었나보다.

내 전화를 받은 지인들은 무척 반가워했다. 당장 약속을 잡자고 난리였다. 역시 내가 맞았다. 지금까지 내가 후하게 인심 썼던 것들이 결실을 맺고 있었다. 나를 자기 회사로 모셔가겠다고 명함까지 찍어온 친구도 있었다. 그렇게 내 이름 석자 앞에 달고 싶었던 이사라는 글자가 마음을 뭉클하게 했다. 그런데 나를 못 데려가 안달 내던 그들이 몇 달을 못가 본색을 드러냈다.

"당신의 능력을 마음껏 펼치려면 투자가 필요해요. 이 작은 무대에서 당신이 놀기엔 협소하지 않습니까? 무대를 넓혀 봅시다."

투자액을 넌지시 밝히는 그들 앞에서 머뭇대자 관심의 불꽃은 금방 사그라졌다. 나는 배신감에 빠졌다. 현직에 있을 때 그들의 사업안이 올라오면 긍정적인 시선으로 한 번 더 생각해 주었었다.

그들이 그 사실을 인지했는지는 몰라도 말이다. 뾰족한 나무작대기 하나 없이 정글로 내몰린 상황에 화가 났고 시간이 흐를수록 억울함이 엄습했다.

내가 왜? 조금만 버텼다면 상무에 전무에 승승장구했을 텐데. 내가 왜!

찬욱과 대만은 사업이야기로 한창이었다. K증권사에서 하는 차세대개발 업무에 대한 이야기였다. 규모가 큰 만큼 예산액도 상당했다. 찬욱의 입장에서는 새 사업을 수주할 좋은 기회였다. 대만은 아까와는 달리 목소리에 느긋함과 거들먹거림이 언뜻언뜻 비쳤다. 대만이 결정권을 쥐고 있는 것은 아니지만 상당한 입김을 작용할 수 있었다.

"그럼 장 상무가 결정권을 가지고 있나요?"

굉장히 고무된 찬욱이 대만에게로 바짝 몸을 기울이고 호기심이 가득 차 물었다. 대만은 입에 묻은 맥주거품을 쓱 닦으며 대수롭지 않다는 듯 말했다.

"물론 임원회의에서 결정하겠지만 가장 큰 힘을 발휘하는 건 장상무겠지예."

내 명치끝으로 예리한 칼날이 푹 쑤시고 들어왔다. 지방 지점에 있던 그를 본점으로 불러들인 것은 나였다. 낙하산으로 떨어진 박전무는 최고참이었던 나에게 연신 전화를 걸어와 밥을 먹자고 했다. 내부 진급을 기대하고 있던 직원들의 동요를 막기 위해 최고참이었던 나의 힘이 필요했던 것이다. 사실 가장 실망한 사람도 나였는데 그는 교묘하게 작전을 펼쳤다. 내 마음대로 팀을 짜 자신을 도와달라는 거였다. 다음 인사 때는 틀림없이 진급을 시켜주겠다는 뉘앙스를 풍기면서 연신 잔에 양주를 따라주었다. 어차피 판을 되돌릴 수 없으면 그 판에서 새 그림을 짜야했다. 그만큼 박 전무의 지지는 전폭적이었다. 나는 변방의 지점에 있던 장을 불러들여 새 인물로 팀을 짰고 업무를 독려해 최고의 성과를 내었다. 그런데 시간이 흐를수록 박 전무와 장이 함께 다니는 모습이 자주 목격 되었다. 설마 나를 빼돌리고 저희들 끼리… 의심이 들긴 했지만 드러내 놓고 불만을 표시할 수도 없었다. 사실 동갑인 나보다는 몇 년 아래인 장이 더 부리기에 좋았을 것이다. 그러나 박 전무는 회의가 끝나고 일어설 때면 살갑게 내 어깨를 두어 번 두들겨 주었다. 그건 의심하지 말고 기다리라는 암시 아닌가.

일이 터지고 나자 박 전무가 고참 부장들을 한꺼번에 잘라 업무에 대한 경각심을 심어주어야 한다고 가장 큰 목소리를 냈다는 사실을 알고 난 후, 말문이 막혔다. 일은 일사천리로 진행되어 우린 명예로운 퇴직을 했고 장은 내가 그리 염원했던 자리에 앉았다. 이제 난 사업을 업체에 나눠줄 수 있었던 갑의 자리에서 을도 병도 아닌 정, 아니 무. 기. 경쯤 되려나.

기이한 나무 아래서 술에 취해가는 세 사람이 정겹다. 나도 취해 가나보다. 빨간 사과 옆에 노란 바나나가 달려있다. 우스꽝스럽다. 웃음이 새어 나온다. 한 나무에 매달려 있지만 과일이라는 본질은 같고 개별적으로는 특성이 다르다. 마치 사람 사는 세상 같다. 살아남으려면 물과 햇빛을 차지해야 한다. 꽃을 피워야 한다. 그래야 열매를 맺는다. 먹음직스럽던 과일이 사나워 보인다. 이런, 잡념을 털어내기 위해 머리채를 두어 번 흔들고 미연을 본다. 별말 없이 듣기만 하는 미연에게 가끔 찬욱은 동조를 요하는 질문을 던졌다. 문득 예전에 찬욱도 미연에게 대시를 했던 수많은 남자 중에 한 명이었나를 떠올려 봤다. 그랬던 것 같기도 하고 아닌 것 같기도 하다. 그것이 뭐가 중요한가. 사랑은 타이밍이라고 하지 않던가. 지금이 적기일지도. 나도 모르게 웃음이 난다. 활기차게 자기 사업을 얘기하는 찬욱이 보기 좋다. 그날 밤이 떠올랐다.

찬욱은 술잔을 움켜쥐고 으르렁거렸다. 그가 짐승처럼 내뱉었다.

"인간들이 한순간에 변하더라고. 정말 딱 한순간이야."

연일 주가하락으로 주식시장이 혼란에 빠지고 회사내부도 어수선한 어느 날, 찬욱으로부터 전화가 걸려왔다.

"이 부장님, 술 한 잔 사줘요."

"어, 어 그래, 어디야?"

뒷정리를 하는 손이 허둥댔다. 찬욱은 전산업무를 떠나 영업에 뛰어 들었었다. 그의 뛰어난 친화력과 달변은 얼마 후, 최고의 실적을 달성하고 직원들로부터 부러움과 질투의 대상이 되었다. 그의 성공은 끝이 없어보였다. 그러나 잘나가던 주식이 곤두박질하며 하한가를 연일 기록하자 그는 직원들의 입방아에 다시 올랐다. 찬욱을 애석해하며 잡담을 끝내고 자기 자리로 돌아가는 그들은 안전한 직장과 매월 꼬박꼬박 들어오는 월급에 흐뭇했고 안도감에 어깨가 쫙 펴졌다. 그런데 지금 그가 나를 찾고 있다.

등골이 서늘할 만큼 에어컨이 팽팽 돌아가는 사무실에서 나오자 후덥지근한 도시의 습도가 숨을 턱 막히게 했다. 금융사들이 모여 있는 거대한 빌딩숲을 빠져나와 그가 말한 술집을 찾아갔다. 이미 그는 많이 취해 있었다. 식어버린 해물전골 냄비 위를 파리 한 마리가 극성스럽게 날아다녔다. 나는 손을 휘휘 저어 파리를 쫓았다. 그때 찬욱이 퉁명스럽게 말했다.

"선배님, 그 놈이 먹으면 얼마나 먹습니까? 냅둬요!"

"아, 그런가… 더럽잖아."

"푸하, 사람만큼 더러울까!"

"사람만큼?"

멀뚱히 바라봤다. 그는 횡설수설 이야기를 늘어놨다. 테이블에 놓인 그의 핸드폰이 자지러지게 떨렸다.

"이 놈은 계속 울어요. 운다는 것은 나를 찾는다는 거고, 나를 찾는다는 것은 내가 아직 쓸모 있다는 것이겠지요."

찬욱은 빈 잔에 소주를 따라 내 잔에 부딪치고 단숨에 마셔버렸다.

"선배님, 선배님, 있잖아. 자기 돈 굴려 달라고 살살거리던 놈들이 이제 주가가 떨어졌다고 잡아먹을 듯이 달려드네. 아니 내가 지

돈을 내게 맡기라고 한 것도 아니고 지들이 맡겨 놓고 이제와 모든 책임을 내게 덮어씌우네. 이게 말이 돼!"

"서류가 있을 거 아냐. 그냥 네가 마음대로 투자한 것은 아니잖아."

"물론 있지. 자기는 그런 뜻으로 한 게 아니래. 내가 거짓말로 자기들을 현혹했대."

찬욱은 성공했을 때와 실패했을 때를 다 설명했었다. 단지 성공의 확률을 큰 목소리로 힘주어 말했고 실패했을 경우를 스쳐지나가듯 말했을지도 모른다. 아니면 듣는 쪽이 성공을 정확하게 인식하고 실패를 건성으로 들었는지도. 찬욱과 고객의 사이는 커피 잔이 놓인 테이블만큼의 거리였고 입김으로 점심에 먹은 음식이 무엇인지 알 수 있는 거리였지만 각자 기억에 남은 말은 엄청난 차이가 있었다.

그 후 찬욱은 회사에 사표를 던졌고 퇴직금으로 피해자들의 손실금을 배상해 주었다. 성공이 컸던 만큼 피해액도 엄청나 신용불량자로 전락하고 말았다. 결국 그는 제자리로 돌아왔다. 프리랜서 프로그램 개발자로. 적성을 따진다는 것이 얼마나 사치였는지 그는 여실히 증명해 주었다.

찬욱이 우리 회사에 사업제안서를 내, 채택되어 같은 사무실에서 일한 적도 있었다. 먹기 싫다고 박차고 나갔다가 탈탈 털리고 알몸으로 다시 전 직장에 프리랜서로 일한다는 것이 쉽지 않았을 것이다. 위축되지 말고 힘내라고 내가 그의 어깨를 두들겨 주었던

가. 찬바람 부는 거리와 공원을 날아다니는 그를 나는 안전한 새장 안에서 바라봤던 것 같다. 그런데 내가 그의 밑에서 일하고 있다. 지금.

미연의 시선이 이리저리 움직였다. 어디서 날아왔는지 모를 파리 한 마리를 좇았다. 허공을 맴돌던 파리가 배짱이 생겼는지 칠리 새우 위에 앉았다. 내가 손을 휘휘 내저어 파리를 쫓으려 하자 그녀의 입술이 달싹거렸다.

"부장님, 파리를 모두 더럽다고 하잖아요. 파리는 살아있는 자체가 미안해서 계속 두 손을 비비고 있는 걸까요?"

황당한 질문에 나는 난감했다. 두 남자는 실컷 떠들었는지 담배를 피우겠다고 조금 전 밖으로 나간 뒤였다. 미연과 나 사이에 어색한 공기가 흘렀다. 침묵을 깨고 뽀얀 먼지같은 음성이 들려왔다.

"부장님, 그날 밤 전 제 생의 기운을 다 소진해 버렸어요. 프로그램을 정상적으로 되돌려 놓지 않으면 어떤 일이 벌어지는지 잘 알고 있었으니까요."

나는 무슨 말인가 해야만 했다. 내가 구렁텅이로 떨어져 허우적거릴 때 화를 쏟아낼 대상으로 그녀를 극렬히 미워했다. 그때 그녀의 자살 미수 사건이 들려왔다. 다행히 일찍 발견되어 목숨을 건졌고 회사에서 퇴사를 막아 직장생활은 계속하고 있다고 했다. 나는 멋지게 그녀를 용서해 주고 그동안 삭히고 문드러져 내 몸을 시큼하게 만든 억울함과 분노로부터 벗어나고 싶었다. 내가 그녀를 용서해 주면 그녀 역시 고통으로부터 자유로워질 것이다. 지금이 그때다. 그러나 입이 떼어지지 않는다. 흐르는 강물 같은 목소리가 다시 들렸다.

"이 부장님, 이것만은 말씀드리고 싶었어요. 정말 피가 마를 정도로 애를 썼다는 말씀을… 제 실수로 많은 분들의 삶을 망가뜨렸다는 사실이 얼마나 고통스러웠는지. 그 이후 저는 죽은 거나 다름없다는 것을…"

나는 선뜻 말이 안 나왔다. 그렇게 연습했던 말이. 한참 머뭇대다 숨을 폐에 가득 집어 넣었다.

"강 차장, 이러지 말아요. 강 차장의 잘못만은 아니죠. 프로그램의 오작동을 대비해 어디에서나 전화를 받거나 달려올 프로그램 담당자가 전활 받지 못한 게 더 큰 잘못이지. 누구를 탓하겠어요. 다 제 운명이지. 마음의 짐 털어버려요. 언젠가 떠날 곳이고 한두 해 일찍 떠난 것뿐인데, 다들 잘 살고 있다니까."

난 큰소리로 호탕하게 웃어 젖혔다. 빈 웃음인걸 아는 강미연의 까만 눈동자에 촉촉한 물기가 어렸다. 그런데 말을 하고 나면 홀가분할 줄 알았는데 이 무거움은 어디서 오는 걸까? 당혹스럽다. 그때 후덥지근한 더위를 몰고 두 남자가 들어왔다. 이미 그들은 사업 하나를 성사시키기에 충분한 교감을 나눈 듯했다.

"자자, 즐거운 삶을 위해!"

찬욱은 대만의 잔을 향해 크게 건배를 외치고 잔을 부딪쳤다.

미연의 웃음소리가 잔잔하게 들렸다.

그리고 보면 내가 그녀를 비난할 수 있을까. 그 프로그램은 언젠가 문제를 일으킬 위험을 안고 있었다. 그 문제로 부장단 회의를 연 적도 있었다. 그런데 시간과 경비가 생각보다 많이 들어갔다. 얼마 후 업무 변경이 있을 것이고 굳이 자신들이 개선작업을 펼쳐 리스크를 안고 싶지 않았다. 좀 더 가동을 해도 된다는 항목에 기표들을 했었다. 사고의 끝에는 미연이 서 있지만 그 줄을 따라가면 나타날 인물들이 누구인가. 웃는 듯 우는 미연을 보며 누가 돌을 던진 것이고 누가 맞은 것인지 모호해진다. 나는 얼른 입안으로 술을 털어 넣었다.

한껏 흥이 오른 찬욱이 김이 빠진 미연의 술잔을 밀어놓고 새 잔에 시원한 사이다를 따랐다. 미연이 주저하며 잔을 받아들었다. 역시 보통내기가 아니다. 내게 큰 버팀목이 되어주기도 하고 밉살스러운 놈이 되기도 하는 찬욱. 그런데 나는 깜짝 놀랐다. 기이한 나무가 환상적으로 보이는 허공에 한 장면이 떠올랐다. 찬욱의 뒷담화를 직원들이 할 때 벌겋게 상기되어 빈정대는 말을 쏟아놓고 있는 자가 분명 나였다. 나는 얼른 맥주를 벌컥벌컥 들이켰다.

"일어나려고 하는데 이제 술이 들어가나예. 우짜지예."

"형, 나중에 또 합시다. 미연씨도 집에 들어가야 하고…"

우리 네 사람은 맥주 집을 나왔다. 늦은 시간이었지만 거리는 휘황찬란한 조명과 차량의 불빛으로 시간을 잊게 했다. 비틀대며 걷는 대만과 찬욱, 기가 다 빠져나갔다는 미연이 또각또각 힐 소리를 내며 앞서 걸었다. 네온사인이 그들의 그림자를 집어 삼켰다.

11시가 넘은 지하철 안에는 사람들이 뜨문뜨문 앉아 있었다. 지하철이 달리면서 만들어내는 흔들림은 요람과도 같았다. 의자 끝자리를 차지해 앉았다. 취기가 올라와 눈이 감긴다. 그때 거침없는 여자의 통화소리가 들려왔다. 놀라 눈을 뜨자 화사한 원피스에 명품 백을 어깨에 멘 여자가 내 앞에 서 있었다. 여자는 휴대폰에 대고 갑자기 욕을 해댔다. 나는 뜨악해 여자를 올려다봤다. 눈이 딱 마주친 여자는 대뜸 나를 노려보며

"뭘 봐 새끼야!"

찰지게 욕을 해댔다. 내 입이 쩍 벌어지며 술이 확 깼다. 여자는 통화중이었다. 분명 나에게 욕을 한 건 맞는데 남이 보기에는 전화 속 인물에게 한 것으로 보였다. 나는 시선을 멀리 보냈다. 그리고 귀만 열었다. 여자는 거친 욕을 계속 해댔다.

"젊은 놈이 핸드폰만 들여다 보냐."

슬쩍 여자의 시선을 따라가자 한 젊은이가 핸드폰을 들여다보고 있었다. 나는 벌떡 일어나 멀찍이 떨어진 자리에 가 앉았다. 비아냥대는 소리가 따라왔다.

"왜, 왜? 도망가냐. 새끼가 비겁하게. 내가 무섭냐?"

나는 기가 막혀 몸이 떨렸다. 여자는 기세가 등등해서 이 사람 저 사람에게 욕을 해댔다. 그런데 모두 입을 꾹 다물고 있었다. 미친 여자로 치부해 버리고 무시하고 있는 건지 괜히 다툼을 만들고

싶지 않은 건지. 나는 가슴속 깊은 곳에서 분노가 차올라 온몸이 뜨겁게 달아올랐다. 중동역에 도착한다는 소리에 난 벌떡 일어났다. 문 앞에 서서 그녀를 향해 고함을 질렀다.

"미친년아, 왜 욕을 해. 누가 뭘 잘못했다고. 네 욕 때문에 다른 사람이 미치잖아. 너만 살겠다고 욕을 하냐. 이 미친년아, 하려면 당당하게 해."

내가 말하는 동안 문은 열렸고 밖으로 나가는 순간 문이 닫혔다. 여자의 멍청한 시선이 등 뒤에 느껴졌지만 저벅저벅 걸어 화장실로 향했다. 울컥 눈물이 쏟아졌다. 지하철 안에서 자신의 화를 전화기 뒤에 숨어 쏟아놓는 여자가 불쌍해서, 아니 숨 쉴 곳조차 찾지 못하는 미연이 안쓰러워서, 아니면 병든 여자를 향해 폭발할 수밖에 없는 나의 소심한 분노가 가여워서, 사실 기이한 나무 아래서 숨어있던 나를 대면하고 오열한지도 모른다. 한참을 꺽꺽대다 눈물을 훔치는데 핸드폰이 부르르 울었다.

"선배님, 왜 이리 전화를 안 받아요. 나 오늘 선배 덕에 좋은 인연을 만난 것 같아. 형, 고마워."

해설
집으로 돌아가는 길
—이월성 소설집 『인간등대』
장두영(문학평론가)

1. 공간과 장소

이월성의 소설집 『인간등대』에 수록된 여러 작품은 '집'이라는 공통분모를 지닌다. 「엄마의 집」의 경우 제목에서부터 '집'을 강조한다든가 「해피하우스」의 수찬이 머무는 원룸, 「렌즈」의 대출받아 들어간 아파트 전세, 「등을 보이고 앉은 여자」의 H시 고층아파트 스카이파크 1004동 906호 등 소설 속 인물이 어떤 주거 환경에 속해 있는지에 대해 꼼꼼하게 매만지는 모습은 작가의 개성적 면모로 파악될 수 있다. 이런 점에서 다소 거칠게 보아 소설집 『인간등대』를 관통하는 주제는 곧 '집'이라고 말할 수 있겠다. 물론 여기서 말하는 집이란 '사람이 들어서 살거나 활동할 수 있도록 지은 건축물'이라는 사전적 의미를 넘어선다. 이월성의 소설집에서는 '집'이 단순한 배경이나 소재적 차원에 머무는 것이 아니라 소설 속 주요 인물이 살아가는 삶과 밀착된 장소로서의 의미로 확장되고, 특히 소설의 이야기 전개와 긴밀하게 조응하면서 작품의 주제를 발전시키는 결정적 역할을 하는 서사적 장치가 된다는 점에서 각별한 주의를 요한다.

「영자 씨와 영미 씨」는 작가가 '집'의 의미를 어떻게 조형하려 하는지를 단적으로 보여주는 작품이다. 이 작품은 "둥지로 새들이 돌아왔다"라는 문장으로 시작한다. 난데없이 '둥지'라니, 궁금증을 자아내는 소설의 첫 문장은 새의 둥지를 올려다보는 곱고 단아한 노인 '영자 씨'와 '둥지공부방'이라는 문패를 내걸고 새로운 생활 터전을 마련한 '영미 씨' 두 사람에 관한 이야기로 이어진다. 사람의 집이란 새의 '둥지'와 다를 바 없다는 것, 아니 목재나 벽돌 혹은 콘크리트로 지은 건축물이 아니라 가족들을 품어주고 보살펴주는 안식처인 '둥지'가 되어야 한다는 것을 이 작품은 첫 문장에서 선언한 셈이다. 다음 인용 대목에서는 영미 씨의 삶의 터전이 새들의 둥지와 정확히 등치되고 있음을 확인할 수 있다.

창밖의 플라타너스 나뭇가지에 두 마리의 까치가 마른 나뭇가지를 연신 물어다 얼기설기 둥지를 틀고 있었다. 작은 부리로 제 몸보다 긴 나뭇가지를 물어오는 모습이 신기해 그녀는 한참을 넋 놓고 바라보았다. 한 마리가 나뭇가지를 물어오면 다른 한 마리가 설계하듯 이리저리 위치를 바꿔가며 나뭇가지를 쌓고 엮어 둥지를 만들어갔다. 그녀의 공간이 완성되어가는 것처럼 까치들의 둥지도 점점 모양새를 갖춰갔다. 어

느 날부터는 솜털처럼 부드러운 털들을 물고 왔다. 아마 내부
를 꾸미는 중인 것 같았다. 그녀는 두말없이 현관에 문패를 내
걸었다. '둥지공부방'.

이푸 투안(Yi-Fu Tuan)은 공간과 장소를 구분하였다. 공간은
움직임이며, 개방, 자유, 위협에 가깝다. 반면 장소는 정지이며, 사
람들이 살아가는 안식처이며, 그곳에서 안전과 애정을 느끼는 삶
의 중심이다. 즉 사람은 미지의 공간을 친밀한 장소로 바꾸어 그곳
에 정착하여 살아가고 이때 장소감(sense of place)을 가질 수 있
다. 「영자 씨와 영미 씨」에서 강조된 '둥지'란 중립적인 의미를 지
닌 건축물로서의 '집'이 아니라 생명이 최소한의 안전을 보장받고
휴식을 취할 수 있는 장소, 그래서 그곳이 각자의 삶에서 각별한
의미와 가치를 갖게 되는 장소로서의 '집'을 의미한다. 결혼 적령
기를 한참 넘긴 채 혼자 사는 여자, 약간의 고독함과 처량함을 부
인할 수 없는 영미 씨가 다시금 세상에 발을 딛고 살아갈 수 있게
하는 최소한의 보금자리가 '둥지공부방'이며, 세상을 살아가면서
마주치게 마련인 온갖 불안과 허무를 충분히 버티고 막아낼 수 있
는 든든한 보금자리가 '둥지공부방'이다.

보금자리로서의 집에 대한 의미와 가치는 외부의 기준으로 측
정되고 평가되는 성질의 것이 아니다. 집의 가치를 평가하는 정반
대의 방식은 영미 씨의 부모님이 남겨준 집을 처분하려는 동생들
의 모습에서 생생히 확인할 수 있다. 부모님이 물려준 재산은 달랑

집 한 채뿐. 영미 씨는 부모님과 자신들의 추억이 어려 있는 그 집을 유지하고자 하고, 다른 동생들은 요지에 있어 제법 집값이 나가는 그 집을 팔아서 나누어 가지기를 원하는 상황이다. "동생들에게는 집이 돈이었지만 그곳은 그녀의 둥지였고 살아온 흔적이 새겨진 공간이었다." 집이란 동생들에게는 돈으로 가격이 매겨지는 건축물이고 입지가 중요한 부동산 거래의 대상이지만, 영미 씨에게는 그렇지 않다는 것이 갈등의 중심이며, 이 작품이 독자들 앞에 제시한 양자택일의 선택지다. 결국 이 작품은 독자들에게 당신의 선택은 무엇인가? 당신에게 집이란 어떤 의미인가?를 독자들이 진지하게 생각해보도록 이끌고 있다.

「영자 씨와 영미 씨」가 온전한 삶의 가치가 존중받는 보금자리로서의 집인 둥지를 아름답게 형상화한 작품이라면, 「렌즈」는 영미 씨의 동생들이 생각하는 듯한 집에 초점을 맞춘 작품이다. 영미 씨의 동생들 같은 사람들이 우리 사회의 평균적인 구성원임을 염두에 둘 때, 「렌즈」는 한편으로는 중산층에 편입되기를 욕망하는 평범한 소시민의 자화상인 동시에 집의 본래적 가치를 망각한 채 살아가는 오늘날 우리들의 세태를 예리하게 포착하는 한 편의 풍속도가 된다. 「렌즈」에 나오는 집은 '입주한 지 2년이 채 안 된' 소위 '신상' 아파트다. 20층 높이에서 내려다보는 전망은 삶의 여유와 아늑함에 흐뭇한 미소를 짓게 하는 동시에 다른 한편으로는 미세한 현기증을 수반하는 불안의 징후가 엿보인다. 이 작품은 앞서 「영자 씨와 영미 씨」의 경우와 마찬가지로 독자들을 향해 집이란 어떤 의미를 지니는가를 진지하게 질문한다. 그렇지만 이 작품이 눈길을 끄는 것은 그러한 최종적으로 도달하게 되는 문제의식이나 주제뿐만 아니라, 아늑하고 안락하게만 여겨졌던 중산층의 일상적 삶이 미세하게 흔들리다 결국 뿌리까지 뒤집히는 서사적 역학이며, 그 과정에서 프라이버시가 보장되는 그래서 엉뚱하게도 은밀한 관음증을 유발하는 아파트라는 주거 형태가 중요한 역할을 하고 있다는 점이다.

또한「렌즈」에서 집(아파트)은 돈과 맞바꾸는 대상이다. 주인공 '나'가 이사를 결심한 계기가 바로 딸의 교육 문제였다. 전교 1등을 한 큰딸의 교육을 위해서 아파트로 이사 가야 한다. 서울 근교 20년도 넘은 18평 빌라를 떠나 새로 지은 아파트로 이사를 가면 우등생 딸이 편안하게 공부할 수 있는 공부방을 마련해줄 수 있고, 좋은 학군에 속한 아파트로 좋은 학교와 교사, 친구들에 둘러싸여 공부를 더 잘할 수 있다. 미국 국무장관을 했던 콘돌리자 라이스의 부모가 된 듯, 맹자의 어머니가 된 듯, 큰마음 먹고 교육에 투자를 하겠다는 생각이 새 아파트로 이사하게 이끌었다.

이때 학군이 좋은 아파트로 이사 간다는 것은 그만큼의 대가를 지불해야 한다. 이사를 위해 대출을 받는 것이 한 예. 이사를 위해 계산기를 두들겨 대출을 받는 순간 집은 둥지로서의 의미보다는 금액으로 환산되어 평가되는 상품으로 전환된다. 무언가를 누리기 위해서는 그만큼을 돈으로 지불해야 한다는 식의 발상, 집이란 돈을 매개로 오고 가는 일종의 상품이라는 발상, 이는 영미 씨

동생들의 사고방식과 크게 다르지 않다. 또 「해밭골 사람들」에서 사업자금을 마련하기 위해 조상으로부터 물려받은 땅을 거침없이 팔아치운 황 노인의 자식들이 가진 사고방식과도 다르지 않다.

이처럼 집과 교육과 돈이 한 매듭으로 묶여 있다는 식의 발상은 「엘리베이터에 갇힌 사람들」에서 더욱 전면적으로 다루어진 바 있다. 강북 학원가를 배경으로 한 이 작품에서는 엄마들이 수험생 아이들을 집과 학원, 아니 학원과 학원으로 픽업하고 다니며, 입시 정보 수집에 열을 올리고, 학원 그룹 과외 정보를 공유하기에 여념이 없다. 심지어 엘리베이터가 고장이 나서 갇힌 위급한 상황에서 끊임없이 입시 정보를 수집하기에 여념이 없는 학부모들의 우스꽝스러운 모습을 묘사하면서 오늘날의 세태를 꼬집는다. 「렌즈」의 큰딸이 조금 더 자라서 고등학교에 진학한다면 「렌즈」의 주인공은 「엘리베이터에 갇힌 사람들」에 나오는 엄마들처럼 입시정보를 공유하고 아이를 픽업하러 다닐 것이다. 그리고 학원비 부담 때문에 시작한 빵집 아르바이트 때문에, 아니면 식당 아르바이트 때문에, 다른 엄마들의 비아냥과 따돌림을 묵묵히 감수해야 할지도 모른다. 「렌즈」든 「엘리베이터에 갇힌 사람들」이든 집과 아이들 교육과 돈이 긴밀히 결합되어 있는 소설 속 세태는 돈이 곧 입시의 성과를 좌우하고 다시 입시가 사회적 성공을 좌우하는 끝없는 경쟁 사회로 그려진다. "탈 사람의 숫자가 정해진 엘리베이터, 순식간에 최상층으로 힘 안 들고 올라갈 수 있는 엘리베이터, 또 한순간에 추락할 수 있는 숨겨진 얼굴도 보았다. 겨우 엘리베이터를 탈출한 우리는 더 높고 더 많은 엘리베이터가 밀집한 도시 속으로 초점 잃은 눈으로 질주했다"라는 작품의 마지막 대목은 오늘날 경쟁 사회의 한 단면에 대한 적절하고 날카로운 비유가 아닐 수 없다.

"하나를 얻으면 하나를 내려놓아야 한다. 내지 않던 대출이자를 내기 시작하면서 두통이 찾아왔다."「렌즈」는 삶의 가치가 돈으로 환산되는 세계에 깊숙이 발을 들이면서 겪게 되는 변화에 초점을 맞춘다. 학군 좋은 집, 전망 좋은 집, 안락한 새집을 얻은 동시에 대출이자를 내면서 두통이 찾아오고, 앞집에서 들려오는 유리 깨지는 소리와 가구 넘어지는 소리를 들어야 한다. 작품의 제목이기도 한 '렌즈'를 통해 앞집에서 벌어지는 일을 몰래 엿보는 일이 '나'의 새로운 습관이 되어버리는 상황이다. 비정상의 상황이 너무도 반복적으로 벌어지다 보니 거기에 익숙해져 버리게 되는 상황, 곧 '비정상이 일상적으로 인식'되는 상황이다. 급기야 '나'는 앞집 사람들이 이사 간다고 할 때 꽉 막혔던 체증이 뚫리는 느낌과 동시에 "알 수 없는 두려움이 동시에 일었다"고 고백하는데, 반복적으로 불안에 노출되다 보니 그것에 익숙해지고 길들어버린 심리 상태를 엿볼 수 있다.

이러한 '비정상의 일상화'가 '나'에게만 일어나는 일은 아니다. "기말고사를 앞둔 아이는 공부에 몰입하느라 동생들과 잘 어울리지 않는다. 이제 동생들도 언니를 찾지 않는다. 언니는 공부를 해야 하니까. 이곳으로 이사 온 이유이니까. 동생들도 그렇게 생각했다." 언니와 동생 사이에서 발생한 변화는 어찌 보면 섬뜩한 변화다. 새들의 둥지 같은 서울 근교 18평 빌라를 떠나면 더욱 안정되고 편안한 생활이 기다리고 있다고 믿었지만, 표면적으로는 화려한 발전이 이루어진 듯하지만 정작 소중한 가치인 보금자리의 장소성이 상실되었을 따름이다. 대출이자를 갚기 위해 시작한 아르바이트는 다친 아이의 머리를 부여잡고 쌀쌀맞게 쩌려보는 젊은 부부의 모습으로 바뀌었고, 동생들과 잘 놀아주면서 전교 1등을 선물하던 착한 큰딸은 아파트 주차장에 세워진 자동차를 못으로 긁으며 스트레스를 풀어내는 문제아가 되어버렸다. "오도 가도 못하고 렌즈에 눈을 대고 서 있었다"라는 작품의 마지막 문장에 이르면 스스로 허물어버린 둥지 앞에서 망연자실하는 우리들 독자 자신의 얼굴을 발견할 수 있다.

2. 고향 상실

「등을 보이고 앉은 여자」에서는 상품으로서의 집이 매우 음산하고 괴기스러운 모습으로 그려진다. 바다를 접한 아름다운 도시 H시에 낡은 건물을 헐고 새로 생긴 고층 아파트 '스카이파크'는 자본의 논리에 포섭된 집의 의미를 가장 압축적으로 보여주는 예시다. 「렌즈」에서도 언급된 바 있는 고층 아파트의 창밖 풍경은 스카이파크에 이르러 한층 더 고급스럽고 부유함의 외장을 입고 있을 것이 분명하다. 그곳 스카이파크에서 내려다보는 창밖의 전망은 바다뷰와 어우러져 비싼 가격표가 붙어있을 것이기 때문이다. 하지만 이처럼 겉으로 보기에는 고급스럽고 아늑한 공간인 스카이파크에서 예상치 못한 사망 사건이 일어나면서 이면에 숨겨진 불안과 공포가 서서히 작품을 잠식하기에 이른다. 특히 등을 보이고 앉은 여자 그림이라는 매우 인상적인 소품을 통해서 작품 전편에 깔려있는 우울하고 불길한 분위기는 한층 고조된다.

그림은 한 처녀가 등을 보이고 앉아 평화로운 마을을 바라보는 따뜻한 채색의 그림이었다. 마을에는 여자의 안락한 집이 있고 그녀는 당장이라도 집으로 돌아갈 수 있어 보였다.
아들은 왜 이런 그림을 걸어놓았는지 알 수 없다며 머리를 저었다. 연숙은
"그냥, 재미있잖아."
라고 말했지만 그림 속 여자의 등이 묘하게 시선을 잡아끌었다. 등을 보이고 앉아 얼굴을 보여주지 않는 여자가 연숙의 마음을 울렁이게 했다. 표정을 알 수 없기에 여자는 연숙 안에서 미소 지었다가 울었다가 분노했다. 그림 속 여자는 연숙의 얼굴을 했고 타인은 절대 볼 수 없는 얼굴을 가지게 된 연숙은 자유를 느꼈다. 지금 이해할 수 없는 상황을 묵묵히 지켜봐야 하는 연숙에게는 그림 속 여자가 유일한 위로였다.

등을 보이고 앉은 여자의 시선이 머무는 곳에는 '안락한 집'이 놓여 있다. 그곳은 마치 아늑한 둥지 같은 집이지 않을까? 그곳에

가면 진정한 안식과 위로가 있으리라. 또 그곳에 가면 본래적인 삶을 회복하여 세상을 살아갈 용기를 얻을 수 있으리라. 그런데 등을 보이고 앉은 여자는 그곳에서 멀찌감치 떨어져서 그저 지켜보기만 한다. 그곳에 시선을 돌리고 앉아 있는 여자는 그곳에서의 행복했던 나날을 추억하며 그리움의 미소를 짓고 있을지 모른다. 그러나 그 여자는 지금 자신이 그곳에 속해 있지 않음을 잘 알고 있으며, 앞으로도 결코 그곳으로 돌아갈 수 없으리라는 것을 잘 안다. 만약 그녀가 그곳에 돌아갈 수 있었다면 지금처럼 앉아서 바라보기만 할 것이 아니라 한시바삐 발걸음을 옮기고 있었을 것이기 때문이다. 그렇기에 그리움의 미소와 동시에 회복할 수 없는 허무와 결여에서 비롯하는 좌절감과 절망의 표정이 등을 보이고 앉은 여자의 얼굴에 펼쳐져 있으리라 예상된다.

사망 사건의 실질적인 원인 제공자인 주인공 연숙은 "자신은 평생 등을 보이고 앉은 여자로 살아야 한다는 것을 그녀는 예감한다." 웃음도 숨기고, 울음도 숨기면서, 비밀을 유지하기 위해 포커페이스를 유지해야 하는 삶의 조건이란 사실상 형벌에 가깝다. 법적인 처벌에서는 벗어나 자유의 몸이지만 끝까지 비밀을 지켜야 하는 상태는 끊임없는 자기 감시와 검열을 요구한다는 점에서 철저한 자유의 박탈이다. 언젠가 비밀이 폭로될 수도 있다는 데서 오는 불안감은 연숙을 평생 등을 보이고 앉은 여자로 살게끔 몰아세운다. 아마도 이 소설집에 수록된 여성이 화자인 작품에 등장하는 여러 인물 중에서 가장 부유한 생활을 누리고 있을 연숙이지만, 내면 심리 상태의 측면에서는 가장 궁핍하고 허약하게 살아가야 하는 인물이 바로 연숙이다. 「엘리베이터에 갇힌 사람들」이 우발적인 해프닝으로 포착했던 경쟁 위주의 세태에 대한 날카로운 비유, 「렌즈」가 뒷통수를 얼얼하게 만드는 극적 긴장의 전개로 그려냈던 삶의 균형감 상실로 인한 '알 수 없는 두려움'이 「등을 보이고 앉은 여자」에 이르러 사망 사건을 둘러싼 미스테리적 서사 전개와 맞물려 어둡고 칙칙한 색채의 독특한 그림 한 폭으로 펼쳐졌다고 할 수 있다.

3. 미소를 되찾는 법

「등을 보이고 앉은 여자」가 의혹과 비밀로 가득한 사망 사건을 가운데 배치하고 상상력의 날개를 마음껏 펼친 작품이라면, 「해피 하우스」는 세태의 스케치에 충실하여 한 편의 심층 기획 르포 기사를 보는 듯한 느낌을 선사하는 작품이다. 물론 「해피 하우스」에서도 이미 제목에서 그러한 암시가 들어있듯 집에 대한 상상력을 작품의 주제로 발전시키고 있다는 점에서 소설집의 다른 여러 작품과 맥을 같이 한다.

「해피 하우스」의 주인공 기찬은 「등을 보이고 앉은 여자」에서 그림 속에 등장하는 여자와 비슷한 면을 갖고 있다. 바로 고향을 그리워하면서도 그곳에서 떨어져 있다는 것, 즉 고향 상실의 감각을 형상화하는 인물이라는 점이다. 기찬은 시골 고향을 떠나 상경한 청년이다. 가방 속에 항상 제출할 이력서와 면접 때 착용할 넥타이를 가지고 다니지만 이력서와 넥타이는 제 역할을 발휘할 기회마저 제대로 얻지 못하는 상황이다. 소위 말하는 '스펙'을 기록한 이력서상으로는 '엉성하고 빈 곳이 많아 곧 허물어질 모래인형' 그 이상도 그 이하도 아닌 인물이 기찬이다. 누군가는 소년이여 야망을 가져라라고 외칠지 모르겠으나 기찬은 반복되는 실패와 좌절로 인해 어느 정도 욕심을 내려놓고 살아야 한다는 것을 이미 체득하였다. 번듯한 직장에 취직하겠다는 소망 내지 욕심 대신 기찬이 선택한 것은 '해피 하우스'에서 노래 솜씨를 뽐내면서 중년 여성들을 현혹하여 품질이 조야한 상품을 비싼 가격에 판매하는 일이다. '해피 하우스'에서 기찬은 트로트 곡조를 멋들어지게 뽑으면서 중년 여성들을 향해 환한 미소를 짓지만, 고향으로 돌아가지 못한 채 언제나 불안 속에서 아슬아슬하게 살아나가는 슬픔의 미소가 등을 보이고 앉은 여자와 마찬가지로 기찬의 얼굴을 가득 채우고 있을 것이 분명하다.

　　그는 취해 있었다. 좋아하는 노래를 마음껏 부르고 그 노래에 열광하는 여자들까지. 무엇보다도 돈을 벌 수 있었다. 그런데 이 불쾌감과 불안은 어디에서 오는 걸까? 사실 그는 끊임없이 자신에게 최면을 걸고 있었다. 그 최면으로 이곳에서 생존할 수 있었다. 신나게 웃고 즐거워하는 그녀들의 모습으로 진실을 덮으려 했었다. 외롭고 상처받은 여자들을 이용해 이익

을 챙기는 역겨운 인간이 바로 자신이었지만 그 사실을 확인
할수록 기찬은 자신을 옹호했다. 아무것도 해 준 것 없이 입으
로만 치켜세우는 부모를 원망하지 않고 산 것만으로도 대단하
지 않느냐고. 아무리 노력해도 기회조차 주지 않는 사회의 틀
을 깨부술 수 없다면 어디라도 발을 디밀고 살아야 하지 않겠
느냐고 말이다.

이월성의 이번 소설집에 수록된 여러 작품에서 공통적으로 발
견되는 부정성의 근원은 '돈'이다. '해피 하우스'에서 하는 일은 기
찬에게 적지 않은 돈을 주었다. 그 돈으로 기찬은 친구의 방에서
빌붙어 사는 신세를 벗어나서 아직은 볼품없지만 그래도 혼자 지
내는 원룸을 하나 마련할 수 있었다. 최소한의 인간다운 보금자리
를 마련해주는 위력을 지닌 것이 바로 돈이다. 그러나 기찬은 그
돈으로 말미암아 더 큰 불쾌감과 불안에 시달린다. 돈으로 말미암
아 더 나은 생활을 꾸리게 되었지만, 역시 돈으로 말미암아 자존감
에 금이 가고, 도시에서의 생활은 점차 힘겨워진다. 끊임없이 자신
에게 최면을 걸고 있기 때문에 아직은 깨닫지 못하고 있을지도 모
른다. 그러나 애써 외면하고 있을 뿐, 기찬 스스로도 자기가 자신
에게 최면을 걸고 있을 따름이라는 것을 누구보다 잘 안다. 변명을
하고, 스스로의 행동을 옹호하지만, 그러한 일을 하는 도시의 공간
이 본래적인 장소성을 간직한 고향에서 얼마나 멀리 떨어져 있는
지 누가 말해주지 않아도 그는 이미 잘 알고 있다.

'해피 하우스'에 몰려와 하루 종일 시간을 때우는 중년 여성들

도 기찬과 별반 다르지 않다. 인생의 중반에 삶의 의미나 보람을 찾기 힘들고 청춘의 열정이 서늘히 식어가는 즈음, 돈을 내고 무언가를 구입하는 일은 일시적으로 내면의 불안을 메꿔주는 역할을 한다. 우울증이 해피 하우스에 와서 사라졌다고 말하는 것은 돈을 쓰는 일이 선사한 일시적인 기분 전환의 한 사례일 것이다. 자신의 인생과 삶의 보금자리인 가정에서 낙을 찾지 못한 여자들이라면 해피 하우스에서 가방에 물건을 꾸역꾸역 넣더라도 내면의 공허는 결코 충족될 수 없으리라는 것은 너무도 자명하다. 아니, 그들은 땅을 딛고 서 있지 못하기 때문에 발생하는 존재적인 공허와 불안을 잠시라도 망각하기 위해서 헛된 노력을 하고 있을 뿐이다. 그러나 그러한 망각, 혹은 자기 최면이 공허와 불안을 극복하게 도와주지는 않는다. 오히려 목이 말라 바닷물을 들이킨 사람이 더 큰 갈증에 시달리듯 공허와 불안은 더욱 가중된다. 이처럼 오늘날 우리 사회의 공허와 불안을 가시화하는 공간이 바로 작품 속 역설적 명칭을 달고 있는 '해피 하우스'이며, 동시에 '해피 하우스'는 현대인이 처한 고향 상실의 존재적 상황을 생생히 보여주는 효과적인 서사 장치에 해당한다.

그렇다면 고향을 상실한 인간에게 남은 것은 좌절과 절망뿐인가 하면 꼭 그렇지는 않다. 예를 들어 「해피 하우스」의 마지막 대목에서 기찬이 일어서려 안간힘을 쓰는 장면은 고향으로 돌아가려는 의지를 피력한 것으로 해석할 수 있다. 기찬은 장 대표가 부르는 소리를 듣고 몸을 일으켜 세운다. 그의 두 다리는 바닥을 헛짚고 버둥댄다. "영영 서지 못하고 주저앉아 버리는 것은 아닌지, 두려움에 몸이 덜덜 떨려왔다." 이것이 바로 그가 처한 상황이다. 고향을 회복하고 고향으로 돌아가고 싶다는 소망은 있지만 아무리 애를 써도 그러한 소망이 쉽게 이루어질 수 없다. 어쩌면 영영 주저앉아 버리는 것은 아닌지 두려움이 밀려온다는 솔직한 심경 토로야말로 인간적인 연민을 자아내는 지점이다. 더욱이 이러한 기찬의 모습은 신화 속 시지프스를 뚜렷이 연상시키기에 인간의 존재에 대한 비유로 확장될 여지가 충분하다.

엄청난 두려움의 이미지로 현실의 무게가 중압하여 오지만 그것을 극복하기 위해 노력하는 인간의 모습은 자못 숭고하다. 두 다리로 현실의 무게를 지탱하며 일어서려는 기찬의 모습도 숭고하지만 그러한 숭고함의 이미지는 이번 소설집의 표제작인 「인간 등대」에서 보다 선명하게 그려진다. "뱃머리에 K6 기관총을 달아 논 기둥이 있었다. 그 기둥에 홋줄로 몸을 칭칭 감아 묶고 한쪽 팔은 기둥을 끌어안았다. 한 손에는 랜턴을 들고 천천히 사방을 비추었다. 넘실대는 바다 위를 인간등대가 되어 불빛을 쏘아대는 것이다." 인간등대는 두려움과 맞서 싸우는 인간의 의지에 대한 원형적 이미지를 떠올리게 한다. 「인간등대」에서 진호가 인간등대 역할을 수행하는 희찬을 보면서 프로메테우스를 연상했던 것도 이러한 신화적 상상력이 작품에 깔려 있음을 확인하게 한다. 시지푸스가 되었든 프로메테우스가 되었든 두려움을 뚫고 세상과 대결하는 인간적인 의지를 향한 경탄과 응원이 여러 작품의 이면에서 작동하는 근원적인 주제인 셈이다.

지금 생각해보니 인간등대는 오롯이 혼자였을 때 강한 빛을 냅니다. 여기저기서 빛을 쏘아대면 사물을 정확히 볼 수 없습니다. 한곳을 집중적으로 비췄을 때, 그곳이 가장 빛나고 실체를 볼 수 있습니다. 수병님의 '부러진 낚싯바늘'을 보는 순간 잊고 있었던 기억들이 되살아나 몸이 떨렸습니다. 엄청 두렵고 무섭기도 하지만 어떤 일을 하는 인간등대가 되어 느꼈던 희열을 다시 맛보고 싶습니다. 적어도 이젠 등을 돌리고 엉거주춤 남 탓을 하며 살지는 않겠습니다.

엉거주춤한 삶, 외부의 현실에 휘둘리는 생활이란 고향 상실의 전형적인 결과다. "별이 총총한 하늘을 갈 수 있고 또 가야만 하는 길들의 지도인 시대, 별빛이 그 길들을 훤히 밝혀주는 시대는 복되도다"로 시작하는 루카치(G. Lukács)의 『소설의 이론』이 떠오르는 대목이다. 근대 이전의 시기, 종교와 도덕, 관습과 전통이 인간이 살아가야 하는 길을 비춰주던 시기에 인간은 그 빛을 따라 길을 걸어가기만 하면 되었다. 길을 잃을까 걱정할 필요가 없었고, 내가 가고 있는 길이 맞는가 의심할 필요가 없었다. 그러던 것이 돈의 힘이 지배하는 근대 자본주의 사회에 이르러 인간은 과거 어느 때보다 풍요롭게 되었으나 끊임없는 불안과 회의에 시달리게 되었다. 인간이 걸어가야 하는 길을 비춰주는 하늘의 별빛이 더 이상 존재하지 않는 상황에서, 『인간등대』 속 수병들은 랜턴을 들고 스스로 그 길을 찾아 나선다. 진호는 한없이 두렵지만 자신의 운명을 스스로 개척하며 길을 걸어갈 때 맛볼 수 있는 바로 그 희열에 대해서 말하는 것이다.

그런데 작품 속에서 바위처럼 단단한 현실적 장애물을 돌파하는 의지의 발현은 역설적으로 사람과 사람 사이의 따뜻한 유대감에서 비롯하는 것으로 설정된다는 점이 흥미롭다.

「인간등대」는 7년 만에 만난 군대 선후배의 이야기다. 상반된 인생을 살아온 진호와 희찬이 서로에게 자극이 되고 의지가 되어 서로를 격려하는 모습이 훈훈하게 펼쳐지는 이 작품의 결말에는 두 사람이 어깨동무한다. 바로 이러한 사람과 사람 사이의 공감과 연대가 현실의 무게를 감당할 수 있는 힘을 준다는 것을 암시하는 중요한 대목이 아닐까 싶다.

돌이켜보면 『인간등대』에 수록된 작품에는 두 인물이 짝을 이루는 경우가 빈번함을 알 수 있다. 「인간등대」의 진호와 희찬뿐만 아니라, 「영자 씨와 영미 씨」에서 영자 노인과 영미가 그러했고, 「해밭골 사람들」에서 황 노인과 영주가 서로에게 감정적인 의지가 되어 주었다. 연령대로 보나, 인생을 살아온 길을 보나 유사점보다는 차이점이 더욱 두드러지는 두 인물이 서로의 사연을 듣고, 서로의 처지에 공감하며, 서로의 상처를 보듬는 가능성을 보여주는 식의 내용 전개가 공통적으로 펼쳐진다.

이러한 인물의 쌍에는 「엄마의 집」에 나오는 엄마와 딸도 포함된다. 딸은 엄마의 집을 나와 엄마와는 정반대의 삶을 살겠다고 선언하였다. 심지어 엄마를 향해 '더럽다'라는 말로 비난하기도 한다. 그러나 엄마의 상처와 선택에 대해 점차 이해하는 방향으로 이야기가 펼쳐진다. 급기야 나중에는 엄마와 딸이 같이 웃음을 터트리는 결말로 두 사람이 그간의 벽을 허물고 이미 가까워졌음을 암시한다. 두 인물이 함께 웃음을 나누는 작품의 결말 장면은 「인간 등대」에서 진호와 희찬이 어깨동무하는 것으로 마무리되는 것이나 「영자 씨와 영미 씨」는 붉게 물들어가는 노을 진 하늘을 함께 바라보고 있는 것으로 끝나는 것, 「햇밭골 사람들」에서 "햇살 때문인지, 마음 때문인지 알 수 없지만 두 얼굴에 미소가 동시에 번졌다"라는 문장으로 끝맺음하는 것 등과 연결된다. 「등을 보이고 앉은 여자」에서 영원히 고향으로 돌아갈 수 없음을 아는 연숙의 표정에서는 절대 찾을 수 없는 따뜻한 미소가 여러 작품의 결말에서 반복적으로 나타난다는 점은 인간을 바라보는 작가의 태도가 상당히 긍정적임을 방증한다.

"온아, 나는 네가 옻나무 같은 사람이 되었으면 좋겠다."
"옻?"
내 눈에 비친 화면에는 나무 기둥에 가로로 숫자 표시를 하듯 쭉쭉 그어져 껍질이 떨어져 나가 속살을 내보인 나무들이 줄지어 서 있었다. 살아있는 옻나무에 일부러 상처를 내면, 그 나무는 스스로를 치유하기 위해 진액을 내보낸다. 그럼 사람들은 그것을 채취해 한약 재료로도 쓰고 도기에도 칠해 천 년을 가는 예술품을 만들기도 한다는 것이었다.

딸은 옻나무 같은 사람이 되라는 엄마의 말에 처음에는 무책임한 엄마라는 원망과 함께 강하게 반발한다. 그러나 이때 딸은 몰랐다. 상처받은 사람이 바로 엄마 자신이었다는 것을. 딸은 성장하여 상처로 가득한 세상에 발을 내디디고 나서야 비로소 엄마의 말을 이해할 수 있다. 작품 후반부에 같이 웃음을 터트리는 지점에 이르렀을 때, 이기적으로만 보였던 엄마의 말과 행동들이 남몰래 받은 상처를 극복하기 위한 옻나무 진액 비스름한 것임을 어렴풋하게나마 깨닫게 된다. 완전히는 아니지만, 이야기가 전개되는 동안 엄마의 상처를 조금씩 이해하고 엄마를 향한 마음의 벽을 서서히 넘어섰다. 곧 두 사람 사이의 따뜻한 미소와 애정을 통해 얻은 공감의 힘이야말로 앞으로 닥칠 세상의 상처들을 견뎌내는 작지만 큰 힘이 될 수 있다고 작품은 말한다.

'공감'의 힘은 이월성의 소설집에 수록된 여러 작품을 관통하는 중요한 주제다. 이때 공감은 돈의 힘으로 인해 상실했던 고향이라는 본원적 장소를 회복할 수 있는 중요한 삶의 무기이다. 경쟁을 부추기는 엘리베이터를 타고 전망이 끝내주는 고층 아파트의 풍경을 내려다볼 때, 그들은 삭막한 도시의 유리창에 반사된 쓸쓸한 자화상과 마주하게 될 뿐이다. 엄마와 딸, 영자 씨와 영미 씨, 진호와 희찬, 황 노인과 영주가 서로에게 보여준 작은 공감의 미소가 회복의 출발점이다. 작가는 세련되고 멋진 도시 풍경이 아니라 소박하고 애정 넘치는 타인의 얼굴을 마주하라고 조언한다. 작가는 타인의 얼굴 속에서 과거의 상처를 읽어내고 그 상처를 이해하려고 노력하는 과정에서 스스로의 상처가 치유되고 세상의 중압을 버티는 힘을 얻게 된다는 작은 진리를 독자에게 알려준다. 그러한 공감의 힘으로 세상을 비출 때, 우리는 스스로 인간등대가 되어 자기 자신과 주변 사람들을 세상의 어둠으로부터 구할 수 있으며, 그러한 공감의 힘이 사람을 위로하고 감싸는 그곳이 바로 삶의 진정한 보금자리로서의 집이 될 수 있다는 깨달음으로 우리를 이끈다.

인간등대

초판 1쇄인쇄 2020년 4월 24일
초판 1쇄발행 2020년 4월 27일

저   자 이월성
발행인 박지연
발행처 도서출판 도화
등   록 2013년 11월 19일 제2013 - 000124호
주   소 서울시 송파구 중대로34길 9-3
전   화 02) 3012 - 1030
팩   스 02) 3012 - 1031
전자우편 dohwa1030@daum.net
인   쇄 (주)현문

ISBN ┃ 979-11-90526-10-4 *03810
정가 13,000원

도화道化, fool는
고정적인 질서에 대한 익살맞은 비판자,
고정화된 사고의 틀을 해체한다는 뜻입니다.